回声嘹亮

伊吾保卫战英雄及相关人员寻访纪实

HUI
SHENG
LIAO
LIANG

史林杰◎著

新疆文化出版社

图书在版编目(CIP)数据

回声嘹亮：伊吾保卫战英雄及相关人员寻访纪实/
史林杰著.—乌鲁木齐：新疆文化出版社，2024.3
ISBN 978-7-5694-3864-2

Ⅰ.①回… Ⅱ.①史… Ⅲ.①纪实文学–中国–当代
Ⅳ.①I25

中国国家版本馆CIP数据核字(2023)第226587号

回声嘹亮

——伊吾保卫战英雄及相关人员寻访纪实

著　者／史林杰

责任编辑　邵　楠　　　　　　　　责任印制　刘伟煜
封面设计　赵亚俊　　　　　　　　版式制作　田军辉

出版发行　新疆文化出版社有限责任公司
地　　址　乌鲁木齐市沙依巴克区克拉玛依西街1100号(邮编：830091)
印　　刷　永清县晔盛亚胶印有限公司
开　　本　787 mm×1 092 mm　　1／16
印　　张　16.5
字　　数　300千字
版　　次　2024年3月第1版
印　　次　2025年1月第2次印刷
书　　号　ISBN 978-7-5694-3864-2
定　　价　48.00元

序言(一)

向伊吾保卫战英雄致敬

1949年9月25日和26日两天,原国民党新疆警备总司令陶峙岳将军、新疆省主席包尔汗响应毛主席和朱总司令的号召,相继通电宣布起义。

新疆和平解放之际,新疆东大门哈密并没有迎来艳阳天,而是乌云密布,腥风血雨扑面而来。

哈密专员尧乐博斯、伊吾县县长艾拜都拉勾结阿山专员乌斯满、美国特务马克南,国民党叛军王振华等反动势力,企图在新疆伊吾建立反动基地,阻止人民解放军进入新疆。

当中国人民解放军第六军十六师四十六团一营二连官兵和县党工委进驻伊吾县后,他们妄图把伊吾新生的人民政权扼杀在摇篮中,县长艾拜都拉组织各乡区六七百名叛匪,杀害了在淖毛湖、下马崖开荒生产的二十多名官兵,伏击解放军救援伊吾二连的援军,抢夺了大量武器弹药,从1950年3月30日开始,先后对住在县城的二连营房,县警察局和坚守南北山碉堡的官兵组织了十多次疯狂进攻。

面对敌人的多次疯狂进攻和狂风暴雪等极端天气带来的严峻挑战,中国人民解放军第六军十六师四十六团一营二连,这支在抗日战争、解放战争、保卫延安和解放兰州战斗中经过千锤百炼的英雄连队,发扬"攻如猛虎,守如泰山"的大无畏革命精神,在四十天的伊吾保卫

战中，英勇顽强地打败叛匪七次大的进攻、无数次小的进攻，直到1950年5月7日和前来解围的援军一道消灭了围城的叛匪，成功地保卫了新生的人民政权，被上级授予"钢铁英雄连"称号。

在艰苦卓绝的伊吾保卫战中，由于叛匪对解放军施暴的残酷性、参与叛匪的复杂性、伊吾保卫战四十天的持久性以及二连官兵以少胜多的传奇性，这场保卫战是一个可以永久载入我军史册的经典战例。

为了缅怀"钢铁英雄连"革命烈士，弘扬"钢铁英雄连"勇士不怕流血牺牲，顽强战斗，奋勇杀敌，誓死保卫人民政权的革命精神，传承和弘扬他们对党、对祖国、对人民赤胆忠心和忘我奋斗的高贵品质，进一步挖掘他们在革命斗争中表现出来的革命英雄主义精神，了解"钢铁英雄连"在新时期如何继续发扬"攻得上、守得住，拖不垮，打不烂"的优良传统和作风，伊吾县县委、县人民政府决定由我撰写一部时代感新，故事性强的纪实作品，把钢铁英雄连"攻如猛虎、守如泰山"的英雄事迹发扬光大。

本书分为上、中、下三篇，上篇介绍伊吾保卫战发生的时代背景。中篇主要介绍解放军第六军十六师四十六团一营二连在伊吾四十天保卫战中，面对七倍于我军的凶恶敌人多次进攻，我军英勇杀敌，最后战胜叛匪，以少胜多的英勇战斗事迹。下篇主要介绍寻找"钢铁英雄连"老英雄以及传承红色基因的鲜活故事。

在深入细致的采访中，我挖掘出了许多鲜为人知的英雄事迹，例如吴小牛"三改姓名"的故事；阿不都·热合满为照顾军功马超期服役的故事；神炮手"牛发良"的故事以及胡青山、王鹏月鲜为人知的故事。

本次采访对象对伊吾县组织的这次采访写作活动给予高度评价。二连指导员王鹏月的儿子——前八一排球队主攻手王一江的这段话对我启发很深："伊吾保卫战已经过去七十余年了，现在除了写书、拍电视和搞文学创作的人了解这段历史以外，已经很少有人再关心和提及。但我认为，关注这段历史，关注参与伊吾保卫战的英雄及后辈，了解参战英雄的英勇故事，是对历史的尊重，对先烈的敬仰，也是对爱国主义精神的传承和时代正能量的弘扬。"

王一江还说:"我虽然没有去过伊吾,但父亲和他的战友们以少胜多、出生入死、顽强奋斗的事迹和精神,都是一笔巨大的财富,伊吾保卫战需要它,建设现代化强国也需要它。我们要传承这种大无畏的革命精神,将它薪火相传,发扬光大。"

史林杰

2020 年 4 月 5 日

序言(二)

一名老兵的英雄情结

我有幸成为《回声嘹亮——伊吾保卫战英雄及相关人员寻访纪实》的第一位读者。作为一位军史研究者和爱好者,掩卷细品,作品真实地再现了"钢铁英雄连"保卫伊吾的硝烟战火,指战员们的英勇顽强,敌人的凶残狡诈,后辈们的记忆和传承,是一部弘扬爱国主义和革命英雄主义精神的生动作品。我深深地被林杰崇尚英雄的情结所打动。说来我和林杰有缘,在准备打仗的年代,我们在同一个部队。那时,作为热血青年,都以为卫国戍边、为国献身为无尚荣光。部队的光荣传统和崇尚英雄的教育,黄继光、董存瑞、雷锋、王杰等英雄的光辉形象激励我们成长,艰苦生活和不同岗位的锻炼成长,林杰在部队入了党,当了班长,服役四年后复员。接着他上了大学,毕业后成为了新疆人民广播电台的记者,从此展现了他的才华。他勤奋努力,成长为高级记者和报告文学作家,还历任新疆人民广播电台台长、党委书记、新疆广电局一级巡视员等领导职务。他从事新闻广播工作三十多年,发奋努力,撰写了大量新闻、专题、评论和纪实报告文学作品,多次获得中国新闻奖一等奖和中国广播新闻奖特等奖。他获特等奖的录音述评《大瓷盘为什么走俏》被中国人民大学和中国传媒大学收入教科书。如今,林杰虽已退休,可他笔耕不辍,仍然活跃在新闻战线的舞台上,行走在新闻写作的第一线。当他告诉我,受邀为纪念伊吾保卫战撰稿时,我被他的精神所感动。撰写这部书的难度可想而知。其一,这一历史战迹已过去七十多年了,战斗英雄和知情者怕是多已故去;其二,参加伊吾保卫战的"钢铁英雄连"不仅是新疆军区一面旗帜,而且战斗事迹享誉全军。战斗中的典型事迹和素材很难写出新意。作为一名老兵,林杰对军事历史情有独钟,他满怀信心,克服重重困难,从采访、收集整理资料到写作,只用了四个多月的时间。可见他花了多大的精力,下了多大的功夫。正如他所言:"关注这段历史对当今的人来说,是对历史的尊重,对先烈的敬仰,对民族精神的传承,是全社会一笔巨大的精神财富,我们完全有理由让这种大无畏的革命英雄主义精神薪火相传。"事实说明,正是一名老兵崇尚英雄的情结,使他克服了重重困难,满怀激情和信心完成了这部作品的写作。

关于伊吾保卫战这段历史,我读过的著作、回忆录、纪实、文学作品不下几十篇(部),而《回声嘹亮——伊吾保卫战英雄及相关人员寻访纪实》与众不同,作者从寻找英雄这一独特的视角着眼,再加之敏锐的观察力,不仅真实、准确、全面、立体地记述了钢铁英雄连英勇顽强,孤军奋战四十天,用生命保卫红色新生政权,谱写的英雄事迹,还详细记述了英雄们的过去与现在,描述了他们不居功自傲,听党安排,兢兢业业,为人民服务,为建设和保卫祖国奋斗终生的事迹。史林杰在写作中充分发挥记者的优势,不仅记录了"钢铁英雄连"的光荣历史,还记录了英雄连的后人卫国戍边的事迹;不仅记述了英雄后辈们继承英雄的精神,战斗在祖国各地,还记述了全国各地为寻找英雄接力相传的动人情节。通过深入采访、他挖掘出了许多鲜为人知的新鲜事迹。

说与众不同,本书第一次以报告文学、第一人称采访的形式,记述了伊吾保卫战的历史;不拘泥于史实,用逼真、形象的文学语言勾画出英雄的崇高信念、战斗意志和精神风貌,生动地表现了参战英雄不怕牺牲、英勇奋战的高大形象;披露出敌人的残暴狡猾、垂死挣扎,揭示了他们必定灭亡的历史事实。书中展示了满满的正能量,荡涤着人们的心灵,吹响了弘扬爱国主义和革命英雄主义精神的号角,激励人们

尤其是年轻一代不忘历史,崇尚英雄,报效祖国,矢志不渝。

总之,《回声嘹亮——伊吾保卫战英雄及相关人员寻访纪实》是一部英雄的传记,是一名老兵记者的英雄情结。愿林杰有更多更好的作品问世。

李丰年:新疆军区原军史办研究员

2020 年 4 月 10 日

老英雄新篇章

张仁幹

2019年12月6日下午，我接到伊吾县委常委、宣传部部长李海滨的电话，说要来看我，为了不给人添麻烦我婉言谢绝。谁知刚放下电话，李常委就到了，随行的还有新疆人民广播电台原党委书记史林杰先生。李常委说伊吾县邀请史先生创作一部以伊吾保卫战为题材的纪实文学作品，史先生此次行程希望我陪同介绍情况。说到伊吾保卫战，胡青山、王鹏月、赵富贵、罗忠林、张长炎、贺文年、白连成、吴小牛等参战英雄的形象一下浮现在我眼前，我觉得宣传英雄事迹是我们这些老人的义务与职责。于是，我安顿好多病的老伴来到伊吾，在伊吾保卫战的主要战斗地点向史先生讲述我所知道的各类实情。在这几天活动中，我深受感动。史林杰先生是自治区新闻界、文学界的大家，却能俯下身子，在天寒地冻中到伊吾保卫战所有战斗过的高山、河谷、戈壁原野、村落、碉堡、陵园墓地、烈士纪念馆进行深入采访，反复询问，认真记录，他的创作精神令我敬佩。

有一天，史林杰先生来了电话，讲述他离开伊吾后到全国各地追踪采访伊吾保卫战中的英雄与英雄亲人的情况，并已经完成近20万字的作品初稿，要我看一看，提提意见。第二天伊吾县委宣传部就送来

了史先生名为《回声嘹亮——伊吾保卫战英雄及相关人员寻访纪实》的书稿,我将手头的工作先放在一边,以先睹为快的心情认真地将书稿读完。书中真实、准确地再现了那段历史,史先生挖掘出了许多新鲜故事。我是从二十世纪六十年代就开始研究、搜集伊吾保卫战资料,那时不少参加伊吾保卫战的同志我都认识,有的还同在一个机关工作。在一起聊天时也经常谈到保卫战的一些战斗细节,史先生作品中的主要战事与我的记忆是完全相同的。作者的写法很巧妙,紧紧抓住读者的阅读心理,激发读者的阅读兴趣。史先生以寻访纪实为主线,不仅在短短的几个月内跑遍了大半个中国,采访了伊吾保卫战健在英雄和他们的子女,还利用他近百万粉丝和国家退役军人事务部的网络寻找伊吾保卫战的英雄与英雄的亲人。既描写了英雄们的世界,又介绍了英雄亲属的光彩,为读者学习英雄事迹又打开了一个新的天地。

在伊吾保卫战中一直驻守在北山碉堡的炮班战士杨生辉,他经历了伊吾保卫战的全过程,战斗结束后,四十六团授予炮班"炮震城垣,弹无虚发"锦旗,班长牛发良被评为模范共产党员,全班荣立集体一等功,杨生辉荣立二等功。杨生辉转业后被派到新疆军区生产建设兵团运输处学习汽车驾驶,1956年3月结业后被分配到红星二牧场当了一名汽车司机,1974年3月光荣地加入中国共产党,工作积极。当时我在地区文教局负责大中院校招生,曾到二牧场,这是一个位于东天山余脉最东端距离哈密一百三十公里的山区,生产条件、生活条件都很艰苦。我对一个英雄工作在这样一个环境里,却乐观地积极地对待工作与生活,感到敬佩。二十世纪八十年代,我在哈密市文教局任职,与当年伊吾工委干部邵功喜常在一起聊天,有一次我问他:"你参加革命时十几岁,现在我们是同级干部,你不觉得亏吗?"他听了后十分平静地说:"那时参加革命,从来没有想到还能当什么官,现在却当了局长,我的责任就是把我这个局长当好,让市委和群众都满意,我就心满意足了。"阅读《回声嘹亮—伊吾保卫战英雄及相关人员寻访纪实》后,认识到这就是那个年代造就出来的英雄,他的话正如史先生采访的伊吾保卫战中众多英雄们一样,是他们革命英雄主义精神在日常生活中的体现。

2020年5月23日,史林杰先生在伊吾县委宣传部外宣办主任赵崇伶的陪同下再次来到我家,要我为其大作《回声嘹亮——伊吾保卫战勇士及相关人员寻访纪实》作序,我婉言谢绝,但史先生执意邀请。因而,我将与史先生认识过程与阅读此书后的感想撰成此文,权为其作的"序言"之一,似乎也当。

张仁幹(原哈密市党史地方志办公室主任)

2020年5月28日

目 录

中 篇
发扬钢铁精神　击败叛匪围攻

下　篇
二连传奇惊世人　参战英雄今何在

回声嘹亮

——伊吾保卫战英雄及相关人员寻访纪实

引 子

为了写好保卫战，登门拜访张仁幹

中国人民解放军六军十六师四十六团一营二连，这个被称为"钢铁英雄连"的红军连队，在敌众我寡的情况下，面对叛匪连续组织的七次大围攻，"钢铁英雄连"克服艰难困苦，整整坚守了四十天。在"钢铁英雄连"官兵的奋力反击下，由尧乐博斯和艾拜都拉导演的这出闹剧，最后以叛匪的完败而收场。

为了让伊吾保卫战"以少胜多，不畏强暴，英勇顽强"的精神流传下去，伊吾县决定出版一本弘扬伊吾保卫战英雄事迹的作品。

当我接到这个任务时，我感到压力很大，尽管我这些年在新疆撰写了二十多部充满正能量的纪实作品，但大多数都是通过对话进行深入采访，通过对人物内心活动、人物交流对话、深度了解、还原场景来写作，但这本书不同，由于伊吾保卫战年代久远，许多战斗英雄早已去世，追寻英雄人物采访和搜集材料都十分困难，因此要写成纪实性报告文学的确有一定的困难。

通过联系，哈密电视台向我提供了一份计划采访拍摄电视纪录片《伊吾保卫战》的人员名单，并说明这里有些人是庆祝伊吾保卫战六十周年的时候采访过的，但最近联系的时候，发现有些参战老战士已经去世，有的已失联。

在二十人的采访名单中，原哈密市党史地方志办公室主任张仁幹

曾对部分人员进行过采访,他对伊吾保卫战有很深的研究,和当年的参战人员、支前民工、解救人员都有过密切接触。我们找到张仁幹了解相关情况。

张仁幹在新疆研究地方志方面很有影响力。我环顾了一下张仁幹的书房,一个落地书柜和一个复合多用书柜,还有一个开放式书架。他的写字台上放着一个老式台灯和一副老花镜、一个放大镜,还有一个五笔速查字典以及正在研究的有关故事资料。

张仁幹告诉我,他已经出版了好几本书,其中有一本《东天山剿匪记》中就写了不少伊吾保卫战的故事,让我参考一下。别看张仁幹头发有点花白,但我发现张老精力特别旺盛,他说他正在研究西路军的故事,力争把他写出来。我暗暗佩服,这是一个大题材,一旦作品问世,必然引起读者广泛关注。一位年逾耄耋的老人,还在孜孜不倦地研究学问,著书立说,让曾打算搁笔作画的我自愧不如,顿时对张老肃然起敬。

张仁幹的两个子女都在内地工作,老伴腿脚有疾,生活不便,因此他不能在外久留,外出时间安排得很紧凑。中午饭后放弃休息,直接投入工作。每到一地,他都详细介绍这个地方的今古传奇,战斗发生过程,战斗激烈程度。遇到高山和我们一块攀登,碰到戈壁和我们一块穿越,要去河沟和我们一起蹚过。冒着凛冽的寒风,在野外详细讲解,有问必答,有求必应,让我深入地了解了伊吾保卫战发生的前因后果及保卫战过程中发生的许许多多精彩故事。

张仁幹特别提到了为伊吾保卫战取得胜利做出突出贡献的一些传奇人物,例如著名战斗英雄、神枪手副营长胡青山,做好战地政治思想工作的指导员王鹏月,一发炮弹打死打伤二十七个敌人的神炮手牛发良,训练枣骝马为北山主峰独自送水、送食物的战士吴小牛,不怕牺牲、冲锋陷阵的二排长周克俭,虎口逃生、一生坎坷的高相金等。

为了深入挖掘这些战斗英雄们精彩的故事,我踏上了全国各地的寻访之旅。

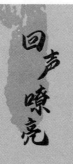

上篇

穿越时空隧道　重拾历史记忆

　　新疆和平解放后,各种反动势力不甘失败,美国驻迪化(今乌鲁木齐市)领事馆副领事马克南勾结原国民党阿山专员乌斯满、原哈密地区专员尧乐博斯策划和煽动叛乱。哈密的国民党叛军在哈密制造了轰动全疆的银行商铺抢劫案。解放军受命快速进疆维护社会稳定。

第一章　新疆和平解放　敌特狗急跳墙

新疆和平解放后新疆东大门哈密陷入重重危机。叛匪和叛军相互勾结,银行被抢,商店被抢,房屋被烧。原哈密地区专员、国民党特务尧乐博斯白天笑容可掬地欢迎解放军,晚上和叛匪敌特秘谋叛乱,露出了邪恶面目。中国人民解放军第一野战军十六师奉命从甘肃酒泉昼夜兼程,披肝沥胆,挺进哈密,捉拿叛军,追回被抢金银财物,救济困难群众。

第一节　叛军作乱搅浑水　社会出现大动荡

"哒哒、哒哒哒!"密集的机枪声、步枪声和"咚、咚、咚"的手榴弹爆炸声,突然打破哈密傍晚的宁静。吓得行人哭喊着四散而逃,许多店铺关门上锁,躲避灾难。

哈密城防旅老旅长刚被调走,新旅长刘伦元在酒泉还未进疆入职,临时主事的副旅长宋磊急匆匆地给哈密专员尧乐博斯打电话却无人接听,便急急忙忙接通国民党一七八旅五三三团团长陈公辅的电话询问道:"喂,陈团长吗,刚才枪声是怎么回事?"

"三个月没有发军饷,大营房和小营房的官兵听说昨天从甘肃酒泉运来好多金银,是不是都奔这个去了。"陈团长在枪声大作的电话里断断续续、不紧不慢地传递着这样的信息。

"陈团长,抢银行是要掉脑袋的。你赶快派人把住大门,尽快阻止官兵上街,命令营房卫兵连连长冯毓经,对不听劝阻冲出营房者采取强硬手段,坚决阻止他们上街闹事。"宋磊厉声说道。

陈公辅本来就因为没有当上旅长窝着一肚子火,但表面上还是打电话命令副团长沈剑平到门口阻拦士兵继续上街滋事。

"对继续往外冲和已经上街的士兵开不开枪?"沈剑平副团长在电话里请示团长陈公辅。

"你是真不懂还是装不懂? 他们都是跟随我们多年的弟兄,你说开不开枪? 你自己掂量吧。"团长陈公辅把球踢给了副团长沈剑平,生气地丢下电话。

这命令可怎么执行呢? 沈剑平眼睁睁地看着冲出营房的几百名真枪实弹的国民党起义士兵,有的乘车,有的跑步,潮水般地向位于哈密新城的中央银行哈密分行金库奔去。

大卡车上架着十几挺轻重机枪,在哈密大街上横冲直撞,吓得行人四散躲避。叛军先来到大十字对准东西南北四条街猛烈射击,其中一挺机枪快速封锁了警察局大门。叛军分成几路,有的抢银行,有的抢商铺。抢劫主犯石建潘营长带领连排长和一群士兵,直奔中央银行,他们得到确切情报,从兰州中央银行转运来的一万六千九百两黄金昨天刚刚入库。他们喊叫着:"老子三个月没有发饷了,当官的想把这些黄金都独吞了,没门。"

有个络腮胡子的老兵痞大声喊叫着说:"弟兄们,这是最后一次机会,不抢白不抢,抢了回老家置地娶媳妇,回不了老家进山当土匪也能图个快活。有钱就是草头王,弟兄们,动作要快,出手要狠,晚了连汤也

喝不上了。"

"喂,莫师长,你的部下来抢银行啦!莫师长,他们已经把银行包围啦,请你下命令赶快制止。"行长程志涵声嘶力竭一遍又一遍地喊叫着,但对方一直没有回应。

"快,爬上楼顶,保护银行。"程志涵丢下电话赶快催促警员和行员往房顶爬去试图自保,但潮水般的叛军已将大银行四周团团围住,现场完全失控。已经失去理智的叛军有的冲到金库门前,用枪托捣,用石头砸,用斧头砍,有的用手榴弹炸,但刚从上海特制的安全钢门就是打不开。

这时,只见一个歪戴帽子,敞开衣服,长相凶巴巴的大个子叛军嗖地一下蹿上房顶,用枪顶着程志涵的脑门说:"你要是识相一点,就赶快下去打开金库,否则我把你和行员全都弄死从房顶上扔下去,你信不信?"眼看金库保不住了,为保行员性命,程志涵只得让出纳组长李志忠交出了钥匙。眼睁睁地看着叛军用斧头、刺刀打开十二个木箱。不到一个小时,一万六千九百多两黄金、白银和一些富人寄放在这里的金银财宝、珍珠玛瑙被叛匪洗劫一空。

抢完银行之后,叛军又号叫着冲向大十字街口的中正路、中山路、新城、老城一带,对二百七十多家店铺大肆抢劫并点火焚烧。年仅十八岁的商人王树乾和四十多岁的李有贵因为拒交贵重物品,被当场打死。三十四家商号和五十一户二百二十七间房屋被烧成残垣断壁。到处火光冲天,浓烟滚滚。哀号声、哭叫声、咒骂声不绝于耳。

这就是震惊全疆的哈密九·二八黄金抢劫案。时间定格在1949年新疆宣布和平解放后的第四天。

更可恶的是,哈密的国民党叛军烧杀抢劫事件,就像失控的瘟疫,迅速蔓延。事件发生后,驻呼图壁的一七九旅五三六团二营二连连长刘少农,公然打死积极响应和平起义的营长李明海,策动一部分官兵开始叛乱;紧接着,驻轮台国民党一二八旅三八二团一营的三个连和团直三个连队,在团长杨升桂的唆使、威逼、利诱下,大肆烧杀抢掠、奸淫妇女、无恶不作。国民党二三一旅驻库车骑兵团在副团长郭壁田的煽动下,部分官兵抢劫银行、商户和居民,国民党二三一旅驻吐鲁番一九四团一营营长李先锋率领部分国民党叛兵不但抢劫了县警察局的枪弹、马匹,还破坏通信、抢劫银行、商号、民宅,伤害群众二十多人。

第二节 解放大军到新疆 百姓迎来艳阳天

1949年10月5日,包尔汉紧急致电毛泽东主席、朱德总司令、彭德怀副总司令:本省危机四伏,情势严重。务希转饬西来之人民解放军兼程来新,以解危局,并慰人民之热望;同时更希多派政治工作人员偕来,以资推动。临电无任迫切翘企之至。

从这封电报可以看出新疆军政当局和平起义以后,新疆百姓期盼解放军快速挺进新疆,维护新疆局势稳定的急迫性。

同日,中共中央联络员邓力群在伊宁也紧急致电中央:国民党骑五军长马呈祥离开迪化前,给叛匪贾尼木汗不少枪支,现贾尼木汗已经与乌斯满逃窜至巴里坤,沿途进行抢劫破坏活动,拒不向我军投降。

邓力群的这封电报坚定了中央命令解放军快速挺进新疆的决心。

10月6日,彭德怀在酒泉与陶峙岳会晤,决定了对新疆起义部队改编和解放军进疆的有关问题。王震下令第二军进驻南疆,第六军进驻北疆维护社会稳定。

由第二军副军长顿星云率领的四师十二团和战车五团装甲车营以及由军长郭鹏、政委王恩茂率领的军指挥部和五师,相继抵达哈密。郭鹏军长与副军长顿星云接见来访群众三百多人。郭鹏还和政委王恩茂、副军长顿星云等接待了从巴里坤赶着羊只前来欢迎解放军的哈萨克族群众。

10月18日,郭鹏、王恩茂总结新疆和平起义后哈密发生的抢劫事

件、呼图壁部分起义官兵叛乱事件、库车洗劫事件、吐鲁番部分起义官兵叛乱事件、鄯善县县长被枪杀事件以及轮台的抢劫事件,认为各地区连续不断发生的抢劫、烧杀事件,是有计划、有组织、有准备的反革命行动,目的是不让解放军顺利进入新疆,不让新疆百姓过上安定的生活。因此,只有尽快肃清一切特务分子、反动分子,才能保证新疆和平解放后百姓安居乐业。

11月7日,第六军军长罗元发陪同兵团司令员王震、兵团副政委饶正锡等一行飞抵迪化,受到军、政各界的盛大欢迎。大会上宣布中共中央新疆分局成立。王震任分局书记,徐立清任副书记,罗元发、张贤约、饶正锡、王恩茂、郭鹏、曾涤、邓力群为委员。从此,新疆各项工作在新疆分局的领导下顺利展开。

11月27日,彭德怀副总司令与张治中将军由酒泉飞抵迪化,开始协商改组省政府,整编起义部队和解决新疆财政困难等一系列亟待解决的问题。

12月17日,中央人民政府批准新疆省人民政府成立,包尔汉任主席,高锦纯、赛福鼎·艾则孜任副主席。同一天新疆军区宣布成立,彭德怀任司令员兼政委,王震、陶峙岳、赛福鼎·艾则孜分别任副司令。就在这一天,迪化举行盛大的一兵团部队、三区民族军和起义部队会师仪式,它标志着新疆和平解放的胜利,也标志着新疆各族人民获得了翻身解放。

可就在这期间,国民党残余反动分子,先后策划了一系列反革命武装叛乱:11月18日,已经宣布起义的国民党一七八旅驻七角井的两个营,在光天化日之下,竟然胆大妄为,将运送解放军的四十辆汽车扣留,将人和车劫至哈密,杀害了押车解放军指战员十四人,其行动之大胆,手段之残忍,令人难以容忍。

12月9日,国民党一七八旅驻巴里坤骑兵团竟然在一个小小排长王振华的煽动下,二百多名官兵叛变,携枪逃入山中,和乌斯满勾结在一起,横行草原,为非作歹,祸害百姓。

正当哈密人民陷入灾难深重的时候,一支神奇的队伍迈着铿锵的步伐朝哈密走来。

　　向前! 向前! 向前!
　　我们的队伍向太阳。
　　脚踏祖国的大地,
　　背负着人民的希望。
　　我们是一支不可战胜的力量。

一支雄赳赳,气昂昂的解放军队伍,车马拉着机枪大炮,官兵唱着雄壮的行军战歌,浩浩荡荡开进了哈密县城。为了保卫和平解放新疆的战果,安定新疆局势,使各族人民免遭涂炭,中国人民解放军第一野战军在彭德怀将军的指挥下,遵照毛主席"向新疆进军""屯垦戍边"的命令,以摧枯拉朽,风卷残云之势,顶着风雪严寒,跋山涉水,日夜兼程,西出玉门关,穿越星星峡,跨昆仑,穿瀚海,荡涤反动派的残余顽匪,向新疆展开了气势磅礴的大进军。

中国人民解放军第六军十六师,在师长吴宗先、政委关盛志的带领下,经过长途跋涉来到哈密。

刚刚经过烧杀抢掠的哈密大街,一片废墟,哭声、喊声、不绝于耳。

整个哈密城,一片悲惨、凄凉、破败的景象,让任何人看了都黯然伤神落泪。

解放军立即维持秩序,清扫街道,给受灾的家家户户送油送面,安抚民众,还对重点部位加强布防,防止事态进一步扩大。

解放军来到哈密这一天,地区专员尧乐博斯见到每一个解放军,不管是干部,还是战士,他都虚伪地微笑,点头哈腰,热情地说:"朋友,热烈欢迎你!"尧乐博斯假意迎接解放军,暗地里却在干着不可告人的罪恶勾当。

狡诈的尧乐博斯自以为很聪明,他哪会想到解放军部队领导早有

安排,对重要场所已派兵前去保护。被解放军战士抓住的买买提·许库尔一五一十地交代了尧乐博斯指使他炸清真寺后企图甩锅嫁祸解放军的阴谋。

第三节 恍然大悟看身世 混世魔王两面人

好端端的一个地区专员不当,非要干那些偷鸡摸狗的害人勾当。尧乐博斯这是唱的哪一出戏呢?

只要了解一下尧乐博斯的人生轨迹,就会恍然大悟,原来他就是一个逢场作戏的"两面人"。

尧乐博斯3岁丧父,姐姐金乃斯汗被喀什道台看中,纳为如意夫人,备受宠爱。尧乐博斯从此过上了"少爷"生活。尧乐博斯随姐姐生活了三四年。

光绪二十五年(1899年),喀什道台被召进京,到京城不久,立即被监禁。金乃斯汗和尧乐博斯失去了靠山,他们在京城里流浪漂泊了三四年。

光绪三十年(1904年)冬,金乃斯汗在大街上遇见随哈密回王进京朝觐的几个随从。她和随从艾则孜·哈孜结了婚。就这样,金乃斯汗姐弟二人辗转回到哈密回王府。

尧乐博斯在回王府内十二三年时间,由一名极其普通的小官员晋升为仅次于大台吉的伯克,充分显示了他见风使舵、逢迎讨好、巴结奉承的性格特点。1927年新疆成立车管局,开辟公路运输,由回王推荐,尧乐博斯被委为省运输委员兼哈密车管局佐办。同年十一月,尧乐博斯出任哈密骑兵营营长,开始了他的军事生涯。

别看尧乐博斯目不识丁,毫无军事知识,但他为人圆滑,很有心机。部队成立不久,他就四处吹嘘,明明骑兵营只有三百余人,他却吹成七百多人,大部分士兵不懂枪法,他却吹嘘士兵个个都是神枪手,借此抬高自己的身价,扩大自己的社会影响力。

1931年,哈密发生暴动,尧乐博斯站在金树仁政府一边,积极出谋划策,帮助省军镇压农民暴动。

马仲英来到新疆后,尧乐博斯表现得异常热情,马上追随其左右,唯命是从,马仲英需要军粮,尧乐博斯加紧筹办,因为筹粮有功,不久被马仲英委任为吐鲁番警备旅旅长,又接着帮助马仲英镇压农民暴动。第二年,马仲英败退南疆。尧乐博斯率众回到哈密,掌控了哈密地方政权。然后背叛了马仲英,赶忙通电拥护盛世才政府。盛世才当即任尧乐博斯为哈密县长,但要其交出兵权,并派苏联顾问来哈密点编部队。不久又任徐有兴为哈密镇警备司令,领兵来哈密接防。尧乐博斯见实力和地盘都受到严重威胁,便扣留了苏联顾问,并陈兵三堡一线,阻止省军东进。盛世才不愿战乱再起,只得违心地改任尧乐博斯为哈密镇警备司令。

1937年4月下旬,中国工农红军西路军余部四百多人经过千辛万苦来到星星峡。中共中央为营救西路军左支队,特派陈云、滕代远等同志从莫斯科经迪化前往迎接,经陈云和苏联驻迪化领事馆与盛世才交涉,盛世才同意红军进疆,并命令尧乐博斯及边务处哈密办事处主任杜家田、星星峡办事处主任王效典等人做好迎接红军的工作。

尧乐博斯对中国共产党领导的革命运动本来就十分仇视,又怕红军进疆增强盛世才的力量于己不利,于是找种种借口拒不执行,并放下狠话。他对来人说:"你回去告诉盛世才,如果他执意让我迎接红军,我就要将哈密人全部杀光,房屋全部烧光,然后进山为王,不信等着瞧。"

盛世才一听火冒三丈,生气地说:"我不相信他还反了!"

后来尧乐博斯惧怕于红军西进的决心和省军东进的威力,知道犯上作乱,必酿恶果,于是仓皇逃到青海,乞求马步芳引荐,投靠了南京的蒋介石。

1938年2月,尧乐博斯被蒋介石委任为行营中将参议。在重庆娶

了军统女特务、小自己二十岁的廖咏秋。1945年5月,在中国国民党六中全会上尧乐博斯当选为中央监察委员。

尧乐博斯再回到新疆是1946年,当时他肩扛国民党中央国策顾问兼新疆省政府高级顾问两块牌子。第二年10月他又被任命为哈密区行政督察专员、保安司令兼国民党哈密区党务指导员。

对哈密"九·二八"黄金抢劫案,尧乐博斯睁一只眼,闭一只眼。当面他大骂那些放火的人作恶多端,不得好死,暗地里却希望这把火越烧越旺,死的人越多越好。

尧乐博斯与美国驻迪化领事馆副领事马克南和惯匪乌斯满早就暗通款曲,"九·二五"和平起义通电发出之后,乌斯满与贾尼木汗挟持近一万七千哈萨克牧民移驻巴里坤草原。解放军进疆后,他们拒绝了王震司令员派来的代表要求他们返回迪化参加政府工作的劝说,明显就是要在巴里坤、伊吾拉开架势,与共产党决一死战。

第四节 先发制敌不迟疑 处置叛军除后患

第六军十六师政委关盛志来到哈密后,隐约感到有一只无形的黑手在操控着哈密。可这只黑手在哪里呢?

关盛志陷入了沉思。突然他想起十六师骡马大队行进至七角井时,一个老乡报告:"有一波土匪准备在山口伏击你们,请解放军早作准备。"一连连长张文治接到命令后,立即率领一连战士抢占前面山头。土匪看到解放军的勇猛架势,望而生畏,不战而逃。这次土匪的伏击虽然没有得逞,但至少说明乌斯满、贾尼木汗的叛乱已是不争的事实。群众还反映尧乐博斯在10月2日前往巴里坤会见乌斯满、贾尼木汗,这些又说明什么问题呢?

关盛志越想越觉得情况非常复杂,问题相当严重。他觉得影响新疆和平解放后社会稳定的重点可能就在哈密,而影响哈密稳定的最大祸根就是乌斯满、贾尼木汗、尧乐博斯这些关键人物。

贾尼木汗出生于阿勒泰。盛世才统治新疆的后期,他被任为阿山区副行政长官。中华人民共和国成立后,他带着国民党骑五军军长马呈祥给的部分枪支弹药和武装人员潜往巴里坤县,与乌斯满、尧乐博斯结成反共同盟,发动武装叛乱,继续为非作歹。想到这里,关盛志觉得自己肩头的担子沉甸甸的。

关盛志从来没有这样焦虑过,他不停地在院子里来回踱步。针对哈密当前的严峻形势,首先要厘清思路,制定最佳的行动方略。从工作步骤上讲,首先应该清除心头之患,消除恶劣影响,剿匪、建党建政、民主建设、屯垦生产等各项工作才能有序开展。

当务之急,在排兵布阵方面一定要把好钢用在刀刃上,将十六师四十六团这支六军的一把"尖刀"插到巴里坤。想到这里,一营副营长胡青山在关盛志的脑海中闪现,把伊吾这副重担交给胡青山,让胡青山带领二连驻守伊吾是靠得住的。

就在关盛志准备下命令时,城防司令部值勤哨兵抓获一个伪装成商人溜出大营房,准备潜逃的原国民党军官,对他立即进行突审。

"老老实实交代,你是干什么的?"城防司令部参谋问他。

"我是五三三团刘参谋长。""商人"如实交代。

"什么,你是参谋长,为什么要伪装成商人潜逃呢?"城防参谋连连追问。

"唉,一言难尽啊!"刘参谋长无可奈何地叹了一口气,毫不隐瞒地倒出了自己的苦水。他交代说:"驻守三堡的五三三团一连与驻守七角井的三连已经开进大营房,他们中的有些人正在煽动闹兵变。新任旅长刘伦元还未到职,五三三团陈公辅团长睁一只眼,闭一只眼,副旅长宋磊根本无力制止。参加兵变,那是死路一条,我不愿参加,但又奈何不得。面对这样的困境,只得离开是非之地。"

关盛志听了城防司令部情况汇报后,更加坚定了快速平叛剿匪的

决心。关盛志立即命令参谋长连承先拨通酒泉的电话,与还在酒泉负责二、六军物资运输工作的师长吴宗先交换了意见,取得了高度共识,并与五师的城防司令部共同向军首长和兵团首长汇报了哈密的严重情况和处置方案。六军首长和兵团首长完全支持关盛志的意见。王震司令员命令二军五师将国民党起义部队一七八旅五三三团部分叛兵的骚乱平息后,再向六军十六师移交哈密城防。

事不迟疑,必须对叛军闪电出击,露头就打,先发制人。参加平息叛乱的部队由二军五师十三团和十四团的两个加强营、二军炮兵团、教导团各一部组成。

11月20日夜幕降临的时候,全副武装的人民解放军各参战部队,快速对国民党一七八旅五三三团驻地大营房实施分割包围。

陶峙岳将军听到驻守哈密的五三三团兵变动向后,立即派遣一兵团高参、解放军进疆先遣代表刘振世拿着他的亲笔信飞抵哈密。刘振世到哈密后,面见一七八旅副旅长宋磊并把陶峙岳的亲笔信送交宋磊。

刘振对宋磊说:"马上通知五三三团叛军放下武器,走出营房向解放军投降,听候解放军处理,否则后果非常严重。"这时,一兵团参谋长张希钦按照王震司令员的命令亲自飞到哈密,处理平叛事宜。在解放军强大的政治攻势和军事威慑下,五三三团叛军全部缴械投降。

新疆警备司令部军法处处长刘尊贤,受陶峙岳将军的委托,专程来哈密具体处理黄金抢劫案,拘捕了六名失职嫌疑人,将有"管兵不严,疏于戒备"之责的五三三团团长陈公辅押送迪化审查,并追回黄金四千多两,对残害解放军运输部队官兵的直接责任人,五三三团一名副团长、一名营长、一名连长,一名排长和一名士兵,经新疆军区军事法庭审查后,就地正法。新疆警备司令部命令参加"九二八"抢劫的骨干五三三团二营调防迪化,听候整编。余下的五百七十一名官兵,全部分散到解放军六军十六师各营连,从根本上消除了十六师进驻哈密后可能产生的各种隐患。

第五节 诚意争取乌斯曼 冥顽不化终作乱

"报告关政委,任书田赶来报到。"12月24日,中国人民解放军第六军十六师四十六团团长任书田奉命率领先遣部队飞抵哈密,

"好!你来得正是时候。"关盛志热情地握着任书田的手说:"你刚刚完成接管玉门油矿的工作,又一路劳顿,十分辛苦,本该让你短暂休整一下,可军情紧迫,这里的形势不允许你休息了!"

"我们都是坐飞机来的,一点都不累,不用休息了。首长这样急着让我们赶来,一定有什么重要任务,首长请下命令吧!"任书田认真地说。

关盛志说:"你在保卫延安中连续战斗了七个昼夜,被敌人夺去了右眼你都不愿休息,你这个犟脾气。"

"放心吧,政委。"任书田抢着说,"不管遇到多大困难,千难万险我都不怕。我保证完成上级交给我的任务!"

"这可是关系到新疆和平解放后社会稳定、民族团结、百姓安居乐业的大问题。"关盛志神情十分严肃地一把将任书田按到木椅上坐下,然后说:"我将山北的巴里坤和伊吾两个县交给你们四十六团驻防。在巴里坤草原上,乌斯满和贾尼木汗召集了一千多名哈萨克武装骑兵和被裹挟的近一万七千名哈萨克牧民。

任团长吃惊地问关政委:"乌斯满这么厉害?"

关政委说:"这个人还真有点不简单。这里有个材料你看一下就会明白。"

乌斯满原是阿勒泰富蕴县的一个刁徒恶棍,曾经加入民族分裂势力行列,后投靠国民党,当上了国民党阿山专员兼保安司令,作战失败后,一直盘踞在巴里坤、吉木萨尔、木垒、奇台一带,杀人越货,拦路打劫,杀害牧民,抢夺牛羊马匹和骆驼。解放前夕,乌斯满伙同原新疆省

财政厅厅长贾尼木汗等反动分子,在美国驻迪化领事馆副领事马克南的策划下不断招兵买马,胁迫牧民,扩大势力,阴谋叛乱。乌斯满和尧乐博斯、贾尼木汗狼狈为奸,在巴里坤西北山区建立起反叛基地,成为北疆社会不稳定的一颗毒瘤。

任团长看完材料说:"看来此害不除,北疆永无宁日。"

关政委说:"是啊,艾买提·瓦吉地等人代表王震诚意地规劝乌斯满,做了大量工作,希望他弃恶从善,为国家和社会做些有益的工作。可乌斯满顽冥不化,劣性不改。"

1949年8月29日,兰州解放后的第三个晚上,艾买提·瓦吉地听到楼下传来一阵汽车声。紧接着就听到敲门声。

"谁啊?"艾买提·瓦吉地打开门一看,是两位解放军。

"你们敲错门了吧?"艾买提·瓦吉地警惕地说。

一名解放军自我介绍道:"我叫甘泗淇,是西北野战军政治部主任,他是联络部部长范明。"

"贵客、贵客,有失远迎。"艾买提·瓦吉地连忙请客人进屋刚要倒茶接待,范明亲切地说:"艾买提·瓦吉地同志,你不用客气了,时间非常紧迫,彭德怀同志现在就在三爱堂公署等着你,我们快走吧。"

艾买提·瓦吉地说:"好,哪能让彭德怀同志等我啊,我们赶紧走。"他们乘车来到了三爱堂公署。抗战后期,这里曾经是西北军政长官公署。走进彭德怀同志的办公室,彭德怀与艾买提·瓦吉地亲切地握手互致问候以后,彭德怀拿出一份电报对他说,"中共中央李克农同志转来了你的关系,知道你在兰州为我党做了大量艰苦细致的地下工作,我们感谢你,今天深更半夜找你来主要是想了解一下新疆方面的情况。"

艾买提·瓦吉地激动地说:"彭老总,只要能为新疆早日实现和平解放做点贡献,让我干什么都行。"随即他对照地图就新疆军政情况、新疆行政区划、民族分布、道路交通都做了详细介绍和汇报。

8月30日上午,彭德怀又一次约见了艾买提·瓦吉地,向他进一步了解新疆的风俗民情、社会状况及山川面貌,详细询问了从兰州到新疆的路线及沿途的主要行进障碍。当天下午组建了进疆人民解放军随军新疆工作团,彭德怀宣布,任命艾买提·瓦吉地为团长,并亲自给他发了军装。

1949年10月1日,中华人民共和国宣告成立,全国一片欢腾,根据彭德怀的指示,王震召集了师以上干部会议,由艾买提·瓦吉地详细介绍新疆情况,随后新疆工作团随同西北野战军二军四师、五师野战部队进发新疆。

10月中旬,艾买提·瓦吉地团长按照王震的指示,到哈密巴里坤了解乌斯满部的情况。他携带解放新疆的八条二十二款公告等我军宣传品和绸缎、砖茶、方糖等礼物,专程来到巴里坤乌斯满的大帐房。诚恳地劝说乌斯满:"王震司令员希望你到迪化(今乌鲁木齐)参加工作。现在,新疆已经和平解放,各族老百姓都渴望社会稳定,各族人民都愿意在共产党的领导下,团结起来建设新疆。"

乌斯满沉思了一会儿推辞说:"我现在十分劳累,我的部落刚从阿勒泰搬过来安扎在巴里坤,来回搬迁困难很大,现在我哪儿都不想去了。"艾买提·瓦吉地请他认真考虑王震司令员的关心和安排,如他实在不愿意到政府工作,也不愿回阿勒泰当专员,继续留在巴里坤也可以,欢迎他和他的部下到哈密和解放军首长见见面,增进了解。

乌斯满说:"我近来旧病复发,身体欠佳,不便去哈密。

乌斯满百般搪塞推诿,艾买提·瓦吉地也不好再说什么,便让随员送上了礼物。然后提出能不能见见牧民,将共产党的公告和宣传品散发给牧民。乌斯满捋了一下八字胡说:"让牧民了解一下共产党的政策这是好事,但我担心牧民看不懂汉文公告。"他想以此为借口来阻止艾买提·瓦吉地一行向哈萨克牧民宣传共产党的政策主张。

艾买提·瓦吉地说:"我带的是哈萨克文、维吾尔文和汉文三种文字的公告。"随即给乌斯满也送了几份哈萨克文公告。

此事让任书田团长认清了乌斯满的嘴脸生气地说:"王震司令真心善待,仁至义尽,乌斯满可不识抬举。"

关盛志摇摇头说:这个人冥顽不化,我们必须做好最坏的打算。从新疆各地的情况来看,新疆稳定问题取决于哈密,而哈密的稳定又取决于巴里坤草原和伊吾河谷,别看伊吾小,但战略地位十分重要,原国民党军队第八补给站就设在这里,库存有至少可以武装两个团的武器弹药。如果说新疆和平解放后敌对势力还要制造什么风暴的话,这个风暴的源头一定就在你的防区内,不把敌人彻底消灭干净,建党、建政、发展生产,都是一句空话,你要有足够的思想准备!

"报告政委,按照你的指示,我在酒泉已经与胡青山副营长交换过意见,他是一个政治坚定,军事过硬,放在哪里都能独当一面的老战友,我们一定密切配合,保证完成任务。"任团长向关政委保证道。

关政委说:"是啊,形势非常严峻,胡青山同志是从死人堆里爬出来的战斗英雄,干事有股韧劲和拼劲,永远都不服输。师里决定让他带领二连去伊吾,这样我的心里才踏实。"

任团长说:"政委,我带团部的同志今天下午就去巴里坤,先将巴里坤起义部队的改编和群众稳定工作做起来。请政委放心,我们这支部队能从两万五千里长征走过来,能从抗日战争和解放战争的烽火中打过来,就一定能够夺取巴里坤和伊吾剿匪建政和生产建设的更大胜利!"

"我们必须要有这个自信。"关盛志说,"作为军人,我们保卫的是人民民主专政,对任何企图削弱和破坏人民民主专政的敌对势力,我们必须毫不犹豫地拿起枪杆子,坚决把他们消灭掉。否则,建党建政就无法顺利进行。"

"明白!"任书田听到这里,嚯地一下子站起来,挺直腰板,庄重地向关政委敬了个辞别礼。

关盛志看着任书田意气风发,顶天立地的样子,他紧紧握着任书田的手,深情地说:"好,我送你们上车,祝你们马到成功。"

任书田率领他的先遣队立即出发,当天就进驻了岳公点将台下的巴里坤县城。

关盛志一面积极地推进着哈密地区的建党、建政、民主建设、屯垦生产等大政方针的全面工作，一面高度警惕、密切地注视着乌斯满、贾尼木汗和尧乐博斯之流的一举一动。他急切地等待着胡青山和二连指战员早日到来，以便快速进入伊吾驻防阵地。解放军一天不进入伊吾，他那颗悬着的心就永远不踏实。

就在这时，一连发生三件事让关盛志感到十分蹊跷：一是传来尧乐博斯的副官苏甫汗的老婆法特曼在多次接触解放军之后，突然不明原因地死亡的消息；二是一月份传来伊吾县警察局长伊建中，与县参议长那斯尔、副乡长那思尔·伊力牙孜、夏巴依、玉素甫·阿衣、翁巴·吉牙力等六人突然潜入哈密，分别在尧乐博斯的办公室和住所多次密谈的消息；三是尧乐博斯的老婆廖咏秋多次来到大营房十六师师部办公室找关盛志吵闹，要求和尧乐博斯离婚。

关政委认为事出反常必有妖，廖咏秋所为是在刺探情报。在尧乐博斯和廖咏秋怪异行为的背后，究竟隐藏着什么阴谋，对哈密的和平稳定会带来什么影响，现在还不得而知。所以必须从容应对，相信时间会将他们打回原形。

上述情况的出现，使关盛志本就十分警惕的神经绷得更紧了。但他心里明白，对一个和平解放的地区来说，更要紧的就是快速成立人民自己的政府，人民的生产、生活有人过问，困难有人解决，发展有人指引，群众就会感到有依靠，有指望。

1950年2月8日，中共哈密地方委员会成立，十六师政委关盛志兼哈密地委书记，师长吴宗先兼任地委副书记。哈密地委决定从十六师抽调一百四十六名指战员，分别组建地区和各县工作委员会，其中巴里坤县工委和伊吾县工委各十八人，伊吾县工委刘子伦任主任、韩增荣为副主任。但人还在酒泉的刘子伦还没有到职。

关盛志清醒地认识到，尽管乌斯满口口声声表示全力支持解放军的工作，但是暗地里派人收抚国民党驻昌吉、阜康、奇台、木垒、巴里坤相继叛乱的叛兵共计六百多人。此时，乌斯满和贾尼木汗已网罗六千多叛匪，加上挟持的近一万七千名哈萨克牧民，他们自认为从力量上完

全超越了驻防哈密的解放军第十六师。

乌斯满也是地地道道的"两面人",他仗着有美国人撑腰,想在新疆东部称王称霸,他明里派人和共产党、解放军取得联系,暗地里和美国驻迪化领事馆副领事马克南、哈密专员尧乐博斯秘密开会,组成反对解放军和共产党的联盟,在沁城乡、天山达坂、七角井等交通要塞设伏,阻截过往解放军,抢夺武器装备,截留车辆马匹,残杀解放军官兵,发展壮大自己的力量。

马克南向他们许诺,只要你们先打起来,美国将空投武器给予大力支持,要想有地位,必须先得有作为。

关盛志感到事情已经迫在眉睫,必须尽快将自己的军事部署完毕,人马早日到位。为此,他通知酒泉的空运部队尽快调整空运顺序,将四十六团一营二连补充力量空运时间提前,早日进驻伊吾这个目前的战略空白点,只要胡青山带兵驻防,就能应对各种突发情况。

胡青山为什么能在关盛志心目中占有那么重的分量呢?

了解胡青山的简历,你就不难找到答案。

胡青山,1922年出生在河南滑县,十七岁入伍,十八岁入党,革命战争年代,他先后经历了延安保卫战、榆林战斗、扶眉战斗和解放兰州等一百多场次战斗的洗礼,多次荣立战功,曾经获得过陕甘宁边区"文武双状元""劳动模范"纵队"特等战斗英雄"和"全国战斗英雄"等荣誉称号,是赫赫有名、威震四方的神枪手。

第二章　阴云笼罩伊吾　二连危机重重

尧乐博斯、乌斯满和艾拜都拉，企图将进驻伊吾的解放军赶走，摧毁新生的人民政权，把伊吾建成反动基地。叛匪剑已出鞘，新生的伊吾政权面临考验，进驻伊吾的中国人民解放军第六军十六师四十六团一营二连（简称二连）和胡青山临危不惧。

第一节　关盛志语重心长　胡青山临危受命

军情似火，十万火急，刻不容缓！

"胡副营长在吗？"团留守处通讯员拿着一份加急电报气喘吁吁地问一营哨兵。

哨兵用右手指着正在操场上组织新兵训练的那个精精瘦瘦的人说："那不，正在带新兵训练哩。"

通讯员快步跑到胡青山跟前立正敬礼："报告副营长，哈密加急电报。"胡青山接过电报一看：哈密紧急，与赵富贵率二连现有人员乘飞机

速来。

四十六团一营副营长胡青山和二连连长赵富贵接到团长密电的时间是1950年2月15日。

什么事这样着急？胡青山心中充满疑惑。

赵富贵说："不是原来说好了，要等到连队全部补齐以后再走吗？为什么突然要求二连官兵在全员还没有到位的情况下，立即率领现有的两个排官兵先期飞抵哈密呢？"赵富贵百思不得其解。

胡青山对赵富贵说："既然团长这样着急让我们赶去，一定就有赶去的理由。军令如山，一点都不能耽误，赶快准备，明天出发。"

第二天，二连部分官兵到达哈密。

十六师政委关盛志和四十六团团长任书田一同接见了胡青山和二连官兵。

十六师政委关盛志在接见大会上，向二连指战员传达了新疆省人民政府委员会目前的施政方针和1月7日彭德怀在中央人民政府第五次会议上作的《关于西北工作情况的报告》的主要精神，还向全体指战员讲了新疆与哈密当前面临的严峻形势和作为一名军人的神圣职责。

关盛志非常严肃地对大家说："同志们，新疆和平解放了，但是我们的战斗任务还没有完成，美蒋特务、国民党起义军政人员、叛匪和当地土匪勾结在一起，还在进行着各种捣乱破坏活动，乌斯满正在招兵买马，随时可能掀起叛乱的风暴。特别是伊吾县长期被伪县长艾拜都拉把控，情况非常复杂，什么样的事都有可能发生。因此，师团决定派一支精干的队伍进驻伊吾，考虑到二连是一支具有光荣传统、能征善战的英雄连队，所以决定派你们去啃这块硬骨头。"

关盛志政委接着说："二连去了以后，远离团部和师部，你们只有一个连的战斗力，却承担着一个县的边防和社会安定的保卫重务，为减轻人民的负担，还要屯垦生产。这个担子可是十分沉重的，形势要求你们要迎接或许更加残酷的战斗任务。你们必须要像彭德怀司令员要求的那样，紧紧握住手中的枪杆子，坚决与胆敢破坏新疆和平的一切敌特叛乱分子作坚决的斗争，不获全胜、决不收兵！"

关盛志政委最后说："考虑到伊吾环境的特殊性和执行任务的艰巨性，决定派全国战斗英雄、一营副营长胡青山率队前往。加派了赵富贵和王曰澍两个连长，一个指导员，一个副指导员，这样的连队干部配置在我们师应该说是前所未有。"

会后，关盛志对胡青山说："你和二连的具体任务由任团长给你部署下达，我要强调的：第一，你们远离师部和团部，要有独立作战的思想准备。伊吾这个地方一旦发生极

著名战斗英雄、中国人民解放军
十六师四十六团一营副营长胡青山

端事件，你既可以向团部汇报，也可以在第一时间直接向师部汇报。如果条件不允许，可以先斩后奏，也可以只斩不奏。第二，要与县工委密切配合，他们都是从部队精心挑选出来的优秀指战员，连队的主要任务就是接管边防、做好防务，尽快整编起义部队，做好起义官兵的思想转化工作，还要积极创造条件，加快开展垦荒生产。至于建党建政、民主建设、减租减息、土地改革等各项工作，主要由县工委去做。"

关盛志最后特别对胡青山交代说："青山同志，你要牢牢记住军人的使命，一旦发生战斗，你就是当地最高军事和行政指挥官，要整合调动全部力量，协同作战，保卫好新生的人民政权，这是人民军队义不容辞的职责。伊吾县的情况很复杂，什么事都可能发生，你要有足够的思想准备，一点都不能马虎。"

胡青山竖着剑眉，神情严肃的给关盛志敬了一个军礼，用坚定的语气对关盛志说："请关政委放心，只要我胡青山在，二连就在，伊吾县新生的人民政权就在。"

关盛志紧紧握着胡青山的手说:"师、团党委信任你,我们等待着你们的好消息。"

1950年2月16日,中国人民解放军十六师派出的"中共伊吾县工作委员会"成员一行十八人和中国人民解放军四十六团一营二连的部分指战员,由副营长胡青山、连长赵富贵率领,乘汽车来到离哈密七十公里的沁城乡。沁城乡是从甘肃入疆后在新疆遇到的第一个有人烟的地方,这里居住的村民主要有汉族和维吾尔族,二连利用在沁城乡过春节的机会,充分发挥解放军"战斗队、工作队、生产队"的作用,积极向沁城乡的广大群众宣传新疆和平解放的伟大意义,宣传中国共产党的政策,宣传减租减息,建立人民政权、发展生产等有关政策,当地村民对新社会有着无限的憧憬和期盼。

二连指战员还和先期到达哈密沁城乡的四十六团九连指战员们一起帮助沁城乡群众劈柴、挑水、打扫庭院,对群众嘘寒问暖,特别是不少甘肃籍战士,还和这里很多甘肃籍老乡话家常,吃浆水面,把乡音未改的沁城乡群众惊讶得不知所措,满心欢喜。沁城乡的村民没想到共产党的部队对待老百姓都那么亲切和蔼,他们过去见的国民党军队不是抢钱、就是劫色,就是土匪强盗。可解放军对老百姓就像对待自己的亲人一样,哪里见过这样好的部队。

解放军不但秋毫无犯,而且还帮助群众干这干那,排忧解难。乡亲们对待解放军的态度也从处处戒备到主动热情邀请指战员们同他们一起包饺子,有些家境好的人家还杀猪宰羊,煮大块肉,撸羊肉串,让二连官兵好好和他们一起过大年。胡青山和二连的指战员们在沁城乡逗留短短三天,军民亲如一家,二连官兵不仅筹借到四十峰骆驼运输连队生活所需的各种物资,而且还为每个指战员借到一匹乘马,两位老乡还主动帮助他们带路当向导。

2月19日,胡青山、赵富贵率领二连部分指战员与县工委的同志骑着马,赶着驼队,在沁城群众和九连指战员的欢送下,依依不舍地离开沁城乡,浩浩荡荡地向伊吾进发。经过三十公里的行军后,他们宿营在小堡村,这也是哈密通往伊吾的一个很重要的关隘。

从这里翻山越岭去伊吾,山高路险,加上雪厚路窄,运送二连指战员的汽车过不了山。二连在这里动员一些向导,向群众筹备马匹、骆驼等畜力运输工具,准备途中食品,顺便了解从这里到伊吾路上要注意的各种安全事项和伊吾的有关情况。

第二天,他们踏着厚厚的积雪,顺着弯弯曲曲的山道,在冷风嗖嗖的山沟艰难跋涉,吃力地翻越三个达坂,胡青山边走边用警惕的目光在光秃秃的山沟里搜寻着,生怕出现什么意外。向导王杜林看出了胡青山的心思,对胡青山说:"这个沟现在很少有人走了,特别是春节期间,除了你们当兵的,没人来。你们就放心大胆地跟上我们走,妥妥的,没有问题。"

他们在天山东部深山峡谷中整整行走了两天,饿了啃一口干馕,渴了吞一口积雪,晚上就在山脚下避风处风餐露宿一夜。2月21日快出山的时候,侦察员粟士成向胡青山和赵富贵报告,他们发现前面有两眼泉,流淌着清清的泉水。附近还有几间干打垒的土房子,好像很久没有人住了。

王杜林说:"这里就是古丝绸之路上久负盛名的刺梅花泉,也是从哈密到伊吾唯一有泉水的地方,以前这里是个驿站,来来往往的人都在这里歇脚。"

战士们欣喜若狂地拿出行军壶,接满一壶泉水,仰起脖子,咕嘟咕嘟地喝完,又满满地灌上一壶。骆驼和马也嗷嗷地叫着到泉眼边饮水。经过休整,部队这才出山,于2月21日下午来到伊吾县。

二连官兵刚刚经过西安、兰州、酒泉和哈密这些大城镇,他们到达伊吾县城发现伊吾县小得可怜。这个位于哈密东北部的小县城,四面高山环绕,偏远闭塞,小小的县城坐落在一条东西走向的河谷里。这里没有城垣,也没有像样的建筑,全城只有一条窄溜溜、坡度很大的东西向街道,除了原国民党党政机关、警察局、边防大队,国民党第八补给站所在的七八个大院以外,剩下的就是为数不多的几户擀毡、磨面的人

家,整个县全部加起来才四千多人。

河南籍战士牛发良说:"这个县小得还赶不上俺们信阳一个村镇大,人也太少了。"

二连官兵都用好奇的眼光关注着伊吾这个小县城,但他们并不知道,这个县地理位置十分重要,而且县里的领导人物都是尧乐博斯的亲信,胡青山和二连即将面临严峻的考验。

第二节 初见面打破冷漠 谁捣乱绝不宽容

1950年2月23日,是二连来到伊吾的第三天,副营长胡青山和县工委副主任韩增荣共同召开伊吾县政府科长以上人员及起义部队连以上干部见面会,县议员、边卡大队连长以上人员参加了会议,韩增荣主持,胡青山讲话。

胡青山开门见山地说:"艾拜都拉县长、李树贤副县长、那斯尔参议长、各位议员、各位科长和连长,大家好!我们今天召开这个见面会,就是想让伊吾县各位领导与我们进驻伊吾的县工委领导和解放军二连领导一块见见面,大家认识一下,方便以后工作。首先自我介绍一下,我叫胡青山,是人民解放军十六师四十六团一营副营长,今后伊吾县的军内工作就由我负责。刚才主持会议的韩增荣同志是伊吾县工作委员会副主任,在主任还没有到职以前,今后伊吾县的地方党政工作就由韩副主任全权负责。"

胡青山讲话时用锐利的目光扫射了一下会场,发现有些人侧头漫不经心地望着窗户,有些人低头默不作声地想着心事,会场上的气氛显得格外沉闷与冷漠。

允许这样死气沉沉的气氛存在就预示着失败。胡青山绝对不能容忍这样的会场气氛!必须要让沉闷的气氛活跃起来!

胡青山有意咳了两声,然后提高嗓门说:"自从陶峙岳将军和包尔汉主席通电起义后,在座的各位就是起义人员。起义就是投向中国共产党和人民的怀抱。我们与今天在座各位的关系就由过去敌对的双方转化为同志关系了。从现在起,我们就是同事了。你们说说,哪有同事互相不认识的道理?传出去都让人看笑话,你们说是不是?"

经胡青山这一反问,会议的气氛似乎缓和了许多。不论是刚才侧头看窗户的,仰头看天花板的,还是低头想心事的,都把头转了过来,人们的情绪似乎有了一些微妙的变化。

胡青山接着说:"今天我们进驻伊吾的解放军与县工委的同志想利用这个机会,也向大家交个底。我们进驻伊吾的主要任务,就是与在座的各位同事一道,努力维护社会的稳定,积极发展伊吾的生产,改善伊吾人民的生活,把伊吾建设得更加美好。我们进驻伊吾,主要任务有这么几项:首先是宣传中国共产党的方针政策,将党的政策宣传给群众,使群众都能了解共产党,正确地认识共产党。过去有人把我们共产党说成是青面獠牙,红发怪兽,如果共产党真是那样一个政党,怎么能打败国民党八百万军队呢?今天请大家看看我,看看韩副主任,看看我们一块来的其他同志,我们像青面獠牙的怪兽吗?"

说到这里他有意停顿了一下,一看会场的气氛渐渐缓和起来,有些人窃窃私语,还有人甚至笑了起来。"大家看清楚了,我们与你们一样,都是有血有肉的普通人。"胡青山笑着说。

胡青山继续说:"我们还要宣传党的民族政策和宗教政策,我今天郑重地告诉大家,共产党实行的是宗教信仰自由的政策!怎么能说共产党人'共产共妻,消灭宗教'呢?过去你们没有见过我们,说了就说了,过去的,就让它过去吧!今天我在这里郑重地向大家声明,我们共产党实行宗教信仰自由的政策,如果谁还谣传共产党是'共产共妻,消灭宗教',那我们就要追责。"

"在座的各位,你们说说,我说的有道理吗?"

胡青山说到这里,用目光扫视着与会的每一个人,不少人答道:

"有!"会场气氛顿时活跃起来。

"好啊。"胡青山笑着说:"大家的回答虽然不像部队里那样整齐划一,那么响亮,那么有力,但大家还是承认这个道理的。"

"今天我还要郑重地向大家宣布,不管你过去在政府担任什么职务,一律暂时不变,各位要安心做好本职工作,履行好自己的职责,你们不仅有责任与我们一起建设好新伊吾,而且有责任与我们一起保卫好新政权。"胡青山说。

"中央人民政府政务院于1949年12月16日通过新疆人民政府委员会由三十三人组成,包尔汉担任新疆人民政府主席。

1950年1月17日新疆人民政府下达了命令,哈密区行政督察专员公署原任专员由尧乐博斯继续担任,李瑞和阿通拜克继续担任副专员,新增加十六师组织科长张家树同志担任副专员。

同样,哈密区行政督察专员公署不久就会宣布我们伊吾县政府的领导班子组成人员。在这期间,县长、副县长、参议长、科长都要负起责来,不等待,不观望,要努力做好自己的本职工作。你能不能继续保住职位,关键还要看你是不是和共产党一条心,跟着共产党干革命。"

"我今天要郑重宣布的第三件事就是边防大队的官兵们、后勤补给站的官兵们,从陶峙岳将军宣布起义的那一天开始,你们就是中国人民解放军的一名指战员了。陶将军1949年12月19日起义部队改编完毕,发布了《为整编部队告起义官兵书》,并在迪化召开的二十二兵团成立大会上说,兵团成立之后,起义部队的首要任务就是改造官兵的世界观,使之成为真正的人民军队。保卫国土,守卫边疆,是我们军人义不容辞的职责。从今天开始,我们一起保卫好伊吾各族人民的利益不受侵害,保卫好伊吾的社会稳定,对任何损害人民利益、破坏社会稳定的敌对行为,人民军队都要对其进行坚决彻底的打击,绝不含糊。"

胡青山讲到这里时,大部分与会者鼓起了掌,边卡大队的张连长一边频频点头一边使劲鼓掌,边卡大队的黄树柏副团长和后勤补给站的蔡临泽副站长皱着眉头,有点不屑一顾,还有一部分人则面无表情地抬头盯着天花板,不知心里盘算着什么。

伊建中捣了一下副县长李树贤悄悄地问:"想什么呢?"

李树贤瞪了伊建中一眼低声说:"沉住气,懂吗?"

第一次的见面会,胡青山没有奢望取得什么突出效果,但他的话还是使起义人员心中泛起了波澜。

散会后,胡青山与赵富贵连长走出县政府的会议室,缓步走向营房。在胡青山的脑海里不停地闪现着:黄树柏副团长和蔡临泽副站长那紧皱的眉头,伊建中和李树贤交头接耳的神秘交谈,艾拜都拉县长那皮笑肉不笑的奸诈冷漠面孔。就在他满脑子在思考伊吾问题的时候,"哒、哒、哒!"一阵急速的马蹄声从身后传来,他还没有来得及回头看个究竟,边卡大队一个高高大大的上等兵就已经冲到他前面,利索地勒住缰绳,翻身跳下马来,向胡青山和赵富贵行了个标准的军礼。胡青山还没来得及还礼,就听上等兵大声报告:"报告副营长,听我们边卡大队战士说,你是全国著名的战斗英雄,还是百发百中的神枪手,我特别想领教一下,不知副营长能不能给个面子?"

上等兵直到把话说完了,敬礼的手也没有放下来。胡青山用冷峻的目光扫视一下上等兵,又与赵富贵对视一下目光。胡青山心里明白,这个上等兵是专门来挑衅的,上等兵后边还有班排连长和副团长。迎接挑战这关系到进驻伊吾的解放军和县工委是否能够站稳脚跟,他们养尊处优,对二连一直不服。

胡青山心想:不是我小瞧你,论打枪,你还嫩了点。于是,他笑哈哈地问上等兵:"你叫什么名字?"

"报告副营长,我叫董发有。"

"国民党部队官兵之间不是等级很严吗?你今天怎么有这么大的胆子,竟然要与我比武呢?"

"因为我听说解放军官兵人人平等,不打骂战士,所以我才敢要求和副营长比试。"上等兵回答说。

"说得有道理。"胡青山平和地问:"那你想怎么比试?"

"我们在营房后墙上放两个酒瓶,站在五十米以外,看谁打得准。就这么简单。"董发有说。

"好!就这么办。"胡青山转脸对赵富贵连长说:"你回去集合部队,让大家都来向边卡大队的指战员学习射击技术。"

"是!"赵连长心领神会地迅速跑回营房去集合部队。

当胡青山与董发有走进营区时,二连指战员们已经整齐地集合在操场上了。边卡大队的大部分指战员也围在操场四周指指点点看热闹。此前早已有人将两个酒瓶放在营房北墙上,中间相距约三米,董发有要求比武的行为显然是有预谋的。赵富贵一见胡青山走进营房,一声口令"立正",二连指战员们刷地一击后脚跟,双脚迅速并拢,胸脯前挺,一副训练有素的军人姿态。赵富贵跑步到胡青山面前立正行礼:"报告副营长,二连集合完毕,实到六十五人。"二连连长赵富贵报告。

胡青山快步走到二连队前,大声地说:"稍息。同志们,今天有一个向边卡大队学习观摩的好机会,我们不能放过,只有不断学习,练好过硬的作战本领,我们才能攻无不克,战无不胜。这也是我们钢铁二连的光荣传统,我们要不断发扬光大。"

胡青山的话音未落,只见董发有站在操场的南端,距离靶子少说也有七十米,端起步枪,手起弹发,啪啪的两响,营房北墙上的一个酒瓶被打碎了。董发有得意地随手将马枪直直扔给胡青山。胡青山把枪扔给董发有说:"不用,我有枪。"

只见胡青山一个鱼跃,跳上董发有的马背,说时迟,那时快,那匹战马发疯似的向北围墙奔去,在快到北围墙根时,突然前蹄离地,一个急转弯,又发疯似的向南奔驰而来,在快到董发有射击的位置时,只见胡青山紧贴马背,一个侧身,回头甩手一枪,'砰'的一声将营房北墙上的酒瓶子打得粉碎。二连指战员们热烈地鼓起掌来,边卡大队的多数指战员看得眼花缭乱,惊得目瞪口呆,随之欢呼鼓掌。说来也巧,有几只麻雀被枪声惊动后从营房上空快速飞过。胡青山一抬头甩手又是一枪,一只麻雀应声落了下来,刚好掉在围观的边卡大队的战士们跟前。

操场上的掌声更加热烈,还夹杂着边卡大队部分战士们啧啧的惊叹声。

胡青山正要跃下马时,董发有骑着另外一匹战马奔了过来,大声喊道:"副营长,我们再比一比马上角力吧!"他说罢,调转马头向营房北墙根奔驰而去。

胡青山不假思索地答道:"好!"然后催马扬鞭随后追去。眼看快到北围墙根时,董发有突然一收马缰,那匹马像一颗钉子一样,稳稳地停住四蹄。胡青山的战马向前一窜,刚好与董发有的战马平齐,董发有左手拉住马缰绳,右手快速抓住胡青山腰间的武装带。几乎同时,胡青山的左手也抓住了董发有,两人身体同时向外倾斜,都在用力地拉扯着对方,两匹马在原地打转。两个人相持还不到一分钟,胡青山突然上身向前一倾,两腿猛地使劲夹住马肚子,那匹马突然向前一冲,胡青山左臂一用力,将董发有拉上自己的马鞍上,掉转马头,向起跑点奔驰而来。顿时,二连指战员响起热烈的掌声,边卡大队不少官兵惊愕得说不出话来。赵富贵连长快步迎上前,接住董发有,胡青山跃下马来,大声命令:"张连长,集合部队!"

张连长一听到胡青山的命令,麻利地从衣袋里掏出哨子,鼓着腮帮,嘘嘘地吹了起来,边卡大队不到一分钟也整齐地排好了队伍。张连长在"立正"的口令后,跑步到胡青山面前大声向胡青山报告:"报告副营长,边卡大队集合完毕,实到人数一百六十一人。边卡大队连长张忠诚。"

"稍息。"胡青山严肃而平和地说:"边卡大队的同志们,你们的射击技术很好,是值得二连指战员们学习的,你们的马上功夫也不错,尤其是董发有,在马背上是很有功夫的。"说到这里,胡青山停了一下,锐利的目光扫视着站在面前的边卡大队的每一个骑兵的面孔,似乎要透过面孔看透他们的心。胡青山"嗯"一声,突然提高声调,用严厉的口吻说:"董发有的比武下不为例!今后如果再发生类似事情,就视为对解放军的挑衅,视为破坏团结,破坏和平起义后伊吾社会稳定的重大问题,按照军纪要进行严肃处理!"

董发有和他的同谋者一个个都羞愧地低下了头,还有一些执迷不

悟的人，直到这个时候，还没有从惊愕中醒过神来。

二连指战员们从董发有逼着副营长胡青山比武的事件中，进一步认识到伊吾形势的险恶。他们既为副营长高超的射击技术和娴熟的马上功夫感到骄傲，又为边卡大队官兵如此嚣张感到十分气愤。他们暗暗下定决心，经受严峻的血与火的考验，打赢这场改造与反改造、解放与反对解放的斗争。

副营长胡青山是神枪手已经不再是一个神奇的传说，而是眼见为实的事实。这个消息不胫而走，没几天就传遍了山城的角角落落，在口口相传中，一些情节难免就会出现更加玄妙的演绎。有的说胡营长举枪打飞鸟，一枪一个，弹无虚发，有的说胡营长臂力过人，在马上角力中，骑兵连两个战士同时拉他，他坐在马上岿然不动，反过来他一人拉骑兵连两个战士却不费吹灰之力，轻轻地就被他全部拉下马来。一些心怀叵测的人一听到"胡青山"这个名字，心里就有几分恐惧和胆怯。边卡大队一些原想滋事的官兵们，只要一望见胡青山那高大、敏捷的身影，就远远地躲了起来。

与董发有比武后，胡青山从操场上回到营房，就立即通知赵富贵连长：下午召开排长和党小组长联席会议。

利用中午吃饭的时间，胡青山将见面会后董发有逼其比武以及他准备下午召开排长和党小组长联席会议，进一步教育指战员们认识伊吾县严峻形势的打算与县工委韩增荣副主任交换了意见。韩增荣副主任完全同意胡青山的安排，他还特别提醒胡青山，要高度重视驻巴里坤的国民党起义部队七十八师一七八旅骑兵团三个连官兵。

在二连排长和党小组长联席会议上，胡青山先将上午召开的县工委与伊吾县政府科长以上人员及起义部队连以上干部见面会的情况简要地做了介绍。最后胡青山说："从见面会上与会者的态度分析，伊吾县原军政人员中真心支持和平起义的比例比较小，而且军政主要领导站在反对和平起义立场的人比例更大。董发有的比武只是反对和平起义的军人对解放军的一次挑衅而已。其实这件事我们应该能够预料到，我们进驻伊吾的当天下午，骑兵连的一个战士不就用激将法要看四班副张长炎的骑马技术吗？"

"这个战士叫李世奇，他说他们骑兵连的官兵都在背后议论说二连的解放军不会骑马。要说解放军会骑马，他打死也不相信。在他们看来，二连官兵刚刚进驻伊吾，肯定没有会骑马的。正好这时张长炎来了，他就生个点子和他比试比试，李世奇完全出于好奇，并不是有意挑衅。而董发有的情况就完全不同了。他这次是有计划、有组织的挑衅。上午的比赛我是在突发事件中临时决定的，现在看来效果还算可以。但是一般情况下我是不主张以这种形式进行比武的，因为这样做，很容易引起两支队伍之间的对立。上述只是我个人的一些认识，今天开个会，请大家讨论一下，我们到底应该怎么对待当前伊吾的严峻险恶的形势呢？再有突发性事件，我们又如何能够更好地应对呢？大家帮助出出主意，三个臭皮匠，顶个诸葛亮嘛。"

"好吧，我来个抛砖引玉吧。"一排副排长贺文年说："我同意副营长对伊吾形势的准确判断和科学分析。其实我们在行军总结会上已经认识到伊吾形势的险恶，但是我没有想到这种险恶形势来得这么快，表现得这么赤裸裸的。没想到他们这么急不可耐。驻伊吾国民党起义部队，是不是也会步驻巴里坤起义部队的后尘呢？我认为完全有这种可能。巴里坤起义部队之所以发生叛乱，一是起义部队的反动性决定的，二是当时进驻巴里坤的解放军没有完全到位，被改编力量远远大于改编力量，给这些反动分子以可乘之机，这是一个不容忽视的重要原因。现在伊吾面临的形势与当初巴里坤面临的情况有惊人的相似之处，我们现在进驻伊吾的解放军还不到半个连，而驻伊吾的起义部队、边卡大队、后勤补给站的人数加在一起将近一个半连，如果再加上警察局，和社会上其他隐藏的敌对势力，整个敌对势力的力量数倍于我们。

"基于以上分析，我个人认为对待当前伊吾的险恶形势有以下三点应对的意见：一是将我们进驻伊吾后对伊吾形势的分析、判断和这两天发生的事件立即向团部和师部做一个详细报告，请求上级对边卡大队

调防,从客观上改变伊吾县双方力量的对比。现在驻哈密和巴里坤的起义部队中的敌对势力已经被彻底镇压了,一个小小的骑兵连调驻一个新地方,他们一定会老老实实。一般来说,经常喜欢挑事的人,他都要看对方的实力,柿子专拣软的捏,这是一般人的思维惯性。就比方董发有,就是给他借一百个胆子,他今后也再不敢和胡营长比武了;二是加强对警察的教育,要争取他们中的大多数,这点不难做到,他们大多数人也要养家糊口,站在顽固的反动立场上铤而走险的必定是少数,争取更多的警察能站在我们一边。只要警察局、后勤补给站的大多数职员不参与叛乱,伊吾县的社会稳定就有保障;三是加快民主建政的步伐。只要广大群众被发动起来,伊吾的敌对势力就无处藏身了,要相信绝大多数的老百姓渴望安定,跟着坏人跑的都是受蒙蔽的极少数人。"

"我完全同意一排副的意见。"二排长周克俭接着说,"你有你的千条计、我有我的老主意。我认为,只有加强军事训练,苦练精兵,培养敢打必胜的信念。从内心里强大自我,才能居高态势,泰然处之。"

韩增荣了解情况后,当即责成县工委成员候学臣、孙庆林等人将边卡大队调防问题与胡青山一起向师部和团部分别作了较为详细的汇报。

第二天中午,边卡大队和二连同时接到十六师司令部关于边卡大队调防巴里坤的命令。命令边卡大队于当天下午由北路轻装进驻巴里坤,营房各类设备、用具全部完整地移交给四十六团一营二连,四十六团将派两个连的骑兵,准备在岔哈泉迎接,边卡大队必须在四十八小时以内到达岔哈泉。显然,韩增荣和胡青山的汇报引起了师、团两级领导的高度重视,及时调整了伊吾这个边境小城中改造与反改造、解放与反解放之间的力量对比。

边卡大队调防后,伊吾县城夜晚的枪声明显减少,信号弹也没再发了。二连指战员全部进驻边卡大队的营房,接管了边卡大队的全部防务。

老边卡大队调防已经好几天了,张连长那一脸敦厚的表情仍然不时出现在胡青山的脑海里。他深信,即使在国民党的部队里,像张连长这样心向正义、心向和平的官兵,也一定会战胜邪恶,最终走向胜利、走向完全的光明，这是大势所趋，人心所向的时代潮流，任何逆潮流而动的反动势力，最终都会碰得头破血流。

第三节 英雄不知多危难　越是艰险越向前

一到伊吾，胡青山就和韩增荣副主任一起察看伊吾县城的地形、房舍，立即作出部署。县工委的同志住警察局院内，部分人员住伊吾县党部，二连部分指战员先住伊吾县边卡大队营房。安排好住宿以后，部队和县工委立即展开工作。

很快，二连接管了原国民党边卡大队的驻地和防务，通知边卡大队待命整编，边卡大队全是骑兵，所以也叫骑兵连。

第二批二连部分指战员，大部分是刚补充的新兵和从其他单位调整的班排骨干，他们于3月17日从酒泉乘四辆大卡车出发，第一天到达安西，第二天到星星峡，第三天来到哈密，住在哈密县老城区的一个院内。

第二天早晨，四十六团一营营长到第二批二连指战员驻地对二连指导员王鹏月和二连长王曰澍说："刚接到团部命令，你们尽快出发进驻伊吾，去了以后首先要向县工委汇报，听取情况介绍。其次，要与先到达的胡青山副营长、赵富贵连长一起研究连队的工作。部队的主要任务是搞好边防，维护社会治安，保卫新生政权。虽然伊吾已经和平解放，但不甘心失败的敌人还在兴风作浪，伺机捣乱破坏，你们一定要提高警惕。同时要到淖毛湖和下马崖两个自然条件相对比较好的地方做好垦荒生产，为大部队前往伊吾开荒生产创造必要的条件。"

3月24日，二连接到出发的命令，由指导员王鹏月、副指导员罗忠林和第二连长王曰澍率领，乘坐师部派出的四辆卡车，计划经南山口、口门子和盐池奔赴伊吾城。出发前一营营长对王鹏月和王曰澍、罗忠林三个连队领导说："胡青山他们上次走的是沁城乡小堡村和三个达坂

这条路,要比你们现在要走的这条路远七十多公里,山陡路窄,积雪未融化,车辆难以通行,而且叛军、土匪、强盗时常出没,隐患较大,特别是沿途人烟稀少,补给困难,是一条渐渐被淘汰的线路。你们

2001年的伊吾县城主街道

走的这条路据说过去是交通要道,商贾不断,山顶上还有天山庙,特别是口门子,草原辽阔,青松苍翠,风景宜人,是一条很美的风景线!"

3月的天山,仍然被厚厚的冰雪覆盖着,白雪皑皑,青松苍翠,就像一个睡美人。清朝诗人尹绍萃在《天山积雪》中这样写道:

浮天积雪白皑皑,叠嶂层阴锁不开。万里寒光横塞外,半空清气逼人来。海云归去影相合,塞雁飞过声亦哀。玉立千秋屹不动,更叫何处染尘埃。

这里不像其他省份有些地方已经是春风扑面,这里没有一丝春天的气息,仍然大雪纷飞,寒气逼人。当汽车行驶到离南山口一公里处要进山的时候,因冰雪阻塞,汽车打滑,刚来的司机根本就没有雪地行车经验,面对山陡路滑,积雪覆盖的现实,老旧汽车根本难以征服这白雪皑皑的大山,几次尝试都宣告失败。部队无法前进,只能又乘车返回南山口。

"喂,关政委,雪大路滑,我们的车过不去怎么办?"王鹏月当即打电话向师首长汇报情况,看能否得到其他方式的支援。

关政委态度非常明确地说:"鹏月同志,我给你们的任务是赶快赶到伊吾,既然汽车走不了,车上拉的东西只能人抬肩扛,动员战士克服困难,发扬红军二连打不烂,拖不垮的精神,徒步翻越天山。"

就这样,二连战士们扛着枪、带着行李,背起连队的一些器材、物资,徒步翻越天山。当他们行至半山腰时,空气变得稀薄,个个气喘吁吁,呼吸困难,行进开始缓慢。

最使连队领导不放心的是这里可能出现敌人设伏,连长王曰澍派出前哨班一路侦察,王鹏月则充分发挥平时做好思想政治工作的优势,鼓励大家把困难踩在脚下,平时不做懒汉,关键时刻不做孬种,不安全到达伊吾誓不罢休。

部队在天山庙休息的时候,王鹏月立即召开了班长和党小组长会议,开展宣传工作,要求共产党员冲锋在前,班排长要以身作则,率先垂范,做好表率,身体条件好的老兵,要为新兵排忧解难,坚持到底就是胜利。一个党员就是一面旗帜,在党员的带头和鼓舞下,战士们个个摩拳擦掌,不甘落后。从天山庙往下是下坡路,但由于不少人衣服单薄,冻得感冒发烧,加上大家都是负重前行,劳累不堪,举步维艰,直到晚上,大家才拖着非常疲惫的身子翻过天山抵达山脚下的口门子马场宿营。

行军第二天,师部协调驻扎在巴里坤的四十六团派出骆驼、马匹前来接应,二连这才缓解负重,昼夜兼程,于3月26日下午顺利抵达伊吾县城。

二连人员全部到齐后,胡青山向全体指战员传达了上级的指示精神:新疆刚刚和平解放,伊吾各族人民群众还十分贫困,我们除了积极剿灭土匪,维护社会秩序外,还要开荒种地、生产粮食,以减轻人民的负担。开荒生产的地方就在县城北面六十公里的淖毛湖和下马崖,那里有大量可耕地,又有丰富的水源,非常适合发展生产。

最后,胡青山说:"伊吾的情况很复杂,特别是县警察局,名义上虽然起义了,但隐藏的敌特分子不会停止反革命活动,县工委已决定派保卫部部长孙庆林兼任警察局政治指导员,在政治上与他们做斗争,按照'依靠骨干,争取多数,孤立少数'的方针,先把工作开展起来。"

此时的伊吾就像一汪湖水,看起来表面平静如常,湖底却波涛汹涌,情况复杂程度超乎人们的想象。和平起义后,县城党、政、军留用人员较多,等待整编的骑兵连有时突然提出要与二连战士比试枪法,有时还放冷枪挑衅威胁。为县工委做饭的吐尔地,经常神出鬼没,鬼鬼祟祟蹿进二连驻地,好像在打探什么。

县长艾拜都拉秘密接待尧乐博斯派来送枪的叛匪,他私下里还给各乡、区长写信,制造谣言,说解放军要杀老年人,抓年轻人当兵,抢维吾尔族姑娘做老婆,恶意编造污名诋毁共产党、解放军,竭力煽动和制造事端。盐池的叛匪也大肆进行反动宣传:哈密现在非常紧张,解放军向有钱人要钱要粮;南疆叛乱了,鄯善县打死县长了;国民党又发动国内战争了;等等。土匪的谣言使群众对共产党、解放军产生了疑虑,排斥。

经叛匪煽动,不少不明就里的群众信以为真。

伊吾县工委成员在深入各乡向群众宣传党的政策时,叛匪头目鼓动匪徒与他们比武摔跤,还说:"县工委工作队都是嘴上没毛、办事不牢的解放军巴郎子,他们能干得了什么事?"

部分工委成员和指战员也存在一些松懈麻痹思想,认为几个土匪算个啥,他们还能翻起什么大浪。

尽管伊吾情况如此复杂,为了减轻人民群众的负担,伊吾县工委与有关部门协商,二连领导还是决定抽出两个班去淖毛湖开荒生产。二连指战员一面准备投入生产,一面正式接管了原国民党边卡大队的防地和补给站的枪支弹药,时时刻刻提高警惕,积极备战。

第四节 国民党兵痞挑衅 解放军班长接招

刚到伊吾,面对陌生的环境,复杂的社情和严峻的敌情对二连官兵来说是一次严峻的考验。

县工委的干部都是从部队抽调来的骨干。二连官兵进驻伊吾之前，虽然关盛志政委接见时也做过讲话，但现在的战士绝大部分是在兰州战役以后从全国各地应征补到连队的农村青年，大部分没有文化，缺乏战斗经验，对二连的光荣传统也不甚了解。胡青山与连长赵富贵针对二连的实际情况研究后认为，对二连指战员要以行军总结为抓手，进行一次二连光荣史教育，通过教育使全体指战员认清形势，明确任务，鼓舞斗志，从而确定完成任务的方法和步骤。

当天晚上，胡青山将他和赵富贵研究的意见汇报给县工委韩增荣副主任，军人出身的韩增荣十分支持他们的想法。

就在胡青山、韩增荣研究工作的这段时间，县城里枪鸣声不断，时不时地还有信号弹划破夜空的宁静。

韩增荣深沉地对胡青山说："青山老弟，伊吾虽小，但并不平静，咱们肩上的担子不轻啊！"说完，两个身经百战的老战士，四只有力的大手紧紧地握着在一起。胡青山坚毅的神态已经表达了所有。

胡青山望着天空中呼啸而过像流星一样的信号弹，若有所思。

胡青山突然对韩增荣说："韩主任你给孙庆林叮嘱一下，警察局这一块一定要抓紧，可千万不能出问题，他们人人有枪，稍有不慎，我们就会腹背受敌。"

韩增荣说："连长出身的孙庆林还是蛮厉害的。他被任命为警察局指导员后，大胆作为，主动出击，立即深入警察局开展工作，他向警士们宣传我军的光荣传统、优良作风和三大纪律八项注意，教育留用人员要尽快转变思想，鼓励警士们用积极向上的心态，努力为巩固人民政权建功立业，要敢于和过去斩断一切联系，并让人人表态，坚决不做'两面人'。"

胡青山和连长赵富贵首先召集二连指战员中的党员开会，要求党员在行军总结中要起模范带头作用。紧接着召开全体指战员会议，进行行军总结。赵连长讲明会议的宗旨后，胡青山开门见山地说："我们进驻伊吾，主要任务有这样几项：一是接收改编国民党起义部队；二是剿匪，把敌人彻底消灭干净；三是保卫新生的人民政权；四是在条件允

许的情况下积极开展屯垦生产。这几项任务是对我们英雄二连每一个指战员的一次大考。"

副营长的话音刚落,三排长杨凤山就开了腔。他说:"在这次行军中我发现我们这些老解放有'三个不适应'。"胡青山满眼放光地盯着三排长问:"哦?你说说有哪三个不适应?"杨凤山说:"一是新疆戈壁太大,路途太远,我们过去传统步行行军的方式与当前情况不适应;二是新疆天气太冷,下雪太大,积雪太厚,我们过去的传统冬装一件老棉袄与当前气候环境很不适应;三是新疆地大路远,动辄就要骑马,这使我们这些农民出身的战士传统生活方式与当前实情不适应。这次从沁城乡到伊吾需要骑马,要不是副营长反复教我们掌握骑马的要领,恐怕这一路大家就都抖得快要散架了。"

杨凤山的话引来一片笑声,大家的笑声还未消散,副指导员罗忠林接着说:"我在这次行军中,除了完全同意杨排长的三点体会外,我还认识到伊吾的社会情况有三点特殊:一是新疆刚和平解放,我党的影响范围小;二是新疆是个少数民族聚居地,我们这些人语言不通,生活习惯不同;三是我们接收改编的军警对象,人数远远超过我们,装备也大大好于我们,这给我们的基层调查研究和收编改造带来了极大的困难。昨天晚上,鸣枪的也有,打信号弹的也有,老百姓哪有这坑意儿。"

罗忠林的三点刚说完,赵连长插话说:"从师部的情况反映来看,现住巴里坤草原的乌斯满与美国驻迪化领事馆副领事马克南互相勾结,沆瀣一气。王震司令对乌斯满做最后一次争取工作,这家伙顽冥不灵,所以乌斯满的叛乱只是一个时间迟早的问题。现任哈密专员尧乐博斯,经常与乌斯满勾勾搭搭,秘密往来,而伊吾县县长艾拜都拉,又与尧乐博斯秘密联络。所以只有知己知彼,才能百战不殆。乌斯满一旦叛乱,我们保卫伊吾新生政权的任务就不那么简单了,这是第四点特殊。根据沁城乡的群众反映,伊吾县原来是哈密回王的流放之地,地理位置偏僻,信息闭塞。伊吾虽然是一个小县,一直被艾拜都拉把持,幕后情况盘根错节,而且像铁板一块,社情的复杂程度远远超出我们的想象,这是第五点。"

"忠林,我在你的三点特殊后边又续了两点特殊,是不是更完整?"赵连长问罗忠林。

罗忠林说:"是的,这样更完整、更准确,姜还是老的辣。"

罗忠林的话音刚落,四班副班长张长炎接上话茬说:"我在这次行军中只有一个体会,就是只要不怕困难,拼搏奋斗,就没有战胜不了的困难,就没有完成不了的任务。过去我们这些穷娃子谁骑过马?还没出沁城乡,我就从马上掉下来好几次,有一次差点被马踩死,可是我听了副营长的教导,很快掌握了骑马的要领。现在我已经是一个合格的骑手了。昨天刚到伊吾的时候,骑兵连的一个战士对我说:'你敢骑我的马吗?'我一看他那轻蔑的眼神就知道他是在挑衅,我一句话也没说,走到他的马边上,猛地一把抓住马鬃,一个鱼跃翻身上马背,两腿紧紧夹住马的肚子,那马虽然前蹄离地,一阵狂奔,我抓紧马鬃,紧伏马背,还没跑五公里,就让它乖乖地把我驮了回来。那个士兵看我大模大样地骑了回来,惊讶地对我说:'真是百闻不如一见,他们都说你们解放军不会骑马,看来都是瞎说的,你的骑术比我还好呢!'我对那个战士说:'这算事吗?我们副营长还是全军著名的神枪手呢,他要是说打你的鼻子,绝对不会打到你的眼睛。'那士兵听我这么一说惊得直吐舌头,吓得两腿发颤。"

张长炎接着说:"现在伊吾的情况确实十分复杂,形势十分险恶,我们的战斗任务十分艰巨,我们决不能被困难吓倒。只要我们全连指战员团结一致,顽强奋斗,不怕牺牲,认准目标,就能圆满完成党交给我们的光荣任务!"

张长炎的发言使本来就活跃的会场更加活跃了,大家都争先恐后地讲体会,谈认识,说感想,从各个方面具体分析伊吾社会情况的复杂程度,寻找完成任务的方法和步骤。胡青山静静地听着,记着,脸上不时露出满意的笑容。

胡青山想:有这些热情洋溢,敢于拼搏,努力进取、不怕牺牲的战

友,还能有什么敌人不能战胜?

他这么寻思着,一看手表,会议已经进行了两个多小时,胡青山向大家摆摆手,正在热烈发言的会场立马静了下来。

胡青山站起来激动地对大家说:"大家发言很热烈,分析得很具体,很准确,也很到位,我特别赞赏四班副张长炎的发言,我们革命战士,就是要有一种拼搏奋斗、不怕牺牲的精神,就是要认准一根筋,不达目标,誓不罢休,这是克敌制胜的法宝,我们就是要为完成任务想办法,不能处处把困难摆在面前。我们二连的连魂是什么?就是'攻得上,守得住,拖不垮,打不烂'。这是克敌制胜的法宝。

"我们二连在红军时期、抗日战争时期和解放战争时期都有许多光荣历史和宝贵经验。下午让赵连长和罗副指导员好好给大家讲一讲。对新战友来说,这一点非常重要。

"散会后大家可以到县城街道上走一走,转一转,查看一下地形,但是最少也要三人同行,不能单独行动,这是铁的纪律,大家一定要遵守。"

胡青山最后提出严格要求,然后发问:"大家能不能做到?""能。"战士们响亮的回答。

第五节 穷凶极恶剑出鞘 乌贾尧艾共谋反

乌斯满移驻巴里坤草原后,尧乐博斯异常兴奋。他一边通知巴里坤的阿通拜克等哈萨克首领立即前往大红柳峡迎接,一边通知秘书处,以检查和平起义精神的落实情况为由,安排司机出车。

尧乐博斯经过十多个小时的紧张奔波,终于在第二天晚上赶到大红柳峡与乌斯满、贾尼木汗、马克南以及苏里唐·谢力甫等人会面。

尧乐博斯十分热情地与他们一个个拥抱。尧乐博斯说:"先生们,我以共产党哈密行政公署专员的身份,对来自大洋彼岸的世界第一强国美利坚合众国的马克南先生表示最热烈的欢迎，对来自阿勒泰大草原的乌斯满先生和贾尼木汗先生表示最热烈的欢迎！"

马克南表现出既谦卑又有点相见恨晚的模样说："久闻哈密虎王的大名，今日一见尊颜，实乃三生有幸。"

在众星捧月下，马克南款款进入毡房，当仁不让地坐在上席，乌斯满与尧乐博斯分别在马克南的左右边落座，苏里唐·谢力甫等人依次就座。马克南叫随从把他带的威士忌拿来，给每个人都倒满。然后兴奋地说："我们今天刚到巴里坤草原，虎王就赶到了，真是心有灵犀啊！来，我们为新疆虎王和新疆巴图尔的联盟干杯！

马克南重新将酒斟满后，对尧乐博斯说："我要单独给我们新疆虎王敬一杯酒。因为我们打击共产党、打击解放军的很多方法和情报都要靠他给我们搜集和提供，我们是在明处，但他却要伪装，所以他比我们要更加辛苦，劳苦就应该功高嘛！"尧乐博斯受宠若惊，连忙直起腰，双膝着地，谦卑地连声说："不敢当，不敢当，就是赴汤蹈火，我也在所不辞。"与马克南的酒碗砰的一声碰杯后，仰起脖子，又是一饮而尽。尧乐博斯再次端起酒碗，环视一下在座的人说："我们非常需要马克南先生的友谊和帮助，为了争取我们的事业胜利，还不让共产党抓住什么把柄，我斗胆建议，我们要保障马克南先生的安全，要快速把马克南先生转送到安全的地方。大家知道，大批的解放军正在陆陆续续进入新疆。

在座的人相继站了起来。马克南感激地说："我很佩服虎王先生的远见卓识，也感谢虎王先生对我的关心，为我们有虎王这样深谋远虑的宿将干杯！"大家碰杯后一饮而尽。

"既然虎王先生把话说到这里，我不妨再把话说得更明白一些，也好给大家提个醒。"马克南继续说："一个能够百战百胜的将军，对待每一场战争，他都会对最坏的可能做好相应的对策。请问各位先生，如果我们失败了怎么办？"马克南说到这里突然停顿了，环视着在座的每个人。

乌斯满、贾尼木汗、阿通拜克、苏里唐·谢力甫等人被威士忌烧红的脸上显出一丝不知所措的表情。"对于这一点，请各位先生放心，我们早

就做了安排和部署。我们不希望出现这种情况,但是战争是无情的,有许多情况是我们难以预料的。如果我们失败了,先生们可以用政治难民的身份潜往克什米尔,有专人在那里接待你们,那时候你们都将是我们极其尊贵的客人。"

马克南说到这里,乌斯满等人又躁动起来,但还是多了几分冷静与思考。他们重新落座,再一次对叛乱的各个环节进行反复的研究推敲。马克南心里很明白,这是他离开新疆前与乌斯满和尧乐博斯等人的最后一次见面,他要想办法把叛乱的基础夯得实实的,让叛乱的火焰在这里越烧越旺。

尧乐博斯离开大红柳峡后,马克南立即架起电台,向美国总部和台湾的蒋介石报告了他们准备叛乱的"盛况",对尧乐博斯在政治上给予充分肯定,要求在装备上给予空投支援。马克南认为尧乐博斯看问题很有见识,再加上他还戴着共产党哈密专员的帽子,窃取情报易如反掌,所以拉住了尧乐博斯,就等于拉住了东疆的维吾尔族人和巴里坤的哈萨克族人。马克南指示乌斯满和贾尼木汗,一定要不惜任何代价,把尧乐博斯牢牢地捆绑在叛乱这挂战车上。

在这之前,尧乐博斯一直隐藏很深。他大张旗鼓迎接解放军进疆。一面在星星峡、苦水、瞭墩、骆驼圈子、黄芦岗等地设立招待站,为解放军大队人马解决在哈密境内沿途的食水供应问题;一面派专人采购粮食、羊等进驻哈密期间的后勤必需品。尧乐博斯还亲自率领哈密旧机关、工商界、宗教界代表、社会名流、学生代表和起义军人代表东出四十里赶往黄芦岗,迎接解放军进驻哈密。

特别是解放军进疆部队二军四师十二团和战车五团装甲车营的指战员们第一波来到哈密的时候,尧乐博斯向先头部队的首长们一一问候和祝福,给指战员们端水送茶,嘘寒问暖。在采购军粮中,他带头向部队出售粮食、牛羊和蔬菜。当四师十二团向南疆进发时,他指示文促会将电影放映机赠送给部队,丰富指战员们行军途中的娱乐生活。

十六师政委关盛志到达哈密后,尧乐博斯为了表示他已经与国民党中央彻底决裂,他立即找到关盛志,主动将国民党中央的委任状、通信联络的专用电码本以及他所收藏的国民党的历史文件等资料全部上交,表现出真心向党、拥军爱民的表象。

不管尧乐博斯如何"积极"地表现,丝毫没有改变他对共产党的仇恨,当他发现自己的副官苏甫汗的老婆,他的表妹女校教师法特曼,在看过解放军演出的歌剧《白毛女》后竟在学习会上痛哭流涕地控诉他的罪行,尧乐博斯有点后怕。他非常清楚,他所有活动都瞒不过他的副官苏甫汗和表妹法特曼的眼睛。

尧乐博斯认为这个表妹不除,必留后患。他假装关心表妹,让医生以上门治病为由,悄悄毒死了法特曼。

苏甫汗怀着杀妻之恨,把自己老婆被毒害、尧乐博斯老婆廖咏秋闹着假离婚背后的阴谋和尧乐博斯派人炸清真寺并企图嫁祸解放军的事情,统统报告给解放军政委关盛志。

尧乐博斯似乎感觉到末日来临,他赶紧将留在哈密刺探军情的伊吾警察局局长伊建中派回伊吾,向艾拜都拉传达他要求伊吾加快叛乱步伐的具体部署,要求艾拜都拉与他同步行动,部署三堡乡长吾守尔·库尔班为其准备房屋、马匹、粮食,指示五堡乡胡尔马将一年前组织的武装立即集中起来,随时准备行动。

1950年3月14日,尧乐博斯以生病为由,向关盛志政委请假休息。他的副官克齐克派人将尧乐博斯的贵重物品装在两个马车上,秘密送到三堡坎儿井,暂寄存在吾守尔·库尔班和买买提·尼牙孜两家。3月19日晨,尧乐博斯诡称去柳树泉安排春耕事宜,带着老婆廖咏秋、儿子尧道宏、秘书程仲实、副官司马益、依拉音、玉罗斯等十人,携带长短枪十一支,分乘两辆小轿车和小吉普车离开县城,途经三堡、沙枣泉、达坂沟等地时,取出预先存放的枪支弹药,并召集当地反动头目和惯匪开会,煽动叛乱,从此彻底踏上了不归路。

尧乐博斯正式走向叛乱道路,艾拜都拉高兴得心花怒放。他以请客的方式立即召集副县长李树贤等人开会对武装反对解放军的具体时

间、基本力量、枪械补给、联络方式等问题都做出明确决议后，高兴得摩拳擦掌。

艾拜都拉听说进驻伊吾的一个连解放军中，有一大半是兰州战役后刚从全国招来的农村娃和起义兵，就一个胡青山枪打得最好，于是他想办法先把胡青山干掉，然后我们七八个人打他一个解放军，怎么能不胜利呢？

艾拜都拉越想越觉得胜券在握。正在兴头上，他有点想入非非，赶紧派人把已经回家的警察局局长伊建中找来，要伊建中立即骑马前往苇子峡和淖毛湖，把会议精神以及尧乐博斯关于武装对付共产党和解放军的办法，迅速传达给苇子峡自卫团队长阿迪力和住在淖毛湖的伊吾县原副县长赛旦，县工委正要收缴民间枪支，要求他们坚决以种种理由抗拒上缴，要求速去速回。

打发走伊建中后，艾拜都拉又马不停蹄赶到吐葫芦乡乡长拜迪家。他告诉拜迪，联络点就设在你们家，要求安排专人二十四小时值班，对各乡区自卫团上报的情况要及时汇报，不能有任何延误。在拜迪家他遇到甘沟保长密热，密热说他女儿3月23日要出嫁，邀请艾拜都拉参加。能请到县长参加女儿婚礼，那可是一件很长面子的事。

艾拜都拉心想：密热保长女儿结婚，周围的乡长、保长、社会名流等很可能都会来参加，所以与拜迪研究，抓住这个机会开个会，对武装反对解放军的事再作一次深入细致的研究，这是大事，不能有任何闪失。

伊建中对艾拜都拉历来都是言听计从，他深入苇子峡和淖毛湖乡，不光传达了尧乐博斯关于武装打击解放军的指示和艾拜都拉17日关于武装起事的各项决定，而且还与赛旦和各个保长、自卫团长们，具体研究了抗缴枪支的策略和措施。他说离武装起事的时间越来越近，手中没有枪绝对不行，不管是用一哭二闹三上吊的办法，还是寻找各种嫁祸于人的甩锅借口，都必须先把水搅浑，以转移解放军的视线，让解放军在不知不觉中陷进我们精心设计好的包围圈中。

赛旦很担心地问："要是县工委和解放军一定要收缴武器怎么办呢？"

伊建中说："你们都放心吧,我自有办法。"

没等淖毛湖乡活动结束,伊建中就立即返回县城,以汇报工作为由,对韩增荣、胡青山说："我到苇子峡和淖毛湖去检查社会治安情况,发现农牧民们对收缴枪支很有意见,他们认为解放军刚刚进伊吾,对伊吾的社会情况还缺乏了解,土匪头子乌斯满住在巴里坤草原,是什么坏事都干得出来的,只要他们有枪在手,发生突发案件还可以自保,如果把枪支全部收缴了,他们在抢劫中就只有任其蹂躏了。我觉得农牧民的担心是有道理的,共产党、解放军不是一直说是代表劳苦大众的利益吗? 所以我立即来向韩主任和胡营长汇报,希望能采纳老百姓的意见,暂停或延期收缴枪支。"

伊建中还绘声绘色地说："我回来路过城郊时,还看到二三十个哈萨克族人骑着马,背着枪在城郊扎堆转悠,不知道要干啥。我看这些人很像乌斯满的人,对这些人我们可要提防啊。"

"伊局长关心民众利益,关心社会治安,这很好。"胡青山沉思了一下,与韩增荣交换了一下眼色,然后对伊建中说："以后有什么情况可以随时来反映。你今天反映的情况我和韩副主任研究以后会采取相应措施的。"

望着伊建中的背影渐渐走远以后,胡青山与韩增荣研究:一是从县工委同志在乡下开展宣传工作、组建农会情况分析,农牧民们还是心向共产党的,托背梁在邵功喜的组织下很快就成立了一个由十多户农民组成的农会,农会小组长纳赛尔是喀什人,能积极靠近县工委,没有发现反对收缴枪支的问题。二是伊建中的到来,既像在打探我们的口风,又好像在有意掩盖什么问题,特别应该警惕的是伊建中一再强调当地哈萨克族人要造反的问题,可在伊吾县的历史上,哈萨克族人从来就没有单独发生过民变闹事的事件。值得注意的是,伊吾各乡、区自卫团都拥有大批枪支,这些枪支如不能及时收缴,将是影响社会稳定的主要问题。二人决定部署工委成员和二连指战员加强防范。切不可麻痹松懈,听信坏人的谗言,中了坏人的奸计。

3月23日,艾拜都拉又在密热家再次召开秘密会议。正巧住在前山的副县长、自卫团长托乎逊派遣罗斯和热依木两人前来联系叛乱的有关事宜,也一同参加了会议。艾拜都拉说:"大家都同意将3月30日定为攻城的统一时间。已经到会的乡区长回去积极做好准备。29日要将各乡区的武装人员全部集中在托背梁,由我统一指挥,分四路大举进攻驻守伊吾县城的解放军,力争全部消灭。今天没有来参加会议的乡区,由伊建中局长负责联系,要将今天的会议精神传达到每一个乡区,落实到每一个具体的人。由住在前山的副县长、自卫团长托乎逊·阿里阿孜负责组织武装人员设立哨卡,盘查来往行人,切断电线,砍倒电杆,中断驻守伊吾县城的解放军与哈密师部、巴里坤团部的任何联系。要在盐池、前山、达子沟梁设伏,一旦驻守巴里坤的解放军四十六团增援,就要进行坚决的阻击。还要考虑到解放军找我的事情多,为了在正式起事之前不让他们对我产生怀疑,我建议关于武装联络问题由吐葫芦乡乡长拜迪负责,根据各地联系情况,如果需要开会听取汇报或者统一意见,就由参议长那斯尔负责召集并主持会议,然后向我汇报。"

会后,各乡区的人员立即返回原地进行起事前的各项准备工作。伊建中分别给下马崖的参议员艾里、保长托乎提·尼牙孜和补给站副站长蔡临泽、副官赵金山写信。给下马崖参议员艾里、保长托乎提·尼牙孜的信由斯坦斯帕那提送去,伊建中在信中说:"艾县长决定于3月30日攻城,我们已派人通知空多罗山哈萨克头人加那布尔组织武装,协助你们偷袭在你们那里搞生产的解放军,夺取他们和派出所警察的枪支,并将他们看押起来,如何处置等待战事的发展情况再作决定。"

3月22日,参议长那斯尔在大石头召开秘密会议,补给站副站长蔡临泽、吐葫芦自卫团正、副队长阿皮孜、吐尔松江,白杨沟乡长朗巴·热合满等参加了会议。

蔡临泽在会上表示:"我同意作为内应将补给站的枪支弹药作为起事的武器补给源。"他明确地对那斯尔议长说:"你们反就反了,我们帮助你们。要反就快点反,枪支弹药需要多少给多少,由我们大量供应。"

至此，以县长艾拜都拉为首的伊吾县武装叛乱的准备工作，他们认为已经万事俱备；艾拜都拉、李树贤等叛乱的策划者们都在焦急地等待着叛乱时刻到来。

边卡大队换防后，胡青山与连长赵富贵立即部署接管了边卡大队的所有防务，伊吾县城从总体上看，算是基本稳定了。

时间过得真快，转眼就进入3月下旬，伊吾平原地带已经进入春耕备耕时节，进驻新疆三大任务之一的屯垦生产自然上升到二连的重要议题。胡青山和赵富贵经过实地考察后，认为淖毛湖和下马崖两个地方，都具有一定的屯垦条件，并以淖毛湖为重点。鉴于伊吾社情的复杂性，决定仍以保卫边防、维护社会稳定为主要任务，对这两处屯垦生产先派出少数人开展备耕准备工作，视其情况，等二连全部人马到齐以后，再逐步增加屯垦生产力量。韩增荣副主任认为这个安排符合伊吾的实际情况，支持胡青山和赵富贵的意见，决定由连长赵富贵带领二班十一人加上一班两人，共十三人到淖毛湖进行备耕生产。二排长刘景德带领六班十二名战士到下马崖开荒种菜，司务长陈光耀带领四名战士到团部拉运生产工具。

第六节　单枪匹马淖毛湖　神枪初现苇子峡

部队要派人去淖毛湖和下马崖开荒生产，二连没有交通工具，需要县上派车送。管这事的人就是县长艾拜都拉。

艾拜都拉接到通知，关于筹借牲畜和车辆运送解放军到生产基地的时间，正是他们研究筹划关于武装攻城那天，艾拜都拉认为，解放军分散军力的做法，对他们武装起事十分有利，所以立即派遣了牲畜和车辆，高高兴兴地看着近三十名解放军离开县城向淖毛湖和下马崖而去。

两支生产队伍出发后，胡青山深感伊吾县城兵力部署有点吃紧，特

别是哈密专员尧乐博斯已经公开叛变投敌这一新的情况,充分说明伊吾的防范力度必须加大。

最令胡青山感到焦虑的是基层已经冒出许多值得警惕的动向。据县政府建设科科长孙良夫反映,托背梁毡匠吾守尔曾对他说:"有人正往空多罗山偷运武器,可能要谋反。"这两天,孙科长还发现吐葫芦的老百姓纷纷向山里搬迁。警察局看门的老孙头也曾提醒,伊吾可能要出大事。

胡青山和韩副主任研究,从现在开始,县政府工作人员、警察局的所有警员全部实行战时管理,集体在机关吃住,特别是对县长艾拜都拉、副县长李树贤,警察局局长伊建中,要加大防范力度,不能让他们离开办公室。

伊吾上空阴云密布,大有"山雨欲来风满楼"之势。3月28日,县长艾拜都拉叫科员尕西尔将他在办公室的东西全部搬到托脊梁,副县长李树贤叫人将他的老婆、岳母、小姨子和主要家具也都送到托背梁,警察局局长伊建中也安排警士将其家人和财物分别运送到托背梁。

孙良夫还反映,副县长李树贤对他说:"空多罗山有人要造反了,你可以到托背梁避一避。"种种迹象表明,艾拜都拉等人的叛乱已经在悄然进行。胡青山放心不下赵富贵连长及屯垦的官兵,一定要让他们知道这个情况,提高警惕,做好防范。胡青山决定到淖毛湖看看屯田情况,通报有关信息。考虑到县城形势严峻,用人的地方比较多,与韩增荣副主任协商后,他决定去淖毛湖时不带通信员,只身前往。

29日凌晨,胡青山冒着初春的凛冽寒风,单枪匹马,奔向伊吾县最北边的乡区淖毛湖。

淖毛湖位于伊吾县城六十八公里处,它是由湖泊形成的山间构造断陷盆地,形似弯弓,这里地势平坦,有可耕地三十万亩,是伊吾的主要产粮区。

从县城到淖毛湖,中间隔了一个苇子峡。苇子峡距离县城三十五公里,地处山涧峡谷,伊吾河由此向东流去,与泉流汇合流向淖毛湖。当时伊吾的交通工具主要是牲畜,根据战时的特殊情况,到淖毛湖的紧急公务人员,都要在中间站苇子峡调换走马,确保速度。胡青山单枪匹马赶到苇子峡时,当即调换了乘马。胡青山扬鞭催马,赶到淖毛湖时,正赶上二班战士们准备吃早饭。

指战员们听说副营长来了,纷纷放下手中的伙计都迎了出来,连长赵富贵连军礼也顾不得行就跑去与副营长胡青山紧紧拥抱。

"同志们,你们辛苦了!"胡青山带头开了腔。

"辛苦倒说不上,"赵富贵抢着回答,"就是太想念部队了,太想念大伙了!"

通信员粟士成半开玩笑半认真地插话说:"我估计副营长的肚子还空着呢,要是等连长把想念的话都说完了,我估计副营长就饿得走不动路了。"

通信员的一句话提醒了大家,炊事员赶快端来早饭。

胡青山说:"我们边吃饭,边听你们说说情况,我在这里还不能逗留太久,县城最近可能要出大事。"

赵富贵边吃馒头边说:"我们来以后选定了原国民党驻军的营房,察看了屯垦的地方,与地方协商了用水的办法,初步商定开垦五百亩地没有问题。"

"屯田的事我们饭后实地去看。"胡青山问:"这里的社情怎么样?这是我这次来要重点了解的一个问题。"

"这里的社情很复杂。"二班长吕书文抢着说。之所以社情复杂,有这样几个原因:第一,这里地处偏僻,信息闭塞,大多数老百姓没有听说过共产党,根本不了解党的民族政策和党的宗教政策,所以极容易受到国民党特务、宗教极端势力舆论的影响。第二,这里的老百姓大多受到伊吾前任副县长赛旦的控制,而赛旦又是与县长艾拜都拉沆瀣一气的,加上这里老百姓手中的枪支没有收缴,随时都可能组成武装对抗的力量,这就更增加了问题的复杂性。"

连长赵富贵接着说:"但这里的老百姓非常善良,有值得尊重和信赖的一面。例如我们刚进驻这里的时候,不少维吾尔族老大爷、老大娘

常来看望我们。他们经常竖起大拇指说人民解放军是我们穷人的军队,我们非常高兴,相当满意。"有一天,两位维吾尔老人悄悄对我说:"听说有人要造反,要来攻打你们解放军,你们人少,他们人多,可一定要小心啊!"

胡青山一面吃饭,一面暗自高兴,他认为这里的战友们成熟了,进步了,对淖毛湖的情况了解得这样清楚,他也就放心了。吃完饭,他与大家一起实地察看了要开垦的土地,回到营房后他说:"我这次到淖毛湖的两个任务已经顺利完成。赵连长与你们一起对开垦荒地做了不少工作,你们辛苦了。你们对淖毛湖社情的了解和分析我非常同意。我今天要给大家传达两个情况:第一,哈密的专员尧乐博斯于3月19日正式叛变了,这不是一个孤立的事件。第二,伊吾县城这两天出现一些值得警惕的新情况。所以今天我要特地给大家提个醒,敌人的破坏活动在相当长的一段时期内还会以各种形式出现,大家要时时刻刻提高警惕。我刚才察看荒地的时候看到几个骑马背枪的人,眼神贼溜溜的,在营区四周转悠,有点不怀好意。"

其实胡青山压根就没有想到的是,这几个在营房跟前骑马转悠的人,正是赛旦派来的叛匪,艾拜都拉已经给赛旦下了死命令,要他们在苇子峡沟和已经埋伏在那里的叛匪前后夹击,出其不意地干掉胡青山,这一点胡青山根本不知情。在艾拜都拉心里,杀掉了胡青山就等于干掉了半个二连。

胡青山继续说:"人民战士一定要时刻握紧手中的钢枪,随时准备与一切破坏新生的人民政权、破坏新疆社会稳定的敌对势力作坚决的斗争。我今天还要告诉大家:"县城与淖毛湖相距六十八公里,这里没有电话,一旦发生敌情,你们一定要有独立作战的思想准备。"

说到这里,胡青山一看手表已是十二点,他沉思了一下继续说:"已经到中午了,伊吾是山区,太阳落山快,我现在就得赶回去。"

"副营长还是吃了中午饭再走吧。"赵富贵和战士竭力挽留道。"不了,县城不太稳定,我还是立即赶回去。情况瞬息万变,我实在放心不下县城。"胡青山说。

"通信员!"赵富贵知道副营长的脾气,他从来都是工作和敌情重于一切,他决定的事谁都难改变,所以大声呼叫通信员。

"到!"通信员粟士成立正回答。

"全副武装、护送副营长返回县城!我把副营长的安全交给你,一定要牢牢记住,有你就有副营长,没有你也要有副营长!"赵富贵命令道。

粟士成斩钉截铁地说:"请连长放心,我保证完成任务!"

临走,胡青山再一次嘱咐大家:"要擦亮眼睛,始终保持高度警惕!"胡青山隐隐约约感到,这里比县城更加阴森恐怖。看来当时决定把艾拜都拉、伊建中等人软禁起来的确是一步高棋。

胡青山和通讯员粟士成催马扬鞭,淖毛湖稀稀疏疏的榆树、杨树和沙枣树以及那些干打垒土坯房,渐渐被抛在身后。黑黝黝的苇子峡沟越来越近,苇子峡沟两边是崎岖不平的山,南边山脚下是一条蜿蜒曲折的马路,河沟里潺潺流水正在弯弯曲曲的沟槽中奔腾向前。

杨树、红柳、苇子和低矮的次生林密密匝匝地长满河沟,胡青山警惕地环顾了一下周边的险恶环境。作为身经百战的指挥官,他一眼便知,这里可是打伏击的最佳地方。他提醒自己,一定要高度警惕,说不定这里有"鬼"。

快到上午胡青山换马的地方,一个头戴黑羊羔皮帽,身穿袷袢,足蹬黑色皮靴、外罩套鞋,蓄着两撇浓密小胡子的中年人两手伸开拦在路上。一看就像一个有意"碰瓷"的人。除了脸上的麻子比艾拜都拉的浅以外,高高的个头,健壮的身体,浓浓的两撇八字胡,很像伪县长艾拜都拉。

胡青山和粟士成勒了一下马缰绳,让气喘吁吁的马停了下来。粟士成迅速将身背的汤姆森冲锋枪拉到胸前,双手紧握钢枪,两只炯炯有神的眼睛警惕地搜索着周围,监视着小胡子的一举一动,做出了随时应付不测的架势。

胡青山右手也始终没有离开已经打开保险的驳壳枪。他用一双大眼睛逼视着拦马人问:"你拦住我们有什么事?"

拦路人满脸堆笑,彬彬有礼地说:"解放军同志,你们辛苦了,这个地方嘛,已经为你们准备好了香喷喷的抓饭,还有没结过婚的羊娃子肉等着你们吃呢。"

说罢掌心向上,头一偏,做出一个请客的手势,他手指向路边红柳林深处,林中冒出一缕炊烟的地方。

胡青山警觉地问:"你怎么知道我们要从这里路过?"

拦路人略微迟疑了一下,毫不掩饰地说:"你们解放军嘛都是好人。你们上午刚从这个地方走过嘛,我们知道哩,我们每天都做抓饭,你们来吃嘛,是对我们最大的面子,不要钱,我们就喜欢和尊贵的客人打交道嘛。"

胡青山说:"多谢你的好意,抓饭和肉我们不吃了。"说罢拨马要走。

拦路人一下拉住马缰绳说:"给一点点小小的面子嘛,吃完饭再走,离太阳落山还早的呢,朋友。"

粟士成哗啦一声拉了一下枪栓,子弹快速上膛,他脸一沉说:"放开马。"

拦路人吓得一下松开马缰绳,很不自然地卷着舌头说:"好好,下次再来,这里抓饭天天有,我们都是好人。""好人"的卷舌音拖得很长。

望着两个军人绝尘而去,拦路人脸上马上露出凶光,狠狠地往地下吐了一口痰,用穿着黑色皮靴的脚掌狠狠地踩了一下。

胡青山和粟士成继续向前奔驰。

胡青山突然一勒马缰说:"小粟,停下。"说着他迅速翻身下马。

小粟眼勤手快,动作麻利,也马上翻身下马,他左右观察了一下后低声问:"怎么了,胡营长,有情况?"

胡青山立即抽出驳壳枪说:"这里地形复杂,先观察一下。说完一指右前方不远处的一块巨石,两人迅速拉马隐蔽在石头后面。这时埋伏的叛匪沉不住气,首先开了枪。几枪打来,石屑乱飞。

胡青山朝开枪的地方放了两枪,只听到"哎呀!哎呀!"的哀号声在峡谷中回荡,显得特别刺耳。小粟敬佩地看着胡青山不无恭维地说:"胡营长,你打得太准了。"说着举起冲锋枪也要开火。

胡青山赶忙轻轻一压粟士成的冲锋枪说："不要开枪，现在还不知道他们有多少人，咱们一定不能被他们拖住，得赶快离开这里。听枪声，他们人不多，你看那边山坡上，是射击死角，咱们压低身子，伏在马背上，缩小目标，用最快的速度冲过去。"

突然叛匪的枪声又响了起来。胡青山直起腰啪啪又是两枪，藏在树后边的一个匪徒又"哎呀"地大叫一声。

还没有等叛匪缓过神来，他们已经冲出峡谷口到了拜其尔村，这也是一个叛匪集结据点。所以他们没有在此停留，一口气跑回了县城营房。

这次参加设伏和围追的九个叛匪，其中有四个是艾拜都拉精心挑选派往苇子峡，以接待吃抓饭为名故意拖延时间的。所谓吃抓饭，其实就是一个鸿门宴。另外五个叛匪是淖毛湖匪首赛旦安排从淖毛湖尾随到苇子峡沟参与夹击胡青山的，两组人准备前后夹击，企图在苇子峡沟将胡青山置于死地。根据得到的情报，胡青山是单骑。所以，匪首乌拉孜拜命令手下务必干掉胡青山。他们原计划在抓饭棚动手，但没料到粟士成端着子弹已经上了膛的冲锋枪不松手，而且一双眼睛在周围扫来扫去，格外警觉，叛匪没敢下手。

这次胡青山不但毫发未损，叛匪两死一伤。叛匪从这次伏击中才真正了解到胡青山神枪手的名号那可不是吹的，胡青山出手快，打得准，几乎是不用瞄准，举枪就打，弹无虚发，枪枪命中，令敌胆寒。

苇子峡沟夹击胡青山失败的消息在叛匪中传开后，特别是那些本来就是被裹挟参加叛乱的牧民，更是增加了几分担忧。而胡青山从苇子峡沟历险中隐隐约约地感觉到，一场血与火的大战马上就要来临，但他也从这次伏击中更加坚定了以一当十，打则必胜的信心，因为他发现这群亡命之徒，充其量也就是一群虚张声势，不堪一击的酒囊饭袋，要是真刀真枪地干起来，他们差远了。

胡青山这位战斗英雄的预感、分析、判断、决策都极其精准，招招制敌，经历过抗战的老兵果真不一样。

第二天，伊吾县城乌云翻滚，暴风骤雨就要来了。

第七节 机关算尽太聪明 敌人摆下鸿门宴

县工委和县政府的所有工作人员、警察局的所有警士，从3月28日起全部在机关吃住，特别是县长艾拜都拉、副县长李树贤、警察局局长伊建中三人不准离开机关办公室。这是怎么回事？出什么事了？人们都在悄悄议论。

叛匪根本就没有想到，县工委和解放军会来这样一手，这在伊吾县历史上都是前所未有的。这一下子就切断了叛匪与他们的联系，打乱了叛乱的整个叛乱计划。尤其急坏了原副县长、自卫团长托乎逊·阿里阿孜和警察局副局长、自卫团副团长马木提·托乎逊两人。

3月30日是他们决定武装攻城的日子，各乡自卫团几百人都已经集中到了托背梁，总指挥却被县工委和解放军关起来了。

托乎逊·阿里阿孜着急地说："群龙无首，怎么攻城呢？"

马木提·托乎逊说："营救艾县长是重中之重。没有他绝对不行。"

"那怎么营救呢？说说你的办法？"托乎逊·阿里阿孜问马木提·托乎逊。

马木提·托乎逊说："首先要将县工委的部署打乱，或者想出个办法将二连解放军头头逮一两个，然后以人换人，这样就能把艾县长赎出来。"就在两个人正在苦思冥想出馊主意的时候，乡长拜迪特气喘吁吁地跑来说："我有个好办法，我们就以邀请解放军来参加婚礼为由，请解放军领导到托背梁来，只要他们进了托背梁这个村庄，我们就能把他们都抓起来。"

托乎逊·阿里阿孜说："这个办法好！"他一拍大腿兴奋地说："我这就派人去邀请解放军，我们在这里做好抓捕的准备。"

他当即派出两个人骑着高头大马来到营房前对值勤的战士说："我

们是托背梁的老乡，我们乡长的女儿要结婚，乡长让我们两个人来邀请解放军领导参加他女儿的婚礼，请解放军领导一定去参加，要不去我们的乡长特没面子哩。"

值班战士立即向连首长作了汇报，当时在县城的连领导有指导员王鹏月、副指导员罗忠林和第二连长王曰澍三人。他们立即召开碰头会。

罗忠林首先发言："我认为副营长在离开县城时一再叮嘱，县城这两天情况异常，对待任何事情都要从敌情的高度去考虑和认识。这是一个非常时期，连领导在这种时候集体离开营房去参加婚礼恐怕不妥。"

连长王曰澍郑重地说："部队刚刚进驻伊吾，对当地少数民族的民俗习惯不给予足够尊重，恐怕不利于军民团结。"

一个考虑敌情说不去，一个从军民团结出发说要去。去还是不去，这可难住了指导员王鹏月。

"要不，我们就这样做，你们看行不行？"王鹏月试探性地说："首先要弄清事情的真伪。如果是真的，去一下完全有必要。如果是鸿门宴，那肯定不能去。我们先派三名战士打前哨，摸清情况，一排副排长贺文年带领三名战士陪同我尾随其后，视情况决定进退。罗副指导员和王连长在营房守候，待机行动，你们看行不行？"罗忠林、王曰澍都认为这样比较稳妥。

罗忠林提醒一排长，一定要小心谨慎。

打前哨的三个战士端着子弹上了膛的枪大步迈进。谁知胡青山与骑兵连上等兵董发有比武的事和苇子峡沟伏击失败的事在民间传得神乎其神，都说解放军个个都是百发百中的神枪手，那些叛匪们根本就没有见过大的战斗场面，看到解放军端着枪来了，担心来的解放军就是神枪手，心里就发毛，害怕解放军走近了，也像胡青山打麻雀一样，一枪将自己打死。所以在三个打前哨的战士离托背梁碉堡还有一两百米的时候，叛匪们就开了枪。战士们一听枪声，立即隐蔽还击。这个时候王鹏月他们离托背梁村庄还有二三百米远，听到枪声后，他们当即就全部撤回了营房。

叛匪在托背梁乡长家设鸿门宴的事给伊吾县工委和二连敲响了警钟,工委副主任韩增荣当即指示,必须加强对县长艾拜都拉、副县长李树贤、警察局局长伊建中三人的看管。

托乎逊·阿里阿孜和马木提·托乎逊一看鸿门宴不仅没有请来要抓捕的解放军,反而暴露了自己,武装攻城还没有打响第一枪,就面临着暴露和失败的危险。作为武装叛乱团长和副团长,他们急得像热锅上的蚂蚁。特别是马木提·托乎逊,他本来就是一个目不识丁、吃喝嫖赌的地痞流氓,现在更急得团团转。那张长得很长的驴脸,这时一耷拉就显得更长,那个酒糟鼻子也显得更大。就在他们急得手足无措的时候,县政府科员尕西尔从门前经过。团长托乎逊·阿里阿孜一拍脑门,大声说:"有了!"

"团长,有什么办法?"马木提·托乎逊急切地追问托乎逊·阿里阿孜。

托乎逊·阿里阿孜如此这般的一说,马木提立即高兴起来。

他对站在门外的玉素甫以不容抗拒的口吻命令说:"你快去把科员尕西尔叫来。"

尕西尔急急忙忙跑过来问托乎提·阿里阿孜:"团长找我有事吗?"

"给你一个紧急任务,立即去给艾县长送一封信。"托乎逊·阿里阿孜对尕西尔说。

"送信有什么困难?只要能救出艾县长,就是叫我送十封信我也送哩。"尕西尔很有把握地说。

艾拜都拉无论如何也没有想到共产党和解放军会突然将他们关起来。他被关起来了,他的那些喽啰们不就成了一群无头之鸟了吗?

艾拜都拉思来想去,认为自己应该想个法子逃出去,就和尧乐博斯一样,不当县长,公开掀起武装反对共产党、围攻解放军的强大风暴。

这是美国人支持的武装军事行动,是与尧乐博斯专员和乌斯满联合进行的共同行动,绝不能就此夭折。但机关大门有解放军把守,怎么逃得出去呢?就连他的办公室也有一个解放军战士在警惕地守着。他急得在办公室里踱来踱去,却怎么也想不出一个妥善的"金蝉脱壳"之计。就在他为自己无计可施而急得抓耳挠腮的时候,科员尕西尔秘密带来了警察局副局长、自卫团副团长马木提·托乎逊的密信。他看了密信后笑了起来,就这么简单的一个问题,自己怎么就没有想出来呢?他将密信烧掉后笑嘻嘻地对值班战士说:"亲爱的解放军同志,我非常感谢你一直在保护着我,我今天肚子不舒服,现在要方便一下,请你们跟个人一块去吧!"

那个时候机关都是用土块垒起来的简易旱厕,在县政府后院墙外的树林子边上。艾拜都拉假装肚子疼,用手捂着肚子,匆匆忙忙向后院走去,值班战士跟在后边。就在尕西尔送信的同时,马木提已经派人将一匹马牵到后门,艾拜都拉溜出门后、跑步上前,飞身上马,当值班战士回过神之际,艾拜都拉已经策马而去。

"艾县长逃跑了!"值班战士大声呼喊。

敌情就是命令。副指导员罗忠林听到值班战士的呼叫声,立即带领十几名战士冲出营房,顺着值班战士手指的方向追去。

叛匪早有预谋,马木提·托乎逊率领二十多名叛匪,在途中接应。当艾拜都拉越过他们埋伏的山沟后,叛匪再数枪齐发,杨凤山等人立即隐蔽还击。因为道路生疏,敌情不明,恐中埋伏,加上天色已晚,大家只能眼睁睁地看着艾拜都拉越过狙击线,向托背梁仓皇逃去。

天色渐暗,夜幕就像一口倒扣着的黑色的锅,紧紧地笼罩着伊吾县城。夜色寂静,连一声狗吠也没有,静得连一片树叶的飘落也能听见。

副营长在哪里?大家好像缺了主心骨,在心底呼唤着胡青山。此时,王鹏月后悔不该让胡青山一个人去淖毛湖。

第八节 青山预感出大事 警察局长被逮捕

3月29日傍晚,就在王鹏月他们焦急等待的时候,胡青山和粟士成骑着浑身冒着热气的战马飞驰而来。还没等胡青山下马,大家就一下围了过来。胡青山从大家焦灼的眼神中明白今天肯定发生了什么大事,正好他也有重要情况给大家通报。

胡青山说:"快点叫韩副主任和孙庆林指导员,咱们立即开个支部扩大会,通报一下敌情,再碰一下情况。"

就像战斗打响前夕人们都普遍紧张的情势一样,短短几分钟,支委和排长们就急急忙忙集中到韩增荣和胡青山共用的接待室。

"我先将今天淖毛湖的情况向大家通报一下。"胡青山开门见山地说,"淖毛湖是一个屯垦的好地方,这个问题我以后再给大家详细介绍。我现在要说的是淖毛湖的敌情很严重,可以说与县城一样,随时都有发生叛乱的可能,赵连长他们的安全随时都可能出现问题。"

"政府职员吐尔地经常窜入营房,窥探我军的武器和驻防情况,这个人鬼鬼祟祟,形迹十分可疑。"二排长周克俭说。

"警察局看门的孙老汉今天向我反映了一个重要问题。"警察局指导员孙庆林说,"孙老汉悄悄地告诉我,警察局少数人可能要闹事。让老乡把粮食等东西都藏起来,一些老乡还打了很多馕。孙老汉还说,现在情况不好,可能要出大事,有点像冲着你们来的,你们可要注意安全。"

据通讯员高成贵反映,今天下午,也有人将伊建中的马备好了,但因警卫高班长、蔡班长等人吸取艾拜都拉脱逃的教训,严防死守,盯得很紧,伊建中才没能逃跑出去。

虽然胡青山离开县城只有一天时间,但情况瞬息万变,县城与淖毛湖一样,确实有许多情况值得高度警惕。

"大家还有什么新情况,如果没有我先说个意见。根据淖毛湖、苇子峡和县城发生情况综合来看,敌人已经向我们举起了屠刀,目的只有一个,就是把我们打垮或赶走。我们对付反革命的唯一办法就是枪杆子,含糊、侥幸、轻敌、麻痹,都有可能付出血的代价。所以从现在开始,部队进入一级战备状态。王连长负责通知各碉堡,从今晚开始就要24小时值班,要高度警惕,密切监视夜间敌情。罗副指导员率领一个班,会后就在城区进行巡逻,防止敌人夜间偷袭。同时对居民区进行逐一检查,对家中无人的宅院要贴上封条,既保护群众的财产,也有效防止窝藏敌人。"

胡青山继续说:"现在情况特殊,二连要协同地方干部,把县工委、警察局、补给站、县政府等单位的革命力量全都组织起来,坚守炮楼和警察局,并镇压城内反动分子的暴乱。对艾拜都拉的爪牙、警察局局长伊建中、副县长李树贤要立即逮捕,肃清县城内部的反动势力。"

"我完全同意副营长的意见。"胡青山的话音刚落,韩增荣就接着说,"拘捕任务由工委邵功喜和孙庆林负责。县工委王培锦负责组织干部和战士到托背梁附近对群众喊话,继续宣传我党的政策方针,对广大群众的教育我们要尽最大努力。"

胡青山在征求其他连领导意见之后马上宣布:"时间紧迫,马上分头执行。"

指导员孙庆林为了防止在县警察局公开抓捕局长伊建中引起警士们骚动,就与邵功喜一起去对伊建中说:"伊局长,韩主任找你谈话,请你现在就跟我们去一下。"

警察局的人看孙庆林、邵功喜二人都提着盒子枪,以及那种不容商量的口气,加上警卫高班长、蔡班长都跟了过来,在当时情况下他知道别无选择,只能乖乖地跟着他走。一出了警察局,孙庆林、邵功喜二人立即下了伊建中的枪,一边一个人,将其夹在中间,一进营房,立即将其关押起来。与此同时,进驻县政府的工委同志也将副县长李树贤押了过来。

王培锦与县工委委员张福来、李度邦、警察局的王翻译在副指导员罗忠林率领的一个班战士的保护下,到托背梁村边对群众喊话:"乡亲们,我们共产党是为劳苦大众谋利益的,解放军是人民的部队,国民党反动派是我们共同的敌人,你们不要听信国民党反动派的那一套,赶快回家去!"

在茫茫夜色中除了"快跑、快跑"的催促声外,其他什么也看不见,什么也听不到。指战员们苦口婆心地宣传了一阵,怕叛匪循着喊话声音打黑枪,只得撤兵回营。

伊建中被带走后,警士高班长、蔡班长为了防止警察局少数支持伊建中的警士骚乱滋事,联合白天来局里公干而未走的下马崖派出所所长、淖毛湖派出所所长,立即收了各警士的枪,并将警士们集中在一个房间。

孙庆林完成抓捕任务后,立即返回警察局,看到高班长等人主动协助工作十分高兴,鼓励他们说:"你们主动协助领导维护警察局稳定的做法非常好,关键时期就是要敢于作为。"然后他又耐心地向被集中起来的警察说:"我们警察的职责就是维护社会稳定。叛乱是艾拜都拉、伊建中他们搞的,你们有些人受了蒙蔽被他们欺骗。现在全国都已经解放,他们还执迷不悟,坚持与人民为敌,搞捣乱破坏,必然走向灭亡。你们上有老,下有小,全家都指望你们,千万不要糊涂,现在每个人都表个态,愿意跟我们当一个人民欢迎的好警察的就留下,今后有工作,有工资,有饭碗。经过教育,警察都看清了形势,幡然悔悟,大家都表示愿意继续当警察,不愿当叛匪。

孙庆林高兴地说:"既然大家都不愿意糊里糊涂的当叛匪,愿意当人民的好警察,我信任你们,大家一定要提高警惕,谨防敌人的破坏,由蔡班长和高班长组织带领大家站岗放哨,现在外边不安全。你们在房子好好待着就行了。一旦战斗打响,我希望你们为人民立功。表现突出的,我们还要记功授奖,提拔重用。"

后来,这些警察在伊吾保卫战中都做出了贡献。伊吾保卫战结束后,表现突出的蔡班长和高班长一个当了所长,一个当了科长。

罗忠林他们巡查到城东碉堡北侧的民房时,发现皮毡匠老婆房里有动静。行为很反常,他们立即进门查看。

"你丈夫呢?"罗忠林问她。"收羊皮去了。"她回答。

"你丈夫不在家,这里现在不安全,你搬到县委机关去住几天?"罗忠林劝她。

她连连摆手说:"不去不去,这是我的房子,其他地方住不习惯,我哪里都不去。"

在特殊时期,别人都跑掉了。皮毡匠老婆为什么一定坚持要留在自己的房子呢?这里面肯定有玄机。

罗忠林想到这里,感到事不迟疑,立即将此情况向胡青山作了汇报。胡青山命令去人把她带到县政府看管起来。后来发现叛匪果然想以她家的房子为通道,偷袭补给站,搬运和藏匿武器弹药。

中 篇

发扬钢铁精神 击败叛匪围攻

　　叛匪以七倍于二连的力量,先后对县城组织了大大小小十几次围攻,其中三百人以上大规模攻城有七次,在极端困难的四十天保卫战中,钢铁英雄连英勇反击,续写了我军以少胜多战胜敌人的新篇章。

第三章　不畏叛匪围困　二连奋起反击

　　叛匪精心策划攻打伊吾县城的罪恶计划,在二连官兵的英勇打击下连连挫败。于是他们丧心病狂地采取了断通讯,断桥梁,设卡抓捕解放军运输、送信人员,诱捕淖毛湖和下马崖生产官兵,伏击解放军副师长等行为,更加阴险毒辣的攻城计划正在秘密进行。

第一节　伊吾惊现神枪手　叛匪攻城遭挫败

　　艾拜都拉脱逃后一边策马飞奔,一边惊恐的朝后张望。艾拜都拉逃到托背梁拜迪家后,仍然惊魂未定,他气喘吁吁地环顾了一下房内,发现参议长那斯尔,自卫团长原副县长托乎逊·阿里阿孜、吐葫芦乡乡长拜迪、副乡长那斯尔巴依、区长买买提·尼牙孜,自卫团队长阿皮孜、副队长吐尔松江、小堡村乡长买买提·尼牙孜巴依、前山自卫团队长拜依木·玉鲁斯、副队长伊明霍吉、警察局副局长、自卫团副团长马木提·托乎逊都在。

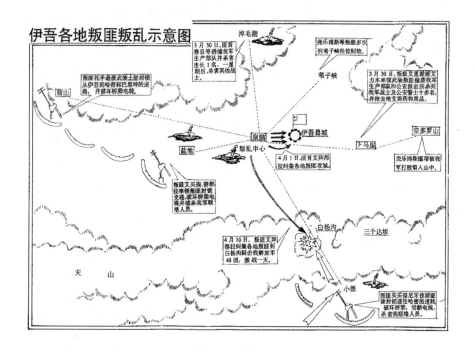

伊吾各地叛匪叛乱示意图

他示意大家坐下,然后说:"我们的行动计划已经被解放军察觉了,副县长李树贤和警察局局长伊建中已被解放军关押。现在唯一办法就是攻打县城。我的意见兵分两路,一路由警察局副局长、自卫团副团长马木提·托乎逊率领,于明天天亮以前占领县城的北山、南山和东西两侧的制高点,对县城形成全面包围,天亮时发起进攻,特别要攻下解放军占领的北山东碉堡,只要这个碉堡攻下来,县工委和二连解放军就完全暴露在我们的打击范围内。另一路由自卫团长、副县长托乎逊·阿里阿孜率领,在马木提·托乎逊对县城发起进攻的时候首先攻占警察局,救出局长伊建中之后,再进攻县政府,救出副县长李树贤。另派一路快马赶去淖毛湖和下马崖,催促他们立即抓捕当地生产的部队官兵,夺取枪支,然后赶来县城,共同进攻县城的解放军,这件事由吐葫芦乡乡长拜迪具体安排。"艾拜都拉说:"现在是非常时期,大家一定要精诚团结,同心协力,共同对付共产党。我们已经打响了武装对抗解放军的第一枪,我们已经没有任何退路可走,只有与乌斯满、尧乐博斯捆绑在一起,将这场战争进行到底,现在是箭在弦上,不得不发,我们别无选择。"

最后艾拜都拉决定开始向预设阵地搬运弹药,修筑工事,对伊吾县城形成包围。

3月30日晨七点钟,天刚亮,二连的指战员们和伊吾县工委的成员们仍然像往常一样,在嘹亮的军号声中开始出操。

"哒哒哒、哒哒。"突然,县城的北山、南山和东西两侧的高地上枪声大作。

"出操解散,立即隐蔽!"胡青山大声命令。胡青山话音未落,正在撤退的县工委副主任韩增荣后脖颈被一颗子弹打中,血流如注。大家赶忙把他扶进营房喊叫医生王国良进行包扎。

就在大家慌乱的时候,身经百战的胡青山仔细观察打枪的方位以后立即做出判断:县城北山顶上的西北大山制高点和碉堡以及北山西侧无人据守的碉堡已经全被叛匪占领,南山无人据守的碉堡和东西两侧制高点也被叛匪占领。显然,伊吾县城已经被叛匪全部包围了。北山上的叛匪大约有七十人,他们在向靠营房附近的北山东侧三名战士据守的碉堡进攻的同时,不断对营房进行疯狂的扫射。县城西侧高地上叛匪的枪声也比较密集,显然这是第二股力量较强的叛匪。

胡青山低声对王鹏月说:"赶快召集连排干部,布置一下作战任务。"

韩增荣不顾伤痛,咬着牙说:"为确保步调一致打胜仗,在战斗状态下,部队和县工委都要听副营长胡青山的统一指挥。特别是县工委的同志都要拿起武器,参加战斗。"

正在这时,北山五号阵地报告,北山西侧碉堡被叛匪占领,据守北山碉堡的五班副班长朱孝庭牺牲了。

愤怒使胡青山的脸色铁青,他坚定地说:"我们被敌人包围了,估计敌人总数超过了几百人。占领北山是重点,这个阵地我们必须立即夺回来。北山在,则伊吾在。在争夺北山阵地的同时,还要防止城西敌人对县城的袭击。"

"报告副营长,二排要求夺回北山阵地,为朱孝庭战友报仇!"二排长周克俭积极请战。

"一排要求消灭城西叛匪！"一排长李振江毫不示弱，争着请缨。

胡青山用目光扫了一眼王鹏月、罗忠林、王曰澍算是征询意见。然后果断地命令："四班、五班，加上炮班的一个战斗组，配备两挺机枪和一门小钢炮，由二排长周克俭率领，坚决夺回北山阵地。要注意战术，避免牺牲，务必胜利。三班由一排长李振江率领，进攻城西高地的敌人，要注意坚决消灭敌人有生力量。指导员王鹏月坐镇连部，随时注意情况变化，及时汇报。指导员孙庆林组织警察局的同志守卫好补给站，罗忠林和县工委同志全部安排守卫营房南边东西两个碉堡。连长王曰澍负责与守卫南山碉堡的指战员联系，随时注意动态，对胆敢进攻县委和营房的敌人，要坚决予以消灭，不得让他们靠近一步。"

胡青山特别强调，这是一群乌合之众，战略上要藐视他们，战术上要重视他们。

短短的几分钟，大家明确任务后，扛着枪炮子弹，立即跑步投入战斗。

胡青山带人借县城建筑物，猫腰隐蔽的奔向营房后边的碉堡，用机枪猛烈地向北山西则和北山西北大山上敌人的阵地扫射。

周克俭和他的战友们在机枪的掩护下，快速冲出营房，避开叛匪的火力，沿着营房后的山沟，向北山东侧碉堡攀登而去。北山东侧碉堡里的三个战士用一挺机枪和两支冲锋枪也同时向北山西侧和北山西北大山上敌人阵地猛烈开火。周克俭和他的战友们一面奋力攀登，一面向西侧敌人猛烈扫射。

这些叛匪虽然个个露着腾腾杀气，看起来十分凶狠，但他们哪里见过这样的火力阵势，当一颗颗子弹带着"嗖嗖"的响声纷纷落在自己的前后左右，叛匪吓得头也不敢抬，马也吓得"咴咴"怪叫。不管马木提·托乎逊怎么挥舞着手枪、号叫着督战，但对营房和北山解放军占领的东侧碉堡的攻击力还是明显地下降了，周克俭领着战士们仅用十几分钟就登上了北山东侧碉堡。与守卫的战士们会合后，周克俭大声地命令："四班长！"四班长杜永华大声回答："到。"

"你们继续对西侧和西北方向的敌人猛烈射击，把敌人的火力坚决

压下去,掩护我们研究临时作战方案。"三四组由副班长指挥,对西侧碉堡敌人进行射击。"一二组跟我来。"随着四班长杜永华的一声命令,全班战士一分为二,机枪、步枪一起愤怒地喷吐着猛烈的火舌,"哒哒哒"地不停地朝叛匪阵地扫射,打得叛匪根本就没有还手之力。

"五班长,"周克俭借着碉堡的掩护,大声问:"你一直守卫在碉堡里,你说说怎么才能攻下西北大山上敌人的阵地。"

"报告排长!"五班长王树德立即回答:"进攻西北大山上敌人有两条路可走,一条是碉堡西侧的小路,这条路比较近,但道路既窄又陡,不易隐蔽,强攻必然要付出更多更大的代价。另一条路是从北山南坡沟绕到西北大山的背面进攻,这边掩护,那边攀爬,就会取得事半功倍的效果。"

"你们还有新的意见吗?"周克俭转问守卫北山碉堡的另外两名战士。

"同意班长的意见。"两名战士异口同声地回答。

二排长周克俭果断采纳了战士们提出的正面佯攻、侧后攻击的办法。

伊吾县城北山主峰碉堡

"好!宁可远一点,累一点,也要减少不必要的牺牲,我们就走第二条路。"周克俭对五班长王树德命令道。"你们以两挺机枪正面佯攻,对敌人进行射击,掩护我们迂回。我带一个战斗小组狂奔突袭,从背后快速插向北山主峰。"

王树德和他的战友用机枪、冲锋枪又猛烈地扫射起来。周克俭和他的战友沿着北山南坡快速地向北山背面迂回。就在他们迂回了好几公里接近敌人占领的碉堡时,突然与叛匪骑兵遭遇。

周克俭低声命令:"他们还没有发现我们,隐蔽射击,全部干掉!"

二十多支枪同时对叛匪们猛烈开火,特别是两挺机枪雨点般的射击,叛匪还没有弄清怎么回事,已经有好几个被打死打伤。叛匪的阵脚一下子就被打乱,剩余的叛匪再也顾不了那么多,勒马掉头就跑。

周克俭低声对老战士康息辉命令:"你带一个战斗组,快速冲上去抢占主峰!"

"是!"康息辉回应周克俭排长的命令后,立即命令班里战士,"一组跟我来,机枪、小炮掩护!"

在猛烈的炮火掩护下,身手敏捷的康息辉,率领一个战斗小组快速地攀上主峰,闪电般地向敌人扔出几颗手榴弹,敌人刚要组织反扑时,周克俭带着掩护人员已经跃上主峰。敌人见势不妙,不再恋战,向峡沟方向四散而逃。

北山上的西北大山主峰被周克俭他们夺回以后,北山西侧敌人阵地就完全暴露在周克俭的机枪和小钢炮的射程内,在炮班副班长张德禄的指挥下,炮弹一发接一发地在敌群开花。敌人一看主峰阵地已经丢失,解放军炮火又这么猛烈,根本无招架之力,丢下一片鬼哭狼嚎的伤病员和尸体,狼狈逃窜。

北山东西碉堡和西北主峰碉堡已经被夺回。自此,这个重要的最高支撑点牢牢地掌握在二连手中。谁掌握了北山大碉堡,谁就有了主动权和发言权。

胡青山对周克俭带人夺取北山主峰大碉堡没有任何担心,周克俭战斗力强,带的兵精,配的武器也好。

一排指战员们正在与城西制高点的敌人对峙着,听火力这股叛匪力量不弱。胡青山立即带人迅速奔向一排的阵地。

胡青山用望远镜观察后对一排长李振江说:"打阵地战消耗太大,如果强攻,前面又是开阔地,容易伤亡。针对这种情况,我们应该稳准狠地消灭敌人的有生力量。"

"大家注意,一定要瞄准,弹不虚发,瞄准一个,消灭一个,努力要提高命准率,稳准狠地杀伤敌人。"李振江心领神会地命令道。

战士们立即选择各自的瞄准点。二连突然间停止了射击,叛匪们感到好生奇怪,不少人伸头张望。怎么,解放军被打怕了? 枪声怎么停了?

就在叛匪得意之时,胡青山操起步枪,瞄准,然后扣动扳机。啪地一枪,对面高地上一个刚刚钻出工事掩体的叛匪就滚落下去。李振江学着胡青山的样子,端起步枪,啪啪就是两枪,对面高地上又有两个敌人中弹滚下山坡。

"神枪手来了,快跑!"对面高地后敌人惊慌失措地大声喊叫。

"冲啊!"李振江在跳出掩体的同时,发出冲锋的命令,并首先冲向高地。胡青山从机枪手里抢过机枪,端着机枪向高地敌人阵地上猛烈扫射,打得敌人根本就抬不起头来。

另一名机枪手吴小牛也学着胡青山的做法,在敌人阵地上组成交织的火网。不到十分钟,李振江他们已经冲上了城西高地,匪首托乎逊丢下几具尸体,灰溜溜地撤回托背梁老巢。

南山的叛匪先是看到北山上的阵地被解放军攻占,继而又看到城西高地上的阵地丢失,认为解放军马上就会解决南山,所以也放弃南山,赶紧撤回到泉脑。

3月30日,第一次战斗从清晨七点,直到下午三点半结束,历时八个小时。叛匪们死伤三十多人。县工委成员和二连指战员们,除去出操时被敌人偷袭打伤了的韩增荣,被偷袭的朱孝庭和搬运子弹防范不力牺牲的周朝金外,整个战斗中二连无其他人员伤亡。

战斗结束后,胡青山一面部署指战员们打扫战场,加强岗哨,谨防敌人偷袭;一面率领指导员王鹏月、副指导员罗忠林、二连长王曰澍登上了北山主峰,再一次察看伊吾县城的防卫形势。

他们发现,县城的北山、南山和东西两侧高地四个碉堡已经全部由二连驻守,但是外围阵地仍然被叛匪们占领着,对伊吾县城形成大的包

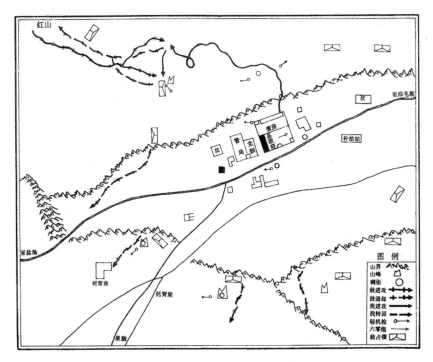

第四十六团二连伊吾保卫战第一次战斗示意图

围圈,伊吾县城的威胁依然十分严峻。

　　胡青山察看阵地后说:"今天是我们与叛匪们的第一场战斗,经过激战,我们胜利地夺回了北山阵地,击退了城西高地上叛匪们的进攻,打死打伤叛匪三十多人,狠狠地打击了叛匪的嚣张气焰,充分显示了我们二连'攻如猛虎,守如泰山'的战斗精神,从气势上奠定了压倒敌人的基础。但是我们必须看到叛匪有人数多、地形熟、习惯山地作战和适应当地气候的优势,我们必须要有坚持长期战斗、迎接更残酷战斗的思想准备,要有在这场反击反革命风暴中与叛匪们战斗到底的决心和勇气。我建议:北山东碉堡要尽快进行加固重修,并且架设一条碉堡直通连部的电话。这样好随时掌握北山阵地的情况,北山防御和电话的事由二连长王曰澍负责,南山阵地由副指导员罗忠林负责。"

　　王鹏月说:"我完全同意副营长的意见,我们要充分认识当前伊吾形势的严峻性,各班排都要认真做好守城的战斗动员,要使每一个指战

员都牢固树立誓与伊吾共存亡的坚定决心和敢打必胜的战斗勇气。"

"我们现在与师部和团部都失去了联系,要考虑坚守期间弹药和粮食的消耗。"王曰澍提醒道。

胡青山说:"对!曰澍同志这个提醒很及时。我们要尽快将县仓库的粮食和补给站的枪弹全部搬运到营房来。有了足够的粮食和弹药作保障,我们就有了长期坚持战斗的物质基础和底气。在未搬运之前,罗副指导员要密切关注补给站的动静。指导员要做好死伤人员的后续工作,要让每一个指战员明白,任何疏忽都会付出及其高昂的甚至血的代价。"面对大大小小十几个碉堡,胡青山说:"我们要守的碉堡多,人手又少,碉堡外边无遮无拦,敌人容易偷袭,补给站有大量的炮弹,可以改成地雷,埋在碉堡周围,可以有效阻击敌人偷袭和进攻。"王鹏月和罗忠林都认为这是个好办法,马上落实。

指战员们虽然激战了八个多小时,但为朱孝庭烈士报仇的愿望非常强烈,加上初战胜利的激励,指战员们个个都是精神抖擞,摩拳擦掌。天色渐渐黑了下来,但大家仍然没有休息,营区内人来人往,处处可以感受到大家与伊吾共存亡的坚强决心。

第二节 叛匪首战大失利 通讯道路遭破坏

3月30日下午,艾拜都拉看到马木提·托乎逊和托乎逊·阿里阿孜相继退了回来,而且死伤几十个人,他对第一次攻城出师不利感到震怒,也非常吃惊。没有想到解放军二连这样厉害。

他气急败坏的对托乎逊·阿里阿孜大声吼道:"你今天晚上就返回盐池,小堡村的买买提·尼牙孜你今天晚上返回小堡村,你们要在盐池、前山和小堡村设卡子,盘查行人,砍倒电杆,切断通讯,破坏所有的桥梁,阻断全部交通。盐池阿布都·瓦依提为队长,立即率领一队人马进驻口门子,只要在这三个地方严防死守,切断整个交通,让二连的求援信息出不去,让巴里坤和哈密的援军进不来。"

说到这里,艾拜都拉缓了一口气,脸上露出恶狠狠的表情,一个个麻子坑窝更加明显,他咬牙切齿地说:"我这回要将解放军困死在伊吾,饿死在伊吾,冻死在伊吾!"

原县长托乎逊·阿里阿孜、小堡村买买提·尼牙孜乡长、盐池阿布都·瓦依提队长唯唯诺诺地连声说:"好,好。"

艾拜都拉转脸对参议长那斯尔说:"要抓紧与各乡区联系,4月2日前各乡区一定要派身强力壮的骨干到县城来,这次参加攻城的不少都是五六十岁的,来这里是打仗的,不是来吃肉喝奶茶的。"

说到这里,艾拜都拉突然停了一下,然后又很不服气地接着说:"我就不相信,我们有六七百人,能征善战、谙熟马上功夫、惯于山地作战,把一百多人守卫的县城都攻不下来。"

马木提·托乎逊接过话茬说:"我们今天占领的北山阵地虽然被解放军夺去了,但我们打死了一名解放军,听说还是一名班长,打伤多人,其中一人是县工委副主任,这也充分展现了我们自卫团的战斗力。何况下马崖、淖毛湖已经传来了好消息,他们在这两个地方开荒生产的二十几名解放军全被我们抓了,还打死一个连长。缴获了许多枪支弹药,这样算起来,他们的损失要比我们大得多,真正的赢家是我们,而不是解放军。所以,我们应该高兴才对!"

听马木提·托乎逊这么一说,艾拜都拉的脸色马上阴转晴,他盘算着说:"加上这两个地方来算,我们确实取得了胜利。"

肥头大耳的厨师笑眯眯地报告说:"手抓肉已经出锅了,现在吃,还是等一会?"艾拜都拉对身边的人说:"人是铁,饭是钢,我们吃肉喝酒,让二连的解放军喝西北风去吧!"

饭后,小堡乡乡长买买提·尼亚孜、盐池阿不都·瓦依提队长立即返回盐池和小堡,执行炸桥、砍电杆、破坏交通、通讯的命令去了。

4月2日在吐葫芦乡拜迪·阿西尔家,艾拜都拉又对4月5日第二次

攻城的战略战术、行进线路等进行了详细的分工和部署。

艾拜都拉说："这次攻城共分四路，第一路由吐葫芦乡自卫队长阿皮孜担任队长，空多罗山哈萨克头人阿热拜克率队协助，进攻南山大碉堡和小碉堡，目的是占领南山碉堡，掩护各路进攻；第二路由淖毛湖纳满夏担任队长，参议长那斯尔当高参，进攻城东大碉堡，攻下大碉堡后迅速占领补给站，夺取补给站的枪支弹药，能拿走的拿走，拿不走的全部炸掉；第三路由吐葫芦乡自卫队副队长吐尔松江担任队长，进攻警察局小碉堡和县机关大碉堡，目的是救出在县机关被关押的副县长李树贤和警察局长伊建中，夺取警察的枪支，占领县机关；第四路由盐池艾里木担任队长，淖毛湖赛都拉·沙英协助，进攻北山东碉堡，目的是控制伊吾县城的制高点，监视二连军营活动，掩护各路顺利进攻。"

叛匪们会议结束后陆续离开拜迪·阿西尔家。自卫团长、伪副县长托乎逊·阿里阿孜在盐池设卡盘查，前往巴里坤团部拉运生产工具返回的二连战士赵马俊、张文奎、黎太平、魏玉林和司务长程光耀通卡时被截走。

艾拜都拉一听马上眉开眼笑地说："天助我也，这是老天送给我们的贵重礼物。"此前他已经在城里埋下了补给站副站长蔡临泽和皮毡匠老婆两颗"定时炸弹"，现在又有"定时炸弹"可以埋在解放军的营房里了。

艾拜都拉笑嘻嘻地对托乎逊·阿里阿孜带回来的程光耀说："你肯定对我还不了解，你们落到我的手里，十个有九个怕是要付出生命代价的。但今天我不杀你，给你一条生路，我放你回去，另外四个战士留下做人质。条件是下次我们进攻县城的时候，你给我们做内应。你如果做到这点，我们攻下县城后不杀你。你如果不听我们安排，我们就会杀掉你带来的四个战士，到那个时候，解放军自然会把你当作叛徒而处以极刑的。"艾拜都拉也不管程光耀是什么态度，立即命令叛匪将程光耀送到伊吾城边，逼着程光耀返回了营房。

程光耀返回营房后，对胡青山谎称他一个人先返回伊吾，其他四名战士押解拉运生产工具的畜力车,行动比较缓慢,可能要推迟几天才能到达。胡青山觉得这不符合情理、非常蹊跷,但又考虑正在进行紧张的备战,所以与指导员王鹏月碰头后,决定将程光耀暂时放在炊事班帮厨,留待以后进一步考察。

一场新的更大规模的战斗正在伊吾县四周紧张地准备着。

第三节 出谋策划献妙计 攻如猛虎打胜仗

第一战的胜利没有给胡青山带来丝毫的喜悦,他想艾拜都拉第一次攻城就纠集了三百多人,结果以失败而告终,他绝不会善罢甘休,肯定会卷土重来,而且人数会越来越多。

二连进驻伊吾的兵力总共141人,除去到淖毛湖和去下马崖生产的27人、去团部拉运生产工具的4人以及牺牲的朱孝庭、周朝金两人,现在仅剩108人,再除去后勤、卫生和5个通讯员,真正能投入战斗的也就100人左右,而且至少有一半以上是刚补充的新战士,枪还打不准,手榴弹还不会扔。尤其现在要守十几个点,真是线长点多,首尾难顾。当黑压压的一大片敌人从四面八方发起总攻时,他非常担心哪一个环节出现闪失,特别是淖毛湖和下马崖敌情更为复杂,两个班在那里孤军无援,他更是忧心忡忡。胡青山感到肩上的担子太沉重,以前打仗只有眼前的敌人,现在好像四面八方都是敌人。

由于思想压力太大,他翻来覆去睡不着,他悄悄问睡在同一间屋子的韩增荣,"韩主任睡着了吗?"

韩增荣说:"哪里睡得着。"

"脖子还疼吗?"胡青山关切地问。

"伤倒是不要紧,就是睡不着。我感到很愧疚,在部队一直从事政治工作,很少打仗,特别是这次残酷的战斗刚刚开始,自己就先挂彩了。

一想到在指挥打仗上给你一点忙都帮不上,就像一个废人,心里很不是个滋味。"

胡青山绕开韩增荣的话题说:"我认真总结分析了白天打反击的成败,我感到敌人为了和我们抢夺阵地,会组织一次比一次疯狂的进攻。他们人多,可以死缠烂打,就算死伤一两百人,他还有好几百人。可我们经不起人员消耗,我提议开一个党小组会,让大家集思广益,出谋献策,用集体的智慧战胜敌人,争取用最小的代价换取最大的胜利。"

韩增荣说:"你放心,我们县工委除了守好南边两个碉堡外,努力做好起义警察的稳定工作、战地宣传鼓动和后勤保障工作,配合一线打胜仗。这股叛匪不消灭,何谈建党建政和民主建设。"

在接下来的党小组会上,大家都畅所欲言,争先恐后地谈体会和感受。

副指导员罗忠林第一个发言。他说:"昨天敌人一度占领了北山西北高峰,在从补给站弹药库给营房搬运子弹通过那道壕沟的时候,大家都猫着腰,可周朝金自认为以前打过很多仗,根本就没有把残暴狡猾的土匪当回事,结果由于目标大,被土匪一枪打中不幸牺牲,周朝金的牺牲告诉我们,克服轻敌思想是打好胜仗的关键。昨天几人伤亡都有轻敌的因素,直到现在,还有人认为叛匪既没有严密的组织,武器又不多,更没有什么战斗力,充其量就是一群乌合之众,翻不了什么大浪。这种观念在我们指战员中还是普遍存在,这太可怕了。"

"固守城池,给养极为重要。"王曰澍连长接着发言说:"昨天副营长已经部署将仓库的粮食搬运到营房,但运作速度要加快,我真担心叛匪再次攻城可能就在最近一两天。"

二排长周克俭说:"昨天副营长关于加固北山东侧碉堡的决定非常好。我还建议在北山西北大山上新修一座碉堡,这样才能保证伊吾县城的制高点始终掌握在我们手里。光一座光秃秃的山怎么守?"

"营房的南边围墙应该加高。"党支部委员、九班长杨成保说:"现在的围墙高度不利于防卫。同时我认为南山东西两个碉堡都应该加固,根据目前的情况看,我们必须要有长期固守待援的打算。我有个建议:必须加强射击技术学习,提高杀敌本领,这是打好仗不可忽视的一环。"

炮班班长牛发良说:"在昨天的战斗中,我发现不少战士射击命中率太低。我们过去作战多在平原,现在是在山地作战,如何适应山地作战是一个新的课题,必须结合实战要求严格训练。有不少新战士光有满腔的政治热情,没有过硬的军事素质。教会他们在什么样的条件下射击,比如从高往低打,或从低往高打,用多少标尺,怎么瞄准,打哪个部位,都是有讲究的,只有军事技术过硬了,才能有效打击敌人,这是当务之急。"

胡青山一看时间已到七点半,便对王鹏月说:"指导员你再说说吧。"

王鹏月说:"大家都谈得很好,时间也不早了,副营长还要作总结,我只强调一点:我们每个班都有党员,每个重点部位也都有党员,在最艰难的时候,党员一定要发挥旗帜作用,模范作用,带领战士们独立作战,奋勇杀敌,对在反击战中特别勇敢的战士,要给予奖励,做好火线入党的工作。"然后他对胡青山说:"副营长你总结吧。"

胡青山直截了当地说:"首先,大家一定要充分认识当前伊吾形势的严峻性,坚决克服轻敌麻痹思想,要树立长期坚守的思想准备。回去要向大家讲清楚,敌人比我们多,机动性比我们快,后勤保障比我们强,从总体上来说,我们处在劣势,所以任何轻敌麻痹思想都会付出血的代价。我们的任务很光荣,也很艰巨,我们现在的防线有三公里长,驻守的碉堡多达十二座,防守间距大,地形复杂,在兵力分散的这种情况下,谁都不要等待,一定要发扬'攻如猛虎,守如泰山'的精神,我们的战术是班自为战,人自为战,不等不靠,相互支援。刚才指导员说得好,在整个战斗中,要充分发挥支部的战斗堡垒作用和共产党员的模范带头作用,一个党员就是一面旗帜,一座碉堡就是一个战场,这项工作由指导员负责;其次,要大练兵。要求全体指战员抓紧时间开展互帮互学练兵活动,对技战术要精益求精,射击要在精准上下苦功夫,迅速掀起一个战前练兵、阵地练兵、实战练兵,以老带新练兵的热潮,只有弹无虚发,稳准狠地打击敌人,对敌人才有杀伤力和震慑力。炮班班长刚才说得很好,昨天在打击城西高地上叛匪的时候,我听到他们惊呼'快跑,解放军的神枪手来了!'如果我们指战员中有很多神枪手,至少每个阵地都有一两个神枪手,叛匪组织进攻时,只要打掉带头冲锋的人,叛匪们不就吓得屁滚尿流了吗? 特别是炮班,炮在山区作战极为重要,要特别讲究命中率,在敌群中命中一发炮弹的作用是几十支步枪的作用都无法比拟的。这项工作由二连长王曰澍负责。炮班一半人在北山,一半人在营房,你们要互相沟通,互相研究,拿出一个切实可行的方案来。最后,要抓紧加固和新修碉堡,加高营房南墙,这项工作由王连长与各排长、连长研究,尽快落实,减少战士牺牲。关于搬运粮食和武器的工作,我的意见是先搬运粮食,由指导员组织守卫营房的指战员和工委组织部分起义人员来干,争取在两天内搬进营房足够我们一年甚至更长时间消耗的粮食。各项工作不得拖,不能慢,要和敌人赛跑。一定要争取在叛匪第二次进攻县城前落实到位。敌人很狡猾,他们会变换各种手段和花样,包括进攻的时间,进攻的手段,我们必须格外警惕。

大家迅速离开会议室各就各位,与敌人争速度、抢时间,做各种战前准备,迎接随时都会发生的更加残酷的战斗。

4月5日凌晨3点多钟,伊吾山城寒风凛冽,黎明前的黑暗笼罩着峡谷里的伊吾城,警察局指导员孙庆林由于工作压力大,最近一直是浅睡眠,有时老鼠晚上在屋子里跑来蹿去吱吱地叫,都会把他惊醒,他总感到睡得不踏实。

这天晚上,他睡梦中突然被一些细微声音惊醒,不像耗子,他隐隐约约听到像是轻微、细碎、急促,还有点杂乱的脚步声。经验告诉他:不好,一定是敌人来偷袭了。孙庆林赶忙推醒身边的高班长,然后将放在床边搁衣物的一把木椅子轻轻地搬到炕上,他从后墙的通风小气窗往下一看,差点喊出声来,他吃惊地发现墙外边黑压压的一群人,正猫着腰,端着枪,悄悄地包围警察局。

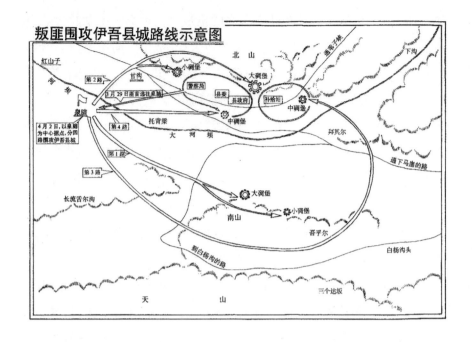

叛匪围攻伊吾县城路线示意图

这群该死的叛匪果然来了。他让高班长赶紧通知大家,立即投入战斗!孙庆林一边低声命令高班长,一边将两枚早就准备好的手榴弹的盖子同时打开,唰地一下拉掉导火索,既从容镇静,又非常麻利地从气窗口扔了出去,只听轰隆两声巨响,墙外街道上的叛匪鬼哭狼嚎起来。但这时已有部分手脚麻利的叛匪越过围墙进入警察局院内,警士与叛匪立即展开短兵相接的激烈战斗。不足二十名的警士被分割在两座碉堡和三间房子里,整个警察局,除了孙庆林的宿舍和两间财务室以外,其余房子全被叛匪占领,情况十分危急,警士们随时都有被叛匪各个击破的危险。孙庆林当机立断,命令警士在可能的情况下向他靠拢,集中火力,阻截敌人。叛匪很快占领了警察局的临街两座碉堡和警察局库房,警士们相继被围困到孙庆林的大房子里,整个警局枪声大作,战斗进行得异常激烈。

胡青山查完岗回到住处,迷迷糊糊地和衣睡下,刚要合眼便听到手榴弹的爆炸声。

枪声就是命令。他警觉地一个箭步蹿出房间,指导员王鹏月、连长

王曰澍、副指导员罗忠林和驻守营房的指战员们也都纷纷拿起武器，相继跑出了住房。此时北山和南山也枪声大作，从山下向山上望去，可以隐约地看到叛匪们运动的模糊身影。显然，叛匪们精心准备的第二次进攻县城的战斗完全打破了山城黎明前的沉静。

胡青山与王鹏月、王曰澍、罗忠林简短地碰头后认为警察局离营房和县工委仅有一百多米远，进入警察局的叛匪只要立住脚，就随时可能对营房发动攻击，这是十分危险的。所以只有先把警察局的叛匪消灭，营房、县工委的安全和警察局的安全才能得到保障。

"通讯员，你们立即通知工委、县政府和补给站和各个战斗小组，立即投入战斗！"胡青山低声对栗土成和段文和说。

胡青山又对炮班班长牛发良说："牛班长！用炮火支援北山和南山。"

"连长注意联系北山情况，副指导员注意联系南山情况，指导员掌握全面，联系工委和县政府两个战斗小组。注意随时汇报，三排长杨凤山带领五人坚守营房。"说完他对九班长杨成保和一排长李振江说："你们跟我来！"随即猫腰快速向营房西墙跑去。

叛匪这次组织将近二百人，于4月5日凌晨分四路同时出发，借助夜色的掩护，潜入预定的位置。其中第一路叛匪在艾拜都拉的亲自督战下，由托背梁西北的阔如勒出发，偷偷越过大路旁的碉堡潜入县城，一分为二，一部分由吐尔逊江率领，潜入警察局后面，想趁机攻下警察局救出伊建中。谁知他们人多弄出声响，恰巧被浅睡的孙庆林及时发现，吐尔逊江在孙庆林扔出去的两枚手榴弹的爆炸声中头部受了重伤。叛匪们立即向警察局院内和县政府方向疯狂开枪，混战中，一位维吾尔族妇女被乱枪打死。另一股由艾买提·艾迪牙孜率领，潜入警察局前院，占领了临街的两座碉堡和库房，与警士展开激烈的争夺战。

胡青山率领一排长李振江、九班长杨成保快速赶到营房西墙根细致观察后确认，潜入城里的叛匪主要集中在警察局，他率领杨成保等官兵立即避开叛匪火力，从营房侧门冲出，以迅雷不及掩耳之势接近了警察局的外墙。

叛匪这次攻击非常凶猛,各碉堡遭到全线围攻,特别是大股叛匪抢占警察局的两个碉堡后,把工委人员和警士都堵在楼里,工委人员和警士用步枪进行着非常吃力的抵抗。胡青山带着营房里仅有的八个人,刚赶到警察局,就远远看到一个叛匪,毫无顾忌的站在房顶,竖起了一面旗帜,大声喊叫:"解放军,你们听好,你们在下马崖和淖毛湖的同伙已经都被我们全都消灭了,现在你们已经被我们包围了。我命令你们立即缴枪投降,否则你们将和他们一样,都将被我们消灭。"喊话的人叫吐尔地,是匪首吐尔松江的得力干将。

　　面对叛匪吐尔地猖狂、嚣张的喊叫挑衅,胡青山两眼燃起愤怒的火焰,说:"我打了那么多仗,还从来没见过这样嚣张的敌人!"他低声对一排长李振江说:"干掉他!"

　　排长李振江也是神枪手。胡青山话音未落,他举枪就打,叛匪吐尔地连一声"哎呀"也没来得及喊叫,就连人带旗栽下屋顶,战士和被围困在警察局内的工委人员以及警士们一齐喝彩,士气大振。

　　叛匪们惊慌失措地挤进碉堡和库房,从碉堡的射击孔里不断向胡青山和他的战友们开枪射击。

　　"瞄准碉堡射击孔再射击,把敌人火力封锁住!"胡青山命令道。这时两挺机枪和七支步枪同时朝碉堡射击孔开枪,碉堡里的枪声立即哑了,但没过一会又重新喷出了火舌。

　　胡青山想,要彻底解决碉堡里的叛匪,必须进入警察局院内近距离接近敌人盘踞的碉堡和库房。但进入警察局院子的前后两个门都被敌人火力封得死死的,胡青山连续组织两次冲锋,都未能冲进警察局院子。双方就这么对峙了三个多小时,这时天色已经大亮。

　　就在这时,通讯员粟士成跑过来说:"八班阵地被近百名叛匪包围,房生海、郭茂清不幸牺牲。敌人已经冲进城东碉堡外壕,指导员让我赶快向副营长汇报。"

　　"命令工委战斗组立即接替九班阵地,由一排长李振江指挥,将警察局内的敌人封锁在两座碉堡和库房里,一个都不要放跑。"随后他向

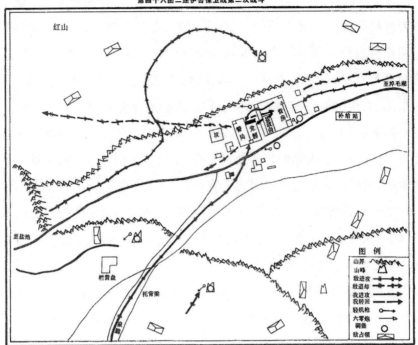

第四十六团二连伊吾保卫战第二次战斗示意图

九班长杨成保一招手,猫着腰,借助建筑物的掩护,和九班战士们向城东八班阵地飞奔而去。

胡青山一面奔跑着,一边在心里盘算着:八班阵地只有六名战士,由八班长杨继善率领,主要任务是守卫国民党第八补给站前的碉堡,因为补给站贮藏着足可装备两个团的武器弹药。现在房生海,郭茂清不幸牺牲了,只剩下杨继善等四名战士,怎么能对付得了几十个敌人呢?如果补给站前这个碉堡失守,那后果真的不堪设想。胡青山一面琢磨,一边向前奔跑。就在他跨过一个墙角时,对面高地上突然射来一梭子弹。"快隐蔽,卧倒还击!"胡青山沉着地命令道。

原来胡青山遇见了纳满夏率领的第二路叛匪。胡青山卧倒后粗略估计这里距离八班阵地还有将近三百米,必须将这股叛匪消灭掉,他们才能冲过去解救八班。

"压住敌人火力!"胡青山低声发出命令! 顿时,机枪、步枪同时射出了密集的子弹,但胡青山发现敌人反击的火力仍不见减弱。匪徒们向八班发起冲锋,情况十分危急。胡青山瞪大眼睛从敌人阵地前被战友们的枪弹打起来的一缕缕尘土中看清了原因。

他问九班长:"杨成保,你们定的标尺是多少?"

杨成保说:"三百米。"

"不行,立即定在四百米上。"胡青山用不容置疑的口吻说。

战士们赶快调整标尺。果不其然,敌人阵地上一下子就有三四个叛匪一个又一个接着滚下了高坡。叛匪的嚣张气焰一下就被打掉,有些人吓得连枪也端不稳了。

"同志们,敌人开始动摇了,准备好手榴弹,上好刺刀,发起冲锋!"说完胡青山从通讯员手里接过轻机枪,对准敌人阵地一阵扫射。山上的机枪火力也居高临下支援东碉堡,叛匪伤亡惨重,彻底压制住了叛匪的火力。看到副营长用机枪打掩护,九名战士就像下山的老虎,扑向叛匪阵地。本来就提心吊胆的叛匪们看到解放军发起猛烈冲锋,一个个跳上马背,丢下死伤的同伙,仓皇向后山逃去。还在驱赶叛匪向八班碉堡冲锋的纳满夏,突然回头看见解放军从侧面冲锋而来,身后其他人早已逃之夭夭,不敢再恋战,赶紧跳上马背落荒而逃。

激战半小时后,胡青山等人很快就把冲进来的叛匪彻底打退,消除了对补给站的威胁。

第四节 披着羊皮想逃窜 识破阴谋狠狠打

在叛匪第二次攻城战斗中,胡青山全身披挂,腰里插着双盒子,手端一挺布伦式轻机枪,带着机动班东冲西杀,以一个百战老兵的顽强作风和战斗技能,身先士卒,鼓舞士气,彻底压制住了叛匪的嚣张进攻。

八班解围后,八班长杨继善向胡青山汇报说:"在叛匪进攻激烈的时候我发现补给站副站长蔡临泽将两挺机枪有意放在屋顶上,好像是专门给叛匪放的。你看,机枪现在还在屋顶上哩。"

战士郭瑞徽争着汇报说:"在叛匪向我们进攻的时候,我发现皮毡匠的老婆用木棍顶着红头巾为叛匪指示进攻路线,房生海、郭茂清就是被埋伏在她房顶上的叛匪打死的。"

刚刚击败叛匪的喜悦瞬间就从胡青山的脸上消失了。胡青山铁青着脸对通讯员段文和说:"赶快去通知县政府战斗组,将蔡临泽和皮毡匠的老婆立即关押起来,切断叛匪在城里的信息联络。"

"你们要密切监视补给站的动向,这是我们的武器库,不能有任何闪失。"通讯员段文和跑步离开后。胡青山对八班长杨继善说:"今天战况紧急,我们要立即解决钻进警察局的叛匪。九班长将房顶上那两挺机枪拿回营房去。"说完率领九班战友一路小跑朝警察局奔去。

"叛匪跑了没有?"胡青山急切地问一排长。

"没有跑,一直龟缩在警察局两个碉堡里,刚才还打了一阵子枪,现在估计没有什么还击力量了。"一排长肯定地回答。

"不对!敌人正在逃跑。"胡青山从敌人碉堡射击死角的围墙上仔细观察后肯定地说。

"我们七八双眼睛一直监视着,敌人怎么能逃跑呢?"工委成员马鹏宵不服气地对胡青山说。

"你们看,那不是正在逃跑的叛匪吗?"胡青山指着碉堡后正在爬行的一群"披着羊皮的人"说。

"哪有人,那不就是几只羊嘛!"一排长李振江颇有点不服气地与副营长争辩道。

"来,你用望远镜好好看一看吧!"胡青山把望远镜递给一排长说:"你真是不见棺材不落泪。"

"真的是叛匪,还都反穿着羊皮袄想蒙我们呢!"一排长李振江用望远镜观望后惊呼道。

"副营长，你打得准，赶快撂倒他几个。"一排长李振江一面说着，一面顺手递给胡青山一挺机枪。

胡青山也没有客气，他伏在墙头上，平端着轻机枪一个点射，一个正佯装羊只爬行的叛匪翻了一个身，挣扎了几下，躺在雪地里不动了。再一点射，又一个叛匪被撂倒了。胡青山接连打了五六枪，五六个叛匪一个个应声倒下。其余叛匪吓得也顾不得伪装了，跳起来丢掉羊皮，没命地奔逃，爬出碉堡不远的叛匪一看，慌忙又退回碉堡。

早在叛匪们被一排长与工委战斗组的火力封锁下枪声依稀的时候，共产党员王得水冒着被敌人的子弹打中的危险，沉着机智，硬是用棍子将警察局的围墙捅开一个豁口，打击敌人。

"工委同志与我一起压制住敌人火力，九班冲上去，打进警察局去，消灭负隅顽抗的残匪！"胡青山感到叛匪已经完全丧失了战斗力，一面端着机枪封锁着叛匪占领碉堡的射击孔，一面不失时机地发出冲击命令。

九班战士一个个像离了弦的箭，迅速从王得水捅开的豁口冲进警察局，工委战斗小组的成员也不甘落后，紧随九班之后也冲了进去。孙庆林听到战友们的呐喊，冲出被困的房屋。叛匪们看到解放军已经冲进了警察局，哪还敢继续抵抗，赶忙从原先挖好的洞口爬出碉堡和库房，丢下几具尸体，慌忙逃命去了。

吐葫芦乡匪首和空多罗山匪首率领的叛匪在南山东西两个碉堡被解放军的强大火力压制，始终不能靠近碉堡，更谈不上用火力支援其他叛匪了。炮班班长牛发良看到南山两个碉堡的中间地带被叛匪占领着，连续向叛匪阵地发射了四五发炮弹，打得叛匪丢盔弃甲，狼狈逃窜。

进攻北山的叛匪败得更惨，炮班副班长张德禄发现叛匪骑马上山爱扎堆行进的特点，连续向敌群中发射了几枚炮弹，加上北山东西两个碉堡的强大火力，打得叛匪根本就攻不上北山山顶。炮班一看补给站库存的两千多发炮弹，足够他们打的，所以不顾惜炮弹，频频发射，打得叛匪如丧家之犬四散而逃。

艾拜都拉精心策划的第二次进攻伊吾县城的战斗历时五个多小

时,惨败而终。二连房生海、郭茂清两位战士在敌人偷袭中牺牲,县工委成员王培锦负了重伤。叛匪在这次进攻中除了丢下了比第一次更多的尸体,叛匪骨干吐尔逊头部负了重伤,他已经没有能力号令督阵了。

艾拜都拉看着一路被打得丢盔弃甲狼狈逃回的叛匪们,气急败坏,火冒三丈。他越想越觉得这次战斗打得太窝囊,败得没有任何道理。他的人马六七百人,个个膘肥体壮,但却惨败在不足自己七分之一的解放军手里。连续两次大败,让他脸面上有点挂不住。他要发泄,可没有发泄对象。

这时他突然一拍大腿说:"有了。"只见他气急败坏地命令道:"将托乎逊·阿里阿孜抓获的那四个解放军给我立即枪毙掉! 同时派出快马,命令淖毛湖赛旦,将他抓获的解放军也全部枪毙掉! 为我的好兄弟们报仇,不能让我们的人白死。"

"托乎逊·阿里阿孜抓获的那四个解放军不是我们的人质吗?"警察局副局长、自卫团副团长马木提·托乎逊小心翼翼地问他,"你将人质杀了,我们的卧底不就暴露了吗?"

"我就是要让他暴露! 我要叫他们共产党人自相残杀!"艾拜都拉接着恶狠狠地说:"我不仅要叫这四个人死,而且要叫他们死得非常惨,要让同情和支持解放军的人看了都心惊胆战。"

"还是县长棋高一着,一箭双雕。"马木提·托乎逊唯唯诺诺地奉承道。

"来人上茶!"艾拜都拉大声向门外叫道。

"县长有什么吩咐?"门外同时进来两个叛匪问。

"将托乎逊·阿里阿孜抓获的那四个解放军战士绑在马后边拖死。然后去托背梁让马拖着再转两圈。"艾拜都拉被两次惨败急红了眼,痛下杀手,残杀黎太平、魏玉林、赵马俊、张文奎四个战士还不解恨,又命令匪首将二十多名在淖毛湖和下马崖开荒种地的解放军官兵全部杀害,手段极其残忍。

第五节 丧心病狂下毒手 英雄连长遭残杀

说起连长赵富贵被残杀，真让人痛心疾首。

3月29日，胡青山副营长专程跑去提醒大家要提高警惕，可他还是上了坏人的当。

3月30日，赛坦素文接到艾拜都拉要求尽快抓捕解放军官兵的密信后，立即召集自卫队队长纳满夏、参议员霍加阿不都等叛乱骨干开会，制定了绑架解放军官兵的方案。"

早饭后，赛坦素文带领12名叛匪隐藏在沙力道尔戛家，纳满夏带着买买提·尼牙孜到克尔赛解放军的营房，笑嘻嘻地对值班战士说："现在山水下来了，请赵连长到沙力道尔戛家开个会，研究一下分水浇地问题，更好的保证你们用水。"

"通信员！"赵富贵连长听完汇报后大声呼叫。

"昨天你不是派栗士成去护送副营长了吗？"班长吕书文提醒道。

"你看我这记性！"赵富贵一拍脑袋，然后麻利地系好武装带，插上盒子枪就走。

"连长，派一名战士跟你一块去吧？"班长吕书文说。

"不要了。"赵富贵看着正在忙忙碌碌的战士们，一边说着，一边向外走。

吕书文一边目送着连长赵富贵离去的身影，一边回忆着昨天副营长胡青山说的话，心里总有些忐忑不安。

赵富贵连长跟着纳满夏、买买提·尼牙孜大步流星地向沙力道尔戛家走去，边走边琢磨着分水浇地的问题。快到沙力道尔戛家时，赵富贵连长本能地将右手放在盒子枪上，当赵富贵跨进沙力道尔戛家门时，赛坦素文笑容可掬地在屋中央向他伸出双手迎过来，就在赵富贵自然地

伸出双手的一刹那间,隐藏在门后两侧的四名叛匪突然窜出来,分别抓住赵富贵的双手。这时候赛坦素文一步蹿上来,一把抓住赵富贵的盒子枪,纳满夏和买买提·尼牙孜已把枪顶在了赵富贵的后背,隐藏在院子里的八名叛匪同时冲了进来,全都亮出了武器。赵富贵一看这个阵势,知道任何反抗都无济于事,于是便大声斥责道:"你们要干什么?绑架解放军指挥员是要受到军法制裁的。"

"嘿嘿!"赛坦素文发出一声狞笑。

"你笑什么?"赵富贵满脸怒色,继续斥责叛匪:"你们不要高兴得太早,你们一定要明白,共产党、解放军已经解放了全国29个省市,国民党美式装备的800万军队都已经被解放军打垮了,你们这几个叛匪还能翻起什么大浪?解放军是人民的子弟兵,你们反对共产党、反对解放军,就是自取灭亡!"

"把他捆起来,关到纳满夏的大房子里,由买买提·尼牙孜严加看管,其他人赶快按计划行事!"赛坦素文厉声命令道。

叛匪们七手八脚地将赵连长捆绑起来,押到纳满夏的大房子里,又在门外面上了一把大锁。

纳满夏和参议员霍加·阿不都两人再次来到克尔赛营房,他们对值班的解放军说:"连长说请你们现在就派人去浇水。"

郑兴德、梁庭生、蒋福保、王金如、马占山和班长吕书文看见仍是刚才通知连长研究分水浇地的人,便信以为真。

郑兴德等五人拿着浇水工具,跟随纳满夏和霍加·阿不都两人走后,班长吕书文带领战士刘明义、刘银娃去修渠,高相金去戈壁砍柴,留下战士张江龙在岗楼放哨,副班长郭瑞华为大家准备午饭。

郑兴德等五人跟随纳满夏、霍加·阿不都走到卡尔桑时,隐藏在卡尔桑的17名叛匪在赛坦素文的指挥下一哄而上,按事先三对一的准备,分别包围了五名背着枪,拿着铁锹的战士。尽管有的战士抢起铁锹英勇反击,也打伤了两个叛匪,但终因敌众我寡,战士们还是全被叛匪们擒拿。叛匪将郑兴德等人捆绑停当后,留下两个人看守,纳满夏带领五人直奔克尔赛营房,赛坦素文带领十几个人直奔战士们修渠、做饭、站岗的地方。副班长郭瑞华正在做午饭,猛一抬头,看见纳满夏等叛匪已经堵住了厨房大门,心知事变,大声疾呼"张江龙!"谁知叛匪冲进厨房,一哄而上。郭瑞华飞起一脚,抢在前边的叛匪一声大叫,但纳满夏他们六个人一起上,拳脚相加,把郭瑞华打翻在地,捆绑得结结实实。张江龙听到呼喊声,正准备下岗楼来察看,只见霍加·阿不都从厨房里走出来。

"干什么的?"张江龙严厉地喝问。

"我是刚才来联系浇水的。"纳满夏一边笑嘻嘻地回答,一边迅速向岗楼靠近。

"停止前进!"张江龙一边大声地命令,一边拉动枪栓。

"军民是一家嘛,你怎么能将枪口对准我们老百姓呢?"纳满夏似乎若无其事地一边说着,一边脚不停地向前走着,吸引着张江龙的注意力。岗楼外边早就布置好的假装整修渠道的五名叛匪快速潜到岗楼下,依靠人梯,两名叛匪翻上了岗楼,张江龙刚一转身,一个叛匪猛地扑上来,一把抓住张江龙的枪,张江龙急中生智,在将叛匪猛向后拉中突然松手,叛匪一个倒栽葱摔下了岗楼;另一个叛匪一头向张江龙撞来,张江龙在向后倒时一个鲤鱼打挺,顺手抓起身边的一块石头向叛匪砸去,叛匪一个侧身,正砸中其胳膊。这时,纳满夏、霍加·阿不都涌上岗楼,纳满夏从后边抱住了张江龙,霍加·阿不都和另一个叛匪同时按住了张江龙的头,张江龙还挣扎着想反抗,但已经失去了反抗能力。

到戈壁滩上砍柴的高相金在返回途中,在十几个叛匪的突然袭击下,也同样被绑架。

至此,进驻淖毛湖的十四名解放军,除通信员栗土成护送副营长胡青山幸免以外;包括连长赵富贵在内的十三人全部被叛匪们抓走。赛坦素文命令将抓获的这些战士都关押在他家,由纳满夏派人看押。

抓了解放军后,赛坦素文、纳满夏带领叛匪们一起涌向淖毛湖警察所。正巧所长熊武进城公干未回,赛坦索文笑嘻嘻地与警士们打招呼,

趁警士们接待赛坦素文不注意,纳满夏率领叛匪们涌进了警察所,将当时在所里的七名警士全部抓住。

赵富贵1925年出生在山东省曹县十区赵庄,1943年6月参加革命,同年10月加入中国共产党。他立场坚定,作战勇敢,在抗日战争和解放战争中,先后参加过上百次大小战斗,荣立过十次大功,在延安大生产中,他被评为教导旅的劳动模范,在保卫延安的战斗中,他出生入死,英勇善战,屡建奇功。在兰州皋兰山的攻坚战中,赵富贵和他的战友们顽强进攻,战斗十分惨烈,最后和战友们将五星红旗插上了营盘岭,在西北战场的最后一场恶战中,他和战友们立下了不朽的功勋。

进军新疆后,赵富贵坚决贯彻军、师、团的命令,在副营长胡青山的率领下,于2月21日第一批进驻伊吾,并于3月17日首先带领十三名战士进驻淖毛湖,积极做好屯垦的准备工作。胡青山副营长在充分肯定他们屯垦工作的同时,还特别指出了新疆乃至哈密可能发生叛乱的严重形势,要求他们提高警惕,但他无论如何也没有想到副营长返回县城还不到二十小时,叛匪们就行动了。赵富贵首先想到的是二班全体战士的安危,他将这些战士带到淖毛湖来,就有义务、有责任保护他们的安全。他觉得叛匪们与兰州营盘岭的马家军一样,都是人民的死敌,对其不能仁慈。赵富贵忍着极大的疼痛,弓着身子慢慢地将被反绑在背后的双手从屁股下边移过来,滑过双脚移到身子前面,用牙咬住紧绑的绳子,一点一点地将绳子拽松,解开绑绳后拿起这间房子里的坎土曼作为武器,从房子的天窗钻出来跳下房顶,迅速奔向营房。谁知就在这个节骨眼上,负责看守的叛匪骨干买买提·尼牙孜发现了他。买买提·尼牙孜一边追赶,一边大声呼喊:"站住!不站住就开枪了。"赵富贵连长当然不会听他的那一套,更加快速地向克尔赛营房奔跑,买买提·尼牙孜真的向他开了枪,没有想到这一颗罪恶的子弹打中了他的头部,夺去了这位在抗日战争、解放战争中屡建奇功的英雄的宝贵生命,在伊吾的历史上记下了叛匪们的又一笔血债。

赛坦素文命令叛匪将赵富贵的遗体吊在树上示众。韩兴福、杨克荣、冯才合计后对赛坦素文说:"我们在淖毛湖都是十几年的邻居了,我虽然是汉族,但我父亲是一位民医,他把自己的一生都献给了淖毛湖的人,包括你赛县长的家人在内,都受过我父的治疗和救助。赵连长人已经死了,你们还将他的尸体吊在树上,这样做是不应该的。请赛县长大发慈悲,允许我们将赵连长收尸下葬。"

赛坦素文沉默了好一会才说:"同意你们将赵连长收尸下葬,但不准你们造声势,也不准你们联络更多的人参加。"

韩兴福代表杨克荣、冯才说:"这件事就由我们三家办,请赛县长放心。"赵连长遗体当天就被安葬在当地的戈壁上。

当地维吾尔族老大爷、老大娘也与韩、杨、冯三人同时涌进赛坦素文家,他们看到昨天还是生龙活虎的解放军战士,今天就被捆绑起来,囚禁在一个房子里,很是心疼。有的老大爷抱来了柴火,帮助架起了炉子,使房子暖暖和和的;有的老大娘提来了奶茶,劝战士们喝奶茶;有的偷偷地将绑得太紧的绳子悄悄松一松,以减少战士们的痛苦。

这时战士张江龙建议:"我们不如趁现在这些老人在这里,叛匪们看管比较松懈的情况,解开绳子,赶快冲出去!"

"我们不能这样做。"班长吕书文说,"一是因为淖毛湖是孤悬戈壁,哈密回王之所以将这里作为发配罪犯的地方,就是因为这里周围几十公里都是戈壁滩,就是让罪犯们跑也跑不出去。假如我们跑出去,这些老乡就要遭殃。"

副班长刘明义接着说:"我们参加革命,不就是为着解救劳苦大众于水深火热吗?怎么能自己逃生,把灾难转嫁给老百姓呢?何况我们现在没有武器,没有马匹,逃是逃不出去的。"大家默默地点头同意班长的意见。最后,这些可爱的战士除了马占山叛变,高相金被司马义·哈孜救出以外,其他人全都惨遭杀害。

第六节 尧乌结盟大草原 钩心斗角做美梦

自从尧乐博斯与廖咏秋按照预定的行动计划,带着儿子、秘书程仲宾以及副官们分乘两辆吉普车,公开叛乱后,按照乌斯满的安排,他们先来到南山口。

突然离开苦心经营多年的哈密行政公署,他还是有点怕。现在早一天与乌斯满会合,就多一分安全,为防止解放军追踪。尧乐博斯丢弃汽车,骑骆驼、马匹,带着老婆、儿子、秘书、司机,在哈寿的带领下,似惊弓之鸟,匆匆忙忙地向深山奔去。

第二天,他们来到巴里坤炭窑沟牧场。这是一条有三四公里长,七八十米宽的山沟,山坡上松树郁郁葱葱,山沟里牧草丰美,流水潺潺,苏里唐·谢力甫早就恭候在这里。

苏里唐·谢力甫原在甘肃瓜州、敦煌一带抢劫过军车,杀过国民党军人,国民党当局下令通缉他,尧乐博斯利用督察专员的特殊身份为他多方斡旋掩护,使他躲过了通缉,苏里唐·谢力甫把尧乐博斯视为救命恩人,一直言听计从。苏里唐·谢力甫用最隆重的礼节接待了尧乐博斯。

生性多疑的尧乐博斯酒足饭饱之后,反复琢磨着和乌斯满搭档能否善终。

他越琢磨,越觉得乌斯满是一个不可信任的"老江湖"。他本来就是一个依靠打劫起家的人,说穿了就是一个出尔反尔,见风使舵,损人利己的人渣。他先是参加了三区革命,反对国民党在新疆的统治者盛世才。后来,又投入到国民党在新疆的军事领导宋希濂的怀抱,与这样一个"墙头草"联盟,有胜利的可能吗?

尧乐博斯想再次投靠蒋介石,于是悄悄地问廖咏秋和秘书程仲宾:"我们与乌斯满会合后,应该采取什么原则,才能达到既有利于共同抗击共产党和解放军，又能保证我们自身利益不受损失，两全其美的效果呢？"

"因为要追求共同目标，所以政治上一定要牢牢捆死，但具体行动上要彻底地分开，国民党主政新疆时，你是第九行政区督察专员，现在共产党主政新疆，你又是哈密行署专员，你和他真的不是一路人。说得准确一点，他就是一个流寇。"程仲宾丝毫不避讳地发表了自己的意见。

"程秘书你可是越来越成熟了。"廖咏秋赞赏地点点头说，"政治上合，是为了积聚力量。行动上分，是更具灵活。"

尧乐博斯听着夫人和秘书一唱一和，对与乌斯满会师后的行动方案已胸有成竹。

离开巴里坤炭窑沟牧场后，尧乐博斯一行来到山下地势开阔，山脚渠沟纵横，流水潺潺，山上松树茂密，郁郁葱葱的阿依空木草场。这里住着七十多户哈萨克族牧民，乌斯满的白色毡房搭在牧场的中央，显得宽大、气派，十分显眼。整条山沟里弥漫着浓烈的战争气氛，沟口的流动哨兵多达十多人，山上的松树林里还可以隐隐约约地看到流动暗哨，四个军人荷枪实弹，威风凛凛地站在乌斯满的大毡房门前，附近山上还有机枪和步枪狙击哨位，真是戒备森严！

乌斯满派他的儿子切热提满、贾尼木汗派儿子达列利汗为代表，率众走出阿衣空木草场，在半道热情地迎接尧乐博斯一行。

乌斯满率领参谋长和随从，在部下的护卫下，骑着高头大马，正式拜会尧乐博斯一行。乌斯满远远地就下了马，与等候在毡房前的尧乐博斯互相行礼，然后快步上前与尧乐博斯亲切拥抱。

"愿尧乐博斯专员和夫人一路顺利，保佑我们反共大业旗开得胜。"乌斯满走进房子坐下后说。

"为了表示我对您的尊重和支持，我和我的夫人向巴图尔赠送一件贵重的礼物。"尧乐博斯说到这里，只见他夫人双手托着一个托盘，托盘的红绸子上放着一把"中正剑"。

尧乐博斯与夫人廖咏秋同时起立，尧乐博斯双手捧着佩剑说："这是蒋委员长亲自赠送给我的一把佩剑，它是权力和地位的象征，我一直

当作宝物珍藏着,今天送给巴图尔,佩戴上它,象征着蒋委员长就在您身边,时时保佑您征战的胜利。"

"虎王真不愧为党国重臣,让你当中央军事委员会中将参议、监察委员和国民政府国策顾问,蒋委员长没有走眼。"乌斯满虔诚地双手接过佩剑,激动地说,"我乌斯满效忠党国,肝脑涂地,在所不辞。"一面说着,一面递过国民党3月13日发出的任命乌斯满为"新疆剿共总司令"的电报继续说:"但我乌斯满是一个粗人,这个剿共大业还要仰仗尧乐博斯专员出谋划策。"

尧乐博斯接过电报一看,学着蒋介石的语气暗暗说道:"战争还没打响呢,他却抢先弄了顶新疆总司令的帽子。"但转念一想,这正是他实施"政治上捆死,行动上分开"计谋的大好机会,所以满口恭维地说:"总司令如此谦虚,真是党国的福气。既然总司令把话已经说到这儿,尽一尽我这个国民政府国策顾问的义务也是理所当然的嘛!"

"那当然,那当然!"乌斯满一听高兴地连声说。一是任何重大决策的实施,都必须舆论先行。现在总司令已经将反共的大旗在巴里坤草原上高高竖起,也要大造舆论,要使每一个人都能团结在总司令的周围,才能打胜这场战争。所以我建议召开一个誓师大会,杀马盟誓,要将每一个头目、每一个军人都牢牢地捆绑在反对解放军和反对共产党的这面旗帜下,二是我们要建立一个安全地带,就像共产党的根据地那样。所以我建议总司令以小红柳峡为基地,我带一部分人以伊吾盐池为基地,让伊吾县县长艾拜都拉以伊吾为基地,形成铁三角支撑点,任何一方遇袭,我们互相支援,随时都可以形成内外夹攻之势。这正是巴图尔大显身手的大舞台,祝你旗开得胜,马到成功。"尧乐博斯说。

"还是虎王足智多谋。"乌斯满一拍大腿,高兴地说:"我这里有国民党两支部队,一支是骑兵第七师二十团的人。他们是3月5日从昌吉率先反水离开共产党的,接着阜康永丰渠、老奇台、木垒河的人相继响应,现在人数达到两千五百多人,他们打死了木垒河共产党的区委书记,夺取了阜康县武器弹药,袭击了搞生产的解放军,攻打了奇台县城,取得了一连串的胜利,可惜后来被六军参谋长陈海涵和十七师副师长袁学凯率兵打散了,最后投到我这儿的只有六百多人。一支是你们哈密原国民党一七八旅巴里坤骑兵团的人。这支部队在排长王振华的带领下,去年12月脱离过共产党,但被共产党人劝回去了,整编成中国人民解放军十六师骑兵独立营,王振华升任营长。上个月24日调防呼图壁行进到老奇台时,营长王振华与排长黄金龙率众投到我麾下的有四百多人。按照虎王刚才的意见,骑兵第七师二十团的人留在我这儿,由我直接指挥,一七八旅的骑兵投入你的麾下,由你指挥,你的意下如何?"

"巴图尔真是胸怀大度!"尧乐博斯恭维地说。

"我还建议以一七八旅的官兵为基础,和你带来的人合起来成立草原革命独立师,虎王就任师长,王振华就任你的参谋长。我当总司令,你就是一个有职有权的副总司令,你这个副总司令也掌握一个师的兵力。"然后我们采取声东击西,设卡阻击,连环设伏,攻城略地,抢夺车辆等各种手段,让解放军不得安宁。

4月3日上午,在阿衣空木草原乌斯满大毡房前的草地上,草原往日的沉寂完全被打破。主持人贾尼木汗说:"我们现在请乌斯满讲话。"

乌斯满滔滔不绝地讲起话来,讲完让尧乐博斯也发起言来。

就在尧乐博斯趾高气扬煽动大家叛乱时,一个哈萨克中年人骑着大红马突然急急忙忙闯进会场,贴着乌斯满的耳朵悄悄说了几句。

乌斯满听后特意提高嗓门说:"我现在就告诉大家一个消息!"

会场一下子静了下来。乌斯满说:"刚才依得列西送来情报,我们派出的七角井战斗组,4月1日在车轱辘泉击毙了解放军的一名副师长和几名随从,还俘虏了副师长的司机。"

乌斯满当场宣布给参与枪杀副师长一行的狙击手们每人奖励一套衣服和一块砖茶,贾尼木汗让人牵来一匹两岁的枣红马,当场宰杀后,与会者用手蘸上马血,在自己前额上抹了一道血印,表示自己的决心。如果不忠于这次会议决议的话,就会像这匹小马一样被当众宰杀。

一盘盘手抓肉和一盆盆马奶酒端上来,乌斯满又拿来了他一直珍

藏的马克南赠送的威士忌,乌斯满、尧乐博斯、贾尼木汗、阿通拜克、苏里唐·谢力甫等人边吃边喝,一直闹腾到深夜。

次日凌晨,尧乐博斯按照与乌斯满的约定,率领七百多人,浩浩荡荡地开进盐池。尧乐博斯由共产党领导下的哈密专员,摇身一变成为国民党新疆剿共副总司令,他还在第一时间将伏击杀害罗少伟副师长等六人的消息用电台传给国民党当局讨功领偿。这个心狠手毒的家伙给胡青山指挥的二连带来巨大的隐忧。

第七节 副师长惨遭杀害 坏司机难逃法网

罗少伟作为一个身经百战的少帅副师长,怎么会被叛匪伏击打死呢?事情还得从头说起。

按照人民解放军总部的命令,3月5日成立了新疆剿匪指挥部,王震任总指挥,张希钦任参谋长,六军军长罗元发任北疆剿匪前线指挥。罗元发军长根据王震司令员的指示精神,命令十六师师长吴宗先、政委关盛志率领本部指战员和五军十四师四十团骑兵第三营负责哈密地区叛匪的清剿任务;命令十七师师长程悦长、副师长袁学凯率领四十九团、五十一团、第六骑兵团、五军十四师四十团主力及骑兵第七师战车团各部负责奇台以西地区叛匪的清剿任务。

乌斯满伙同尧乐博斯,在哈密、巴里坤和伊吾先后制造了多起伏击解放军事件。3月26日,沁城乡副乡长杨根栓与四十八团九连副连长郑礼明、司务长呼志忠由沁城乡返回哈密途经碱泉子时,正好与乌斯满派来伏击解放军的叛匪遭遇,杨根栓、郑礼明两人当场牺牲,呼志忠被打成重伤,所带枪支和现款全部被劫走。紧接着3月31日,叛匪们又袭击了驻防沁城乡观音山的解放军,打伤两人。由于叛匪都是骑马伏击,打完就跑,所以人们现在不叫他们土匪,而是叫"流匪",加上这里重峦叠嶂,沟深树密,便于隐藏和逃跑,很难追击。

这引起了解放军十六师首长的极大震惊和关注。十六师首长接到剿匪作战命令后,立即进行剿匪动员,决定以四十六团为主力,清剿巴里坤的叛匪。

可是派谁去合适呢?正在师首长考虑人选的时候。

"师长,政委,我去吧。我带人摸清情况,寻找战机,坚决消灭这股叛匪。"年轻气盛、在战场上屡建奇功的副师长罗少伟在动员大会上主动请缨。

师长和政委知道罗少伟的传奇经历。罗少伟1918年出生在陕西汉阴县,1934年参加陕北红军,抗日战争时期被编入八路军冀鲁豫军区任营长。1942年在冀鲁豫根据地陆军中学学习的时候,学校被前来偷袭的日军包围,大部分师生被俘后,送往集中营强制劳动。

一天,被俘人员在掘沟垒墙时,罗少伟用一块石头砸晕哨兵夺得枪支,并带领其他难友乘机抢夺武器,救出狱中同志,冲出集中营后胜利归队,这一英雄壮举在根据地传开后,鼓舞了许多抗日军民奋勇杀敌。

1946年8月,时任延安教导旅一团团长的罗少伟奉命率领两个营,偷渡无定河迎接王震带领的南下支队返回延安。罗少伟带头下水过河,带领部队全歼守敌近千名,顺利完成了接应任务。历尽千辛万苦回到延安的王震说:"有这样的团长,我还可以再打一个来回。"

十六岁参加革命的罗少伟一生征战无数,七次中弹负伤,满身伤痕累累,唯一私己之物是口腔负伤后补上的一副镀金假牙。

1950年4月1日,罗少伟带着作战参谋马玉章、警卫员杨状元、机要秘书李玉庆、报务员宋万成和司机杨洪云出发。

当时因为哈密通往巴里坤的天山达坂上的两座木桥已经被叛匪破坏,汽车不能通行,走小堡村这条路要翻越三个达坂,路途遥远、沟深路险,中途补给困难,罗少伟副师长决定从七角井进入巴里坤,顺便对驻守在七角井地区的驻勤连队进行剿匪战斗动员。有必要对驻各地的连队进行一次全面的检查和提醒,让他们务必提高警惕。

他们在驻防瞭墩的四十八团二营五连,检查部署完剿匪任务后,打算直接去巴里坤。当时驻防瞭墩的二营五连指导员韩德善、连长孟宝已经接到师部命令,让他们护送罗少伟副师长到巴里坤。韩德善、孟宝命令护送罗副师长的指战员吃饭,准备执行任务。罗少伟决定他们先走,让护送部队随后赶来。于是罗少伟等六人挤在一辆吉普车里从瞭墩赶往七角井,途经车轱辘泉的地方有一段漫长的斜坡,当汽车正吃力的爬坡的时候,埋伏在路两边山沟里的叛匪突然开枪袭击。罗少伟面对突然出现的叛匪猖狂袭击,他果断命令司机杨洪云:"加大油门冲过去!"就在司机加大油门猛冲的时候,叛匪突然打来一梭子弹,打爆了汽车前胎,汽车方向一下失去控制,摇摇晃晃地冲到路边的土坎跟前猛地往前一拱,熄火停了下来。

"打!"罗少伟果断地命令。六个人几乎同时下了汽车,立即卧倒还击。但叛匪人多势众,他们认定小车里人少,短枪还击有限,于是一边射击,一边壮着胆子从四面包抄过来。

在双方激战中,虽然叛匪也有伤亡,但罗少伟副师长六人,除司机杨洪云以外,其余全部壮烈牺牲。国民党起义兵杨洪云由于经不住叛匪的威胁利诱,于是向叛匪说明了每个人的身份,并指认了罗少伟的遗体。叛匪将罗少伟的遗体暴尸荒野。

当五连连长韩德善、指导员孟宝听到枪声,快速赶到车轱辘泉时,叛匪们得意地押着杨洪云已经离开,向乌斯满报喜领奖去了。

罗少伟的牺牲,点燃了六师指战员的复仇怒火,坚决歼灭叛匪的决心和意志震天山,撼大地。

罗少伟副师长和同时牺牲的四位烈士的遗体,当天就被运回大营房十六师师部,师领导感到奇怪。一共去了六个人,为什么没有发现司机杨洪云的遗体呢?

关盛志命令五连连长韩德善、指导员孟宝派人找寻。他俩立即率领全连指战员先在出事地点一公里范围内搜索,未发现踪迹,继而扩大范围,又在三公里以内搜索,仍未发现任何踪迹。

叛匪为什么只对副师长罗少伟下手？他们一定知道了副师长的身份。

可叛匪又是怎么知道罗少伟身份的呢？司机杨洪云为什么活不见人、死不见尸呢？关盛志百思不得其解。

师政委关盛志要求师保卫部门，一定要查清罗副师长被害的谜案。保卫部门调动所有力量，动用各种手段寻找，但杨洪云还是不知下落。

直到1956年肃反运动时这个谜团才被破解。

杨洪云原是国民党军队马家军汽车连的司机，在兰州战役中被我军俘虏。经过教育后参加了解放军，参军后仍然发挥他的一技之长，继续开车，与他同时被俘虏参加解放军的还有一个司机老马。他们以前都在国民党马家军汽车连。1956年肃反时，老马到哈密红星一场供销社去买东西出门时与一个非常面熟的人擦肩而过。

这是谁呢？咋这样面熟？嗷！想起来了。他不是原来给罗副师长开小车的司机杨洪云吗？当时由于给罗副师长开车，高傲得很，副师长牺牲以后就失踪了。

马师傅想，杨洪云失踪好几年了，他怎么突然又冒出来了呢？这太奇怪了。难道是……

老马赶紧向农五师首长汇报了他的发现和怀疑。首长十分重视，立即命令军法处开展秘密调查。经供销社营业员回忆，当天到供销社买东西的人大部分都认识，只有一个中等个，三十多岁、甘肃口音的人不太熟悉。政治部将肃反资料编成宣讲材料，分别到红星二场每一个连队进行宣讲。规定十五岁以上的人都要参加听宣讲教育，不得缺席，有特殊情况不能参加的，要向场领导请假，老马每天晚上都参加会议，按保卫部门的安排，有意寻找杨洪云。说来也巧，头两天晚上杨洪云都没出现。

难道他跑了？不会吧。老马这样想着，继续守株待兔。直到第三天晚上宣讲时，杨洪云才悄然出现在会场。

宣讲结束后，老马走上去主动和他打招呼，军法处同志立即将其拘捕。

据杨洪云交代，他被叛匪押到阿衣空木草场时，正好碰到尧乐博斯

和他的司机都在这里。因为尧乐博斯的司机纳满·努尔夏与杨洪云都很熟悉。乌斯满一看他们之间的情面,干脆送一个人情,就将杨洪云交给尧乐博斯。尧乐博斯将杨洪云当成自己人,随即安排杨洪云与纳满·努尔夏和老吴一起行动。

狡猾的杨洪云看到叛匪的武器装备和人员组织状况,他心里犯嘀咕,认为装备精良、作战勇敢的蒋介石嫡系部队和马家军都被解放军消灭了,乌斯满、尧乐博斯这几个叛匪无论如何也成不了什么大的气候,特别是他们要通过反共风暴赶走解放军,那简直是自欺欺人,只能糊弄草原上的那些无知的农牧民,跟着他们肯定要遭殃,他们被解放军消灭只是时间问题。所以,当尧乐博斯率领浩浩荡荡的人马快到盐池的途中,杨洪云就悄无声息地逃离叛匪潜回了甘肃老家。

让他始料不及的是1952年全国开展镇压反革命运动时,在甘肃清查马家军残余势力是重点。他每天如履薄冰,胆战心惊,不知哪天大难临头。

杨洪云非常害怕暴露,他思来想去,左右权衡,最后又潜回地广人稀的哈密。正巧当时劳力紧缺的红星农场到处招收农工,手续又非常简便。于是,年轻力壮的杨洪云便隐姓埋名,以杜洪云的名字安安稳稳潜伏下来。但天网恢恢,疏而不漏,他竟然阴差阳错、遇到了深知他底细的老马,最终受到了法律的制裁。

第八节 艾县长遭受指责 拜迪解围献毒计

艾拜都拉精心策划的二攻伊吾县城计划惨遭失败后,气急败坏地下令要将到巴里坤拉运生产工具的四名解放军战士绑在马的后面在吐葫芦乡活活拖死。

"那几个解放军巴郎子是去拉农具的,你平白无故杀他们干吗?"受过党的教育的吐葫芦乡的农会组长纳赛尔挺身而出,仗义执言。

"嘿嘿!"艾拜都拉奸笑两声后,声嘶力竭地喊道:"今天竟然有人自己主动找上门来送死。好吧!我成全你。来人,将这个不知深浅、专门替共产党说话的老东西给我捆起来!就用这个农会组长来祭奠我们死难的兄弟!"随着艾拜都拉的一声嚎叫,立即蹿上来五六个叛匪,三下五除二就将纳赛尔捆绑起来。

"你有种就杀了我吧,但你能把同情解放军的人都通通杀掉吗?"纳赛尔厉声问道:"现在同情解放军的人大部分都是穷苦人,你如果把穷苦人都杀掉,你家的地还有人种吗?你攻打县城还有人替你卖命吗?"

艾拜都拉气得直发抖。他咆哮着说:"你咸吃萝卜淡操心,我杀了你纳赛尔,帮我做事的还有司马义,还有阿布都拉,还有西热力江。"

"手下留情,请艾县长息怒。"吐葫芦乡乡长拜迪·阿西尔为了替纳赛尔解围,他笑嘻嘻地对纳赛尔说:"你要体谅艾县长,被解放军打死的那些人,哪个不是我们的好兄弟、好邻居?艾县长怎么能忍心杀你呢?刚才艾县长说的都是气话,请纳赛尔大哥也不要较真。你先回去,这里由我给艾县长说。"说完顺手将纳赛尔一把推出了院门。他转过头来对艾拜都拉说:"艾县长,现在还不到把枪口对着我们同族乡亲的时候。如果艾县长今天一定要把纳赛尔给杀了,纳赛尔的家族,同情纳赛尔家族的人和农会那一大批人就会背叛我们,甚至让仇恨的种子发芽生长。你想杀一儆百,图一时痛快,弄不好会适得其反,可不能感情用事啊。现在把纳赛尔放了,有利于枪口一致对付县城里的解放军!我们当前要消灭的敌人是解放军,而不是纳赛尔,主攻方向不能弄错,你说是不?"

"我看拜乡长说得很有道理。"自卫团副团长、警察局副局长马木提·托乎逊说。

自从警察局局长伊建忠被解放军拘留以后,副局长马木提·托乎逊,这时完全从被伊建中压迫、挤兑下解脱出来,在艾拜都拉跟前也敢大胆表达自己的立场和观点了。

艾拜都拉虽然心里窝着一肚子火,但对乡里乡亲的人,像对待解放

军那样大开杀戒,他也不敢。他知道众怒难犯的道理,只能顺水推舟,给他和拜迪·阿西尔一个台阶下。但他仍然色厉内荏地说:"既然拜乡长将纳赛尔放了,我也不能不给你面子,但下次再发生这样的事,决不宽容。"事后他没有放过纳赛尔,还是以共产党"奸细"的罪名,把他押到白杨沟活活打死,留下了七个还未成年的孩子。

他问拜迪·阿西尔:"你刚才说枪口一致对准解放军,你有什么高招能确保第三次攻城决不能失败?"

拜迪·阿西尔老谋深算地说:"第一,我们要打出招牌,在群众中大造舆论,趁着许多老百姓对共产党没有接触,还不太了解,大肆抹黑共产党,要大张旗鼓说过去国民党的确很坏,但现在来的共产党比国民党还坏,国民党是贪污腐化,共产党除了贪污腐化以外,还要消灭宗教,共产共妻,还要把新疆拱手送给苏联,如果我们现在不奋起反抗,到时候我们都无家可归。通过嫁祸甩锅,宣传鼓动,让包括纳赛尔那样的农会主席都愿意和我们一起对付解放军;第二,要打困结合,在不断组织进攻、蚕食他的有生力量的同时,还要断水、断粮、断路、破坏水磨、让山上的人吃不上饭,城里的喝不上水,饿死、渴死、困死他们。这次用兵不宜太分散,北山以困为主,堵截往山上运送补给的人马骆驼,南山以攻为主,夺得南山就等于夺回半个伊吾城。"

艾拜都拉佩服地说:"马木提,你现在就去通知,我们今晚就开会研究拜乡长的作战方案。"

第九节 七嘴八舌论成败 一锤定音打反击

二连解放军以少胜多,克敌制胜,彻底粉碎叛匪第二次进攻县城的阴谋后,胡青山认为敌人绝对不会甘心失败,一定会对县城采取更加残酷的手段,进行更加疯狂的进攻。如何应对新的挑战,堵塞各种漏洞,把大家的积极性、能动性全都调动出来，使每一仗都打得更精更好，千方百计减少牺牲，必须马上召开会议进行认真研究。胡青山和县工委韩增荣、指导员王鹏月碰头后，决定由韩增荣负责召开工委战斗组、县政府战斗组以及警察局警士的总结会议，王鹏月负责召开二连指战员总结会议，胡青山参加二连的总结会，研究部署下一步的战略方针。

二连的各党小组长、班长、副班长全部参加，王鹏月刚讲完这次总结会的内容，一排长李振江第一个说："这次参加围攻县城的敌人比第一次要多得多，作战部署也比第一次进攻时要细致得多，但是同样被我们粉碎了，而且我们的损失还比第一次小，我们牺牲了两名战友，县工委的一名同志负了伤。敌人伤亡多达三四十人。分析其主要原因，就是我们克服了轻敌麻痹思想，树立了敢打必胜的信念。就在敌人已经摸进县城的危险关头，孙庆林指导员凭借高度的警觉性，首先发现了敌人，并机智果敢地从通气口扔出去两枚手榴弹，给敌人一个下马威，一下打乱了叛匪的部署，全体指战员在听到手榴弹的爆炸声后，都能在一两分钟内迅速投入战斗，遏制敌人的进攻态势。很快就把敌人的气势打了下去，做到了先发制敌，重拳出击，这点非常重要。"

"首先应该给炮班战友记战功。"党支部委员、九班班长杨成保说，"班长牛发良带领五名战士坚守营房，弹无虚发，首先打掉了敌人进攻的嚣张气焰。副班长张德禄率领五名战士驻守北山，六个人分成炮兵组和步枪组，战士姜有亮率领炮兵组，炮炮都能命中敌群，打得叛匪一是不敢采用集团式扎堆进攻，二是攻打北山时敌人一直没有机会能靠近北山山顶，实现了枪炮协同，发挥了综合效应。"

"敌人在这次进攻中没能攻占北山，五班的功劳应该被肯定。"二排长周克俭不紧不慢地说，"自从叛匪第一次攻城被打退，五班接受坚守北山上三座碉堡的任务后，班长王树德就提出维修碉堡，坚守阵地，克服困难，誓与伊吾共存亡的响亮口号，带领战士在战斗间隙开展实战瞄准练习，有效地提高了战士的杀敌本领。战士聂三原两发子弹就打死了两个敌人，第一次参加战斗的李洪、陈玉够在战斗中学习，很快掌

了射击要领，打死、打伤六七个敌人，吓得敌人不敢靠近五班坚守的碉堡，这说明以老带新、阵地练兵已经取得了实效。"

周克俭继续说："九班的功劳应该记在最前头。在这次粉碎敌人二次进攻的功劳簿上，九班在这次战斗中真可谓是东冲西杀，先是打掉进攻警察局敌人的嚣张气焰，将敌人逼近碉堡，又跟副营长击退进攻城东碉堡的敌人，然后返回彻底消灭了占领警察局的敌人，打得非常勇猛。"

"一排长李振江打死叛匪头子吐尔地，就等于打掉敌人的嚣张气焰。"副指导员罗忠林说，"对敌人的震慑作用一排长是功不可没的。要说表扬，首先应该表扬副营长，副营长既是指挥员又是战斗员，从战斗一打响，始终冲锋在第一线。有副营长在，二连就有魂在，大家作战就勇敢，我们心里就踏实。"

罗忠林的发言引起大家的共鸣，会场上的气氛空前活跃。"对，我同意。"指导员王鹏月说，"现在就请副营长做总结讲话！"会场上立即响起了热烈的掌声。

"我完全同意大家的发言。"胡青山说，"我们能胜利打退敌人的第二次进攻，除去刚才大家发言中所说的应该肯定和表扬的各种因素外，还有一个重要原因就是我们各个班之间、各个碉堡之间的互相支援、互相协作，做到了独立坚守，协同作战，充分发挥了我们连的团队战斗作用，这个因素是不容忽视的。大家的发言和我刚才讲的都是成绩，都是功劳，都是应该充分肯定和值得今后继续发扬。但是回想这次战斗，我们的教训还是十分深刻的，请大家在胜利中冷静地思考，切不可被胜利冲昏了头脑。"

胡青山接着说："你们都想一想，要不是孙指导员听到敌人悄悄摸进警局，及时投弹报信，这个后果还敢想吗？说不定坐在这儿开会的不是我们，而是艾拜都拉他们了。"

胡青山提醒大家都认真地想一想，叛匪为什么就能轻而易举地摸进警察局，可我们的岗哨却一个都没有发现？这不是一个小问题，这说明我们的防范还是有漏洞的。松懈麻痹有时候是要命的。第一，各班排回去要进行充分讨论,要想它的危害性和严重后果,要认识到我们面临的严峻形势和存在的轻敌麻痹思想,一定要查隐患、堵漏洞、补短板。我们的战斗口号是:不轻敌,勤巡察,睁大眼,不叫叛匪钻空子;不麻痹、耳朵长、警觉高,誓与伊吾共存亡。

第二,我们的射击技术还要进一步提高。在这次与敌人交战中,九班长杨成保射击时不定标尺,这个问题可是很严重的。刚才大家在发言中也说了,一排长一枪打掉了敌人的嚣张气焰,为什么? 就是因为他有高超的射击技术。在这个问题上,我们过去已经积累了许多宝贵经验,例如先定标尺后瞄准,三点一线再射击,远了不射击,放近狠狠打,节省子弹多杀敌,守阵地,不用慌,瞄准叛匪再开枪。只要射击本领好,管叫敌人枪下倒,手榴弹带身旁,坚守阵地它逞强,投弹本领要练好,管叫敌人跑不了,小钢炮,威力大,瞄准敌人不要怕,弹无虚发打心脏等等。第三,在这次战斗中我们付出的代价也是很高的。八班房生海、郭茂清两位战友在敌人偷袭中不幸牺牲,工委王培锦同志也负了伤。这对我们这样一支远离大部队、固守孤城、独立作战、没有兵源补充的部队,尽量减少伤亡非常重要。我们牺牲一个战士,就减少一分战斗力。还有几件具体事情要急事急办。

一是组织力量,今天一定要把补给站剩余的武器弹药全部搬运到营房。事实证明武器弹药放在补给站已经很不安全,我们惦记着,叛匪也在惦记着。如果我们失去补给,伊吾城就很难保住。

二是各班、各排回去要认真讨论研究,摸排情况,找出症结,补齐短板,开展比决心,比成绩,比贡献,比杀敌的"四比"竞赛活动,苦练杀敌本领,力争人人都成为令叛匪闻风丧胆的神枪手。

三是动员所有力量,加快修筑工事的速度,和敌人争速度,抢时间,在这次守城战斗中,做好迎接敌人更大规模、更加残酷挑战的准备。我预判第三次攻城很可能是敌人组织最细致,投入力量最大,战斗最惨烈的一次,大家一定要有充分的思想准备。

四是要做好房生海、郭茂清两位烈士的安葬工作。全连指战员要化悲痛为力量，坚决粉碎敌人的任何进攻阴谋，为牺牲的烈士报仇。

指导员王鹏月补充说："搬运补给站武器弹药事由王连长负责，主要依靠部队力量，别人不能插手。修筑、加固工事我去和工委协商，以工委和警局同志为主。各排各班讨论总结和伤员照顾工作由副指导员负责。烈士安葬我负责。各个方面的进展情况要随时向副营长汇报。大家拧成一股绳，做到敌人从哪里来，我们就坚决把它消灭在哪里，让他有来无回。现在就尽快分头抓落实。"

第四章　叛匪更加疯狂　二连危机重重

　　神奇的军功马打破叛匪封锁，坚持为高山顶上守碉堡官兵送水、送饭；四十八团参谋长因军情泄露、决策失误，导致近三百名援军遭到叛匪连环伏击，险些全军覆灭，二连官兵苦练精兵，沉重打击叛匪进攻的嚣张气焰。

第一节　军功战马有灵性　冲锋陷阵建奇功

　　北山主峰海拔两千一百一十米，要给北山顶上送给养，最好的一条路就是从北山东边山沟口进去，直行一个二三百米的缓坡，然后左拐顺着山沟一会儿是开阔地，接着就是一个又一个山峦沟坎。从山口到峰顶光大大小小的弯就有二十多处，从山上可以射中运动目标的开阔地有五六处，其余都是射击死角，这条路隐蔽性好。总长四五里地，但山高路陡、道路崎岖，越往上走，路越陡，需要负背爬行，气喘吁吁，困难很多。

　　机枪班战士、共产党员吴小牛每天要背六个灌满水的行军壶和馒

头等食品,绕过北山东沟口,从北山北坡爬上北山主峰,一天跑两趟,满足据守北山战士基本生活供给。叛匪第一次进攻县城失败后,胡青山考虑到北山原先三个碉堡和后来二连新修的能容纳一个班战士的大碉堡据守的极端重要性,派五班十四名战士和炮班六名指战员全部坚守在北山四个碉堡内,因此连里决定继续由小牛负责牵骆驼运送。叛匪第二次进攻县城失败后,他们就对这条补给线实行火力封锁,这给机灵鬼吴小牛送给养上山,带来重重困难。

4月6日,吴小牛和四名补给站工作人员将三十多个行军壶灌满水,将二十名指战员的早饭和中饭装进驮筐里,驮在马背上,用绳子捆绑好。谁知刚刚绕过北山东沟口,埋伏在北山山峦背后的叛匪就开枪射击,幸好枣骝马机灵躲得快,才幸免于难。北山碉堡里的战友们发现后用火力掩护,但因叛匪有叠嶂的山峦掩护,山上的火力无法直接射杀叛匪,吴小牛几次尝试冲过封锁线都没有成功。吴小牛急得直跺脚。

下午,连领导决定派九班战士护送。但这一段路有四五里地,叛匪熟悉地形。他们用大小山峦沟坎做掩护,你追过去,他骑马消失得无影无踪。二连战士撤回来,他们又冒出来打冷枪。战士们连续发动两次冲锋,都未能消灭叛匪。

在寒风凛冽的高山顶上,战士们饥肠辘辘,忍受着寒冷、饥饿和干渴的煎熬。他们不时地往山沟张望,始终没有见到吴小牛和枣骝马的踪影。

胡青山从下午派遣九班护送吴小牛未能冲过敌人封锁线这一事实分析,敌人在对伊吾县城两次围攻均告失败的情况下,变换和调整了战略战术。他们先是对外围断路、断桥、断电杆,把伊吾变成一座与外界失联的孤岛。现在又对营区断水,对山上断供,企图把二连指战员困死,渴死,饿死,逼着我们放弃坚守。营区饮用水全靠伊吾河,如果叛匪从上游截流,大家吃饭怎么办?

胡青山觉得这些问题必须马上研究解决,一点都不能耽搁,任何迟疑、犹豫、慢半拍都会带来致命的打击。他决定立即召集连领导和驻守北山主峰的炮班班长牛发良以及专门运送补给的吴小牛开会，尽快拿出解决问题的办法。当务之急是不能让北山顶上的战友们饿肚子，人是铁，饭是钢，这个道理他懂。

会议对北山运送供给的问题达成两个共识。一是在炮火掩护下采取批量运送的办法，运送一次可以满足一周的食物和水。二是由吴小牛加强对军马的训练，争取军马独立完成运送供给的任务。但这个能否实现还是一个未知数。当前最紧迫的是安排战士连夜制作木桶，争取明天上午将供给送上北山。除此之外，会议还形成两点意见：一是部署守卫南山的指战员加强观察，谨防叛匪破坏城区的水源和水磨，发现情况，随时用火力打退敌人的破坏；二是炮班班长牛发良对负责磨面的战士张志和、李忠义传达会议精神，让他们提高警惕，要随时做好对叛匪破坏活动的斗争准备。必要时炮班配合，重拳打击。

4月7日凌晨，按照预定计划，吴小牛牵着满载着水和食品的枣骝马，补给站的四名站员，每人牵着一峰骆驼，每峰骆驼驮着连夜制作的装满着水的两只大木桶，在九班全体指战员的武装护送下出发了。他们刚刚绕过北山东沟嘴，埋伏在山峦背后的叛匪们的枪弹就像雨点一样向战士们射击。北山上的战士和九班的战士们按照预先的约定，同时向叛匪开了枪，一下子就把叛匪的火力压了下去。吴小牛和战友趁叛匪们火力被压住的间隙，吆喝着枣骝马和骆驼，迅速从叛匪左侧顺着山沟向山上冲去。由于道路崎岖，弯道很多，坡度又大，骆驼行动迟缓，在站员十分费劲地赶着骆驼爬坡时，被隐藏在山峦拐角处的叛匪开枪射中造成四名战士一死一伤。骆驼全都被打趴下。吴小牛和他的战友只得背着战友遗体回到营房。

两天来滴水未能送上北山的事实，像一块沉重的巨大石头压在胡青山的心头。胡青山再次召集连领导和牛发良、吴小牛开会，探讨送水送饭的突围良策。

明天无论如何都要将北山主峰战友的供给成功地运送上去，不能再等待，要做到这一点，必须将埋伏在东沟口和藏在沿沟边山峦里的叛匪消灭或赶走。胡青山心想。

吴小牛首先发言："北山战友和护送我的机枪、步枪的火力只能将敌人的火力压住,但对隐藏在沟沟坎坎的叛匪没有杀伤力。他们充分利用熟悉地理环境的优势,在我们打的时候龟缩在沟坎里,我们行进时开枪射击,跟我们玩起了捉猫猫,这是我们这两天运送失败的根本原因。我建议驻守北山炮班的同志在我们进攻之前,先用炮火对埋伏在沟沟坎坎里的叛匪进行猛烈炮击,然后九班战士借炮火的掩护冲上去,将叛匪彻底消灭在沟坎里。即便消灭不了,至少也要将他们赶出沟坎,这样才可以保证山上供给道路的畅通。"

"小牛这个想法很有道理。"胡青山很赞赏。他接着又问吴小牛:"对今后的运送方法你还有什么更好的建议?拿出来大家讨论讨论。"

"我的第二方案是对枣骝马抓紧训练,然后尝试让枣骝马送。"吴小牛似乎胸有成竹地说。

胡青山对吴小牛说:"你说说具体的可行办法。"

吴小牛说:"一是因为骆驼体格高大,行动迟缓,容易成为攻击目标;二是昨天晚上我对枣骝马进行试探性的训练,枣骝马非常有灵性,对我的口令理解悟性好,而且行动利索,如果训练得好,枣骝马独立承担运送供给的任务完全是很有可能的。"

"很好!"胡青山说,"我完全同意小牛的意见。明天我也参加护送。会后小牛要多训练几次枣骝马,如果能实现枣骝马独立承担给北山指战员运送供给的任务,你吴小牛就立了大功,枣骝马就是一匹功臣马,我们终身供养。"

散会后吴小牛兴冲冲地来到马厩,亲昵地抱着枣骝马的脖子,像和战友聊天一样对枣骝马说:"我的好兄弟,副营长说了,你要能独自给北山主峰战友运送供给的话,你就是一匹军功马,要终生供养,到时候我还可以沾你的光立一次大功呢。副营长叫我加强对你的训练。你可得好好配合啊!"枣骝马两只大眼睛盯着吴小牛,好像在说:"你继续讲,我听着呢。"

吴小牛爱抚地摸着枣骝马的脸继续说："我只知道一个食诱训练法,现在就只有叫你挨一阵子饿了。"说完将枣骝马牵离料槽,精心地洗涮干净,但一直不让马吃草吃料。天黑后,当吴小牛来到马厩时,枣骝马渴饿得又蹬又叫。吴小牛抱着枣骝马,摸着它的脖子说："你一个下午没能吃上喝上,一定饿坏了吧。可我那守卫北山的二十名战友已经断粮断水两天了,你今晚辛苦一点好好配合训练,争取明天将北山战友的供给送上去啊!他们是我的好战友,你也是我的好战友,只有我们共同努力,伊吾才能保得住。"

枣骝马两只眼睛温顺地看着吴小牛,顺从地被吴小牛牵到操场,借着夜幕的掩护,吴小牛在马臀上轻轻一拍,低声而威严地命令:"冲锋!"说完他自己突然向前冲去,枣骝马迟疑了一下,但很快就反应过来,撒开四蹄,跟着吴小牛快速向前冲去。

吴小牛看到枣骝马跟了上来,突然低声命令:"卧倒!"

在发出命令的同时,自己首先快速卧倒。

枣骝马正在向前奔跑,突然听到吴小牛"卧倒"的命令,又见吴小牛在自己前面不远处突然卧倒,说时迟,那时快,枣骝马急中生智向左侧一偏,冲到吴小牛一侧突然卧倒。吴小牛高兴地一把抱住枣骝马的脖子,连声说:"好战友,你真聪明。咱们说话都要算数,我现在就奖励你。"

说着立即将挎包里的饲料给枣骝马喂了一大把。他就这样与枣骝马一起反复地训练,成功一次,就喂把饲料,稍有违背命令的地方,不仅吃不到饲料,吴小牛还要一鞭子以示惩罚。就这样一直训练到深夜12点。

4月8日凌晨,当吴小牛牵着枣骝马经过北山东沟口时,九班指战员与吴小牛立即向已经开枪射击的叛匪猛烈还击。北山上的炮兵也连发数弹,爆炸声过后,沟坎背后响起一片嚎叫声和由近而远的马蹄声。

胡青山带着杨成保、粟士成和九班的战士迅速冲上沟坎,对着逃跑的敌人一顿扫射。一个胖乎乎的家伙从马上重重地摔了下来。

就在胡青山带着九班指战员冲上沟坎的一瞬间,吴小牛像昨天晚上一样,低声向枣骝马发出"冲锋"的命令,同时他自己沿着崎岖的小道

在山峦的掩护下向上冲去。枣骝马就像一名战士听到命令一样,跟随吴小牛遇到开阔地时赶快跑,遇到山峦高的地方赶紧卧倒隐蔽。这时九班的战士按照预先的约定,对准前面开阔地猛烈扫射,掩护吴小牛和军功马前进。

"冲锋!"吴小牛低声命令。听到命令,枣骝马和吴小牛同时奋起,一块向前冲去。冲过开阔地在一个有危险的拐弯处隐蔽后,九班战士佯装向叛匪开枪射击。前进无路,后退无门,吴小牛喊叫高山顶上的战友火力支援,然后在山上战友的枪炮声中冲向山顶,冲出叛匪的火力射程后,吴小牛放慢了脚步,枣骝马也同样放慢了脚步。到达山顶时,枣骝马已经浑身是汗,大口地喘着粗气。战士们看到枣骝马出色地完成了运送供给的任务,心疼地为它擦汗梳理毛发。吴小牛搂着枣骝马的脖子,高兴地对枣骝马说:"好战友,你成功了! 你成功了! 山上的战友感谢你,伊吾人民感谢你啊!"然后吴小牛不但给它奖励了饲料,战士们还奖给它一个馒头。枣骝马也向战士们亲热地摇摆着耳朵,打着喷鼻,高昂着头和大家一块庆祝胜利。

守卫北山的指战员们终于喝到了水,吃到了干粮。尽管水是凉的,干粮是冷的,但它们是用补给站战友们的生命和鲜血换来的,是用山下二连战友们的战斗和心血换来的,是枣骝马冒着生命危险驮上来的啊!每一个指战员都在心里默默地下定决心,一定要用顽强杀敌来回报和感谢战友,感谢枣骝马。

从此以后,枣骝马就像一名忠于职守的战士一样,只要吴小牛将北山守卫官兵的供给驮到它的背上,捆绑停当,不需吆喝,它就跟着吴小牛来到北山东沟口。只要吴小牛一声命令,它就按照既定的程序冲向山顶,将供给安全送到守卫北山官兵的手里。一天两趟,风雨无阻,从不间歇。这匹战马创造了军马无人牵护、独立完成运送供给任务的战争奇迹,为伊吾保卫战的最后胜利立下了不朽的功勋。它成为新疆唯一一匹被国家派专人养老送终的军功战马。

第二节 军情泄露遭伏击 指挥失误铸大错

3月的哈密,春寒料峭,寒气逼人。

在解放战争中能征善战的中国人民解放军十六师,上至副师长,下到营连长和普通士兵,接二连三地遭到乌斯满、尧乐博斯和艾拜都拉叛匪的伏击。

叛匪还袭击了四十八团九连从沁城乡返回哈密的战士并进行了抢劫,在淖毛湖和下马崖开荒生产的二十多名指战员也遭到惨杀,连长赵富贵被枪杀后还被吊在树上暴尸示众。

这是一支从红军时期经过枪林弹雨走过来,经过千锤百炼的钢铁连队,想到这里,关盛志下定决心,必须对二连进行及时救援,彻底粉碎叛匪的阴谋。关盛志立即将自己的想法与师长吴宗先交换了意见,并向军首长作了汇报。吴宗先和军首长十分赞同关盛志的看法。

由于四十六团主力已经投入对巴里坤草原乌斯满叛匪和尧乐博斯匪帮的围剿,师里便决定从驻守哈密的四十八团三连抽两个排、机枪连抽一个排、炮兵连抽一个排,加上其他配属人员八个排共计二百六十九人,由四十八团参谋长王谡录担任总指挥,三营教导员马平、一营副营长张万才担任副总指挥,并配备迫击炮两门、重机枪两挺。从支援部队的组成和火力的配备,足可看出关盛志政委和师首长援助二连的决心之大。

部队出发前,关盛志召见总指挥、副总指挥。关政委说:"你们要克服一切困难,一定要打到伊吾,把二连解救出来,然后和二连指战员一道彻底粉碎叛匪的图谋,保卫新生的人民政权。"

王谡录信心满满地说:"请首长放心,保证完成任务。"

4月4日,部队乘汽车到达沁城乡后,动员了二十三个民工,并确定

马友林和李发录两人为向导,让会维吾尔语的陈维举当翻译。同时,每个民工配备三头毛驴,驮运弹药和给养,为官兵和民工准备了四天的馒头和水,计划三天到达伊吾县城。

4月6日晚,部队开始从沁城乡出发。

救援部队的人数、武器装备、行动路线、日程安排,都没有逃过在解放军面前点头哈腰、笑容可掬、格外热情的国民党员、乡长兼小堡村村长买买提·尼亚孜的眼睛。

买买提·尼亚孜四十岁,长着浓密的圈胡子,他对每一个解放军都笑眯眯的,热情握手,对解放军提出的任何事情都积极筹办,给王参谋长留下极其深刻的印象。他暗地里却派人飞速将部队人数装备、行走线路、出发时间等情报分别汇报给艾拜都拉和驻扎在盐池的尧乐博斯。

艾拜都拉收到情报如获至宝,立即拟定了伏击方案,并急急忙忙赶到盐池向尧乐博斯报告请示。

尧乐博斯胸有成竹地对艾拜都拉说:"你来得正好。我接到情报后,已派人通知空多罗山哈萨克头人加那布尔,并已经安排一七八旅骑兵团的官兵们前往白杨沟。你回去后先将你的一半人马也派到白杨沟村头埋伏好,等到支援伊吾的解放军进入白杨沟后,你派人假扮牧民向他们传递假情报,就说伊吾城已经被我们占领了,二连的解放军战士多数被我们打死,还有少量的人已经撤向下马崖了。如果他们不相信我们送的假情报,仍然要进伊吾城,我们就执行第一方案围点打援,用你的一半人马将县城解放军死死地围住,不能让解放军二连的一兵一卒冲出县城与援军会合。你的另一半人马、空多罗山加那布尔的人马、小堡村的买买提·尼牙孜的人马和我的全部人马,全部集中在白杨沟,打伏击,将支援伊吾的解放军全部消灭在白杨沟。然后前后夹击,用抢回的解放军的武器,把困守县城的解放军二连一口吃掉。"

"如果他们相信你们送的消息,准备撤向下马崖,我们就实施第二方案,连环伏击。先用你调来白杨沟的人马,对援伊的解放军打第一个伏击。能打赢就打,打不赢就撤。加那布尔率领他的人在下马崖伏击,逼着解放军退回刺梅花泉。一七八旅骑兵团的官兵们和我们的人马，在刺梅花泉张开口袋设伏等着，当解放军来到刺梅花泉时，我们就开始伏击。如果反抗激烈还有剩下的解放军，这时由买买提·尼牙孜在小堡村再次设伏，估计能回去的也就所剩无几了。"

艾拜都拉一听拍手叫好。

尧乐博斯慢悠悠地说："援助伊吾的解放军不仅人数多，而且装备精良，想一口吃掉恐怕不太容易。同时容易引起驻伊吾县城解放军与支援部队对我们的前后夹击，所以要尽量避开第一方案的实施；只需要把他们赶走，绝对不能让他们进伊吾城。如果实施第二方案，你完成伏击任务以后，立即率领部队返回伊吾县城，给二连驻军送援军大败的劝降信，瓦解他们的军心。等完成连环伏击，我想伊吾城一定会不攻自破。为了保证你的人、空多罗山的人和小堡村的人联合攻打伊吾县城，你们可以将缴获的大炮拿走，炮轰县城的大碉堡、驻军营房、县党部和补给站等主要军事目标，这次抓获的解放军全由你们处置。"

艾拜都拉听完就像打了鸡血一样，催马扬鞭，赶回泉脑。他盘算着让救援伊吾的解放军有来无回。他只要想起自己被二连扣押就恨得咬牙切齿，他恨不得将二连解放军生吞活剥，方才解恨。

4月6日晚，王谡录带领援军刚刚离开沁城乡的时候，民工赵忠堂牵的王谡录的马突然脱缰奔跑。参谋长命令他去抓回来。谁知这匹马桀骜不驯，根本抓不住，直到第二天费力抓住时，援军已经到了六十里以外的小堡村，赵忠堂索性放弃了追上部队的念头。

7日早晨，部队到达小堡村稍作休整，就出发前往苏里苏沟，行进到十公里左右发现道路两边山上出现叛匪。王谡录观察后认为叛匪人数不多，对部队前进不构成大的威胁，于是命令机枪连打先锋，炮连跟进，尽管叛匪的火力不强，但他们凭借熟悉地形的优势，还是打伤了十几个战士。下午部队赶到塔水河坝时，遇到放骆驼的哈萨克牧民，考虑驮运装备的毛驴已十分疲乏，翻越三个达坂有困难，王谡录让翻译陈维举和哈萨克牧民商量，借用十三峰骆驼驮运装备。牧民毫不犹豫地答应，部

队当即写了借据,保证用后归还,伤亡赔偿。

8日清晨,部队一路艰辛经过刺梅花泉,终于走出大山来到上马崖。经过短暂休整后,部队继续在茫茫戈壁原野上穿行,到9日早晨终于来到离伊吾县城还有十几公里的白杨沟。

经过四天在戈壁滩上艰难行军,不少战士鞋底磨穿了,鞋帮也挣破了,几个随队民工经不住艰苦磨炼,假借解手,穿过山冈跑了。

部队在连续行军中已显得十分疲惫。虽然白杨沟离伊吾县城近在咫尺,但它被崇山峻岭挡着,王谡录对伊吾到底有多远心里没有一点底。这时白杨沟口左右两边山冈上出现了时隐时现的人影,有被叛匪伏击的迹象。王谡录立即派出两名侦察员、两名向导以及一名翻译共计五人前去侦察,寻找过路或放牧的群众了解一下情况。谁知山上活动的人影,就是提前潜伏在这里准备伏击援军的叛匪。他们一看解放军派人上山,便按照艾拜都拉的安排,立即佯装成在山上放羊的老乡,告诉侦察人员:"听说胡营长和赵连长参加艾拜都拉县长儿子婚礼时被叛匪们俘虏了,二连主力在伊吾县城早已被乌斯满和尧乐博斯的人消灭了,剩下的一部分人逃往下马崖,说准备从那里逃往蒙古国。还听说解放军有几个十几岁的娃娃兵当了俘虏后嘴巴硬得很,宁死不屈,最后被艾拜都拉割头示众,死得好惨啊!"

侦察员觉得"牧民"像在演戏,他通过翻译,问:"这些情况你们都是从哪里得到的?"

"牧民"说:"都是听城里人说的,详细情况我们也说不清楚,我们都是牧民,道听途说而已,真正的情况了解得也不多。要不信你们到城里去看看。"

侦察员问放牧的人,这里距离县城还有多远?他用手一指远方,拖着长长的声说:"还远得很,我赶着羊要走两天哩。"

而且他还非常夸张地说:"现在城里到处都是艾拜都拉和乌斯满的人,还有许多国民党的骑兵。我们都害怕得很,害怕得很。"说完,响鞭一甩,急匆匆地走了。

侦察员觉得再也打听不到什么新的有价值的情况。但从那个"牧民"的眼神,侦察员感觉他不像一个真的牧民。

王谡录听完侦察员和向导的汇报后,当即召集副总指挥马平、张万才说:"根据侦察员汇报,伊吾县城已经被叛匪占领,二连主力已被消灭,剩余人员逃往下马崖,我们现在继续向伊吾县城进发已经没有任何实际意义,我决定撤回部队,在撤回途中注意收容二连被打散的人员。"

当兵资格要比王谡录老的副总指挥马平一听有点火。他说:"参谋长,你没有搞错吧?我们的任务是救援二连,还没有到伊吾县城弄清真实情况,就随意改变救援意图。现在撤回,恐怕不太妥当吧!"

马平一看王谡录皱着眉头没有反驳,他接着说:"师团两级首长都坚信二连不会轻易被敌人打败,而且要求我们一定要到伊吾县城,和二连一道,彻底消灭叛匪。还没有到伊吾县城,现在撤回去你认为合适吗?"

"我同意马教导员的意见。"副总指挥张万才发表了自己的看法:"我对这个传信息的牧民有怀疑,我觉的他提供的情况是假的,说不定他就是叛匪装的。就像关政委说的,他们到处散布二连被消灭了,恰恰说明二连还在伊吾城坚守。我估计快到伊吾了,我们应该继续挺进才对。"

"既然你们有不同看法,那咱们就打炮联络。"王谡录说,"如果打炮有回应,咱们立即去伊吾城,如果联络不上,说明二连的确已经不在伊吾县城了,那就按照我的意见,部队回撤,反正白杨沟不能久留。"

马平和张万才面面相觑。看来王谡录的主要倾向还是回撤,他们也再没有提出更充分的说服王谡录不撤的理由。

"炮连连长,朝伊吾县城方向连续打三发炮弹。"张万才下达了打炮命令。

说来也巧,伊吾县城在白杨沟西北方向,而这一天恰恰又是西北风。三次联络炮弹发射后,在漫长的等待中过去了半个小时,伊吾县城没有任何联络回应的迹象。

这时王谡录参谋长命令司号员再吹号联络,又过了半个小时,仍然

毫无反应。王谡录参谋长叹了一口气,有点失望地说:"看来二连已经不在县城是毋庸置疑的,去了凶多吉少,还是撤吧!"

事实恰恰相反,正如关政委判断的那样,二连仍然坚守在伊吾县城。救援伊吾部队联络的炮声,不是没有听到,二连指战员们的确听到了。但白杨沟距离县城还有十九公里,加上逆风,听到的炮声比较微弱,在此之前叛匪们多次试打枪榴弹,二连指战员们误认为这是叛匪们又在打枪榴弹。又等了好一会儿,再也没听到新的炮声,所以也就没有做出任何回应。

"参谋长,我们总共带了四天干粮,现在已经消耗了三天,如果回撤,途中最少也缺少两天干粮,指战员都负重翻山越岭,恐怕翻不过三个大坂。"马平提出不撤理由。他接着说:"以我们现在的实力,完全可以打进伊吾县城,即使二连不在了,我们也可以在县城住下来,筹足干粮,养精蓄锐,弄清情况后再返哈密也行;或者干脆替代二连坚守在伊吾,粉碎叛匪将伊吾城镇连成一片,形成东疆叛乱根据地的图谋。"

就在马平再三申述自己的意见,王谡录参谋长举棋不定、犹豫彷徨之际,艾拜都拉指挥他的人马开始向救援伊吾的部队发起攻击。王谡录看到前边山口已经被叛匪封锁,部队前进受阻,白杨沟两边山上叛匪火力又很猛烈,他担心部队遭受更大损失,坚持部队尽快撤回。

他是团参谋长,又是总指挥,服从命令是天职,加上前面确实有叛匪阻击,马平和张万才也没有再坚持。他们一面迅速指挥部队就地构筑简易工事,打击叛匪的进攻气焰;一面组织部队做好回撤准备。在暂时遏制住敌人进攻态势的情况下,部队采取边打边撤的办法,缓慢地撤回。

尧乐博斯给艾拜都拉下的任务就是能打赢就打,打不赢就撤,经过初试锋芒,他发现这支部队虽然经过长途行军,有些疲劳,但由于武器先进,枪炮猛烈,官兵训练有素,仍然表现出很强的战斗力。艾拜都拉认为他的任务已经完成,只要解放军救援部队后撤就是胜利。后面还有人挖了许多坑,等着解放军一个一个地往里跳。想到这里,艾拜都拉感到心里美滋滋的,舒坦得很。他命令叛匪不再追击,迅速撤兵回营。

王谡录看到叛匪打的伏击,并没有给部队造成太大伤亡,误认为叛匪的战斗力不过如此。

如果说王谡录决定后撤是一个错误决定的话,那他轻敌麻痹的思想则在之后给部队带来致命的伤害。

艾拜都拉的伏击仅仅是尧乐博斯伏击连环计中的第一个环节,后边残酷的连环伏击战差一点将这支援军全部消灭。

4月10日清晨,部队撤到上马崖前的喀尔根勒克。战士们边打边撤。一夜行军,又饥又渴,山峡中一无冰雪,二无泉流,王谡录下令宰杀三峰骆驼,让战士们烧烤驼肉充饥。不少战士渴极了,被宰杀的骆驼血全被战士们喝光了,不少人开始饮尿解渴。本想在这里稍作休息,待体力稍有恢复再继续后撤。谁知加那布尔率领叛匪已经占领山头,正在实施尧乐博斯连环伏击战的第二步。救援部队无奈,只能硬着头皮,应付敌人无休止地缠斗,在饥饿干渴中持续战斗到天黑。

11日早上,部队撤到了刺梅花泉。人畜饮水,稍作休息,十点钟部队开始沿着崎岖的小路继续向大山深处行进。谁知尧乐博斯派出的一七八旅骑兵团的叛军和吾守尔·玉鲁斯副官率领的叛匪已埋伏在山沟里。这是尧乐博斯连环伏击的重头戏。援伊解放军进入山沟后,叛匪立即切断解放军的退路,形成了"扎口袋"之势,埋伏在路两边沟壑的叛匪迅速发起进攻。

王谡录他们已经被叛匪们诱进了一个精心设计好的伏击圈,攻击要比白杨沟和上马崖凶猛得多,地形也对叛匪有利得多。而解放军经过一路饥饿、疲劳,再加上重武器难以发挥作用,解放军面临的形势极其严峻。

王谡录和马平、张方才要求指战员们发扬一不怕苦、二不怕死,连续作战的革命英雄主义精神,奋起反击,背水一战。

与叛匪们争夺制高点的战斗打得异常惨烈。一七八旅骑兵团三五个骑兵组成一队,小股轮番冲击解放军的阵地。战士们针锋相对,能射

杀的射杀,能刺杀的刺杀。八连炮班副班长潘国社看到有一股三四名叛匪骑兵挥舞着亮闪闪的刺刀冲过来,他怒火冲天,变防御为进攻,突然从掩体里一跃而起,端着冲锋枪大叫着猛烈射击。两个叛匪从马上栽下来,说时迟,那时快,潘国社翻身跃上其中一匹战马,快速调转马头,返回了阵地。潘国社在战斗中始终沉着勇敢,敢冲敢打,变被动为主动,不动摇、不恐慌,为战友们树立了勇敢杀敌的榜样。在激战中,敌我双方伤亡都很惨重,救援伊吾的部队仅仅这一天就伤亡达六十多人。

原国民党沁城伪乡副乡长、支前民工马友林听到叛匪呼叫他的名字,临阵叛逃跑往叛匪阵地的瞬间被击毙。但另一个支前民工李发录却表现得异常坚定。他一再叮嘱一同来的民工,说死都不当叛徒,一定要把解放军带出去。

激烈的战斗从早晨一直持续到傍晚,救援部队除了早上在刺梅花泉喝了一些泉水外,一直滴水未进,吃的干粮早已断了两天,但吃饱喝足的叛匪们丝毫没有停战的迹象。再这样耗下去凶多吉少,救援部队甚至面临全军覆没的厄运。

王谡录后悔没有进伊吾补充给养。但后悔解除不了当前的危机,他命令机枪连、炮连作为先锋开路,三连居中,八连断后,全军趁夜色掩护赶紧突围。部队边打边撤,叛匪骑兵利用机动灵活的优势,将解放军分隔包围。当叛匪发现炮兵张楚珠、戴兴林、刘秀泽三个人抬着一门迫击炮时,知道他们没有步枪武器,想把他们围起来"活捉",然后去领赏。

张楚珠说:"咱们宁死也坚决不当俘虏。"于是他快速放下迫击炮,将炮座垂直放于地面,熟练地装上炮筒。戴兴林拿着一颗炮弹悬在炮筒口,等五六个叛匪围过来时,镇定地将炮弹放入炮筒,然后三个人围着炮筒,互相牵着手。叛匪们不明就里,冲上来撕扯他们,岂知迫击炮弹吱地从炮筒里直直射出。瞬间,炮弹又直直地落在原地。随着一声惊天动地的爆炸,张楚珠、戴兴林、刘秀泽三人与围上来的一群张牙舞爪的叛匪同归于尽。

这时解放军的撤退队伍多数被叛匪的骑兵冲散,联络失效,首尾不能相顾,支前民工也不知去向,不少战士被叛匪当场砍杀。没有被打散的剩余部队边跑边打,叛匪一直咬着不放,到十二日晚在天山清点人数时,三连和八连只剩一百二十人,炮连和机枪连的人几乎全被打死打散。

十三日,部队眼看就要抵达小堡村,在路过苏里苏沟时,原以为进入了安全地带,可以松口气了,可谁知小堡村的叛匪头目撕掉在沁城乡接待解放军时的伪装,率领叛匪在这里又突然开火。王谡录、马平、张万才观察后发现,叛匪人数不多,阵势也乱,但气焰很嚣张。他们按照尧乐博斯连环伏击最后一环计划,就是要在这里把剩余的解放军全部击败。

如果不在这里狠狠地打击敌人,从气势上压倒叛匪,部队就有全军覆灭的危险。经过战前动员,指战员们尽管已经三天断粮断水,大家嘴唇干裂、脸色蜡黄、声音嘶哑、行动艰难,但在生死面前,别无选择。他们打起精神,与叛匪们展开激战。八连副班长潘国社让通讯员掩护团营领导先撤,他抓起机枪,主动担任断后,边打边撤,表现出英勇顽强的战斗素养。部队连夜退向沁城乡。但部队毕竟多次被叛匪打散,且冷冻饥渴与疲劳都已到了极限,十四日早晨九点先头部队赶到沁城乡时,王谡录带出去的二百六十九人只剩六十多人,出发时的二十三名支前民工仅剩下王志荣一人。他们已经无颜再见沁城老乡。

师部得悉这一严重情况后,一面安排已经回来的指战员们休息和治病疗伤,一面立即在沁城乡几个山口派驻重兵,设立接待站,收容被打散和掉队的解放军战士与民工。三四天后还有失散的解放军陆续返回部队。这次救援,部队往返历时八天,经历大小战斗九次,生还的指战员最后统计仅有一百一十九人。在战斗中八十二名指战员牺牲,七十三名伤员只带回二十八名轻伤员,其余四十五名大部分被叛匪残酷杀害,也有少数人迷失方向,误入深山饿死冻死,十三名支前民工牺牲。部队损失八二迫击炮两门、六零炮一门、轻机枪六挺、步枪八十多支,子弹三万多发。

救援伊吾部队不仅没有能化解伊吾驻军之危困,相反,自己伤亡高

达一百五十人。更为严重的是,大批精良的武器装备落入叛匪之手。这使猖狂的叛匪更加疯狂嚣张,也让本来就陷入困境待援的伊吾解放军二连官兵雪上加霜。

第三节 困难面前何所惧 不怕围攻苦练兵

老奸巨猾的尧乐博斯为了设计连环伏击也算是绞尽脑汁,完成伏击任务的艾拜都拉就像打了鸡血一样,格外兴奋。4月9日晚,他连夜召开会议。艾拜都拉得意扬扬地对其他叛匪说:"这回我们按照尧乐博斯专员的作战部署,先顺利地将援伊解放军引入连环伏击圈,然后步步为营,成功地完成了伏击任务。"在场的叛匪听了个个都手舞足蹈,兴奋异常。

艾拜都拉说:"现在我们讨论两个问题:一是如何瓦解驻伊吾解放军军心的问题。尧乐博斯专员叫我们给解放军送劝降信,我觉得这是一个很好的办法。大家再想想,除此之外,我们还有什么其他更好的让驻防伊吾的解放军军心大乱、完全丧失斗志的办法。我们和二连解放军较量过两次,他们居高临下,又有精良的武器装备和打仗的经验,还有一些神枪手,我们要是硬拼肯定要吃大亏,所以就像这次打解放军援军一样,还是要广开思路,用最小的损失换取最大的胜利。二是第三次进攻伊吾县城的问题。尧乐博斯专员预计这次连环伏击的任务要到14日才能结束全部战斗,也就是说空多罗山和小堡村的人马要到14日夜才能返回,我们第三次进攻伊吾县城的时间要安排在16日。下一仗我们如何打得更漂亮,请大家出谋献策。"

"今天这个特别日子里,我建议只讨论第一个问题。"吐葫芦乡长拜迪·阿西尔首先发言说,"因为第二个问题要等到参加连环伏击的人都回来以后再讨论比较合适。在这期间我们有充分的时间来进行筹划和考虑。"

"我同意拜乡长的意见。"自卫团副团长马木提·托乎逊说,"瓦解军心问题,我认为还可以从两个方面下手。一是破坏县城的水源。伊吾河就这么一条,我们住在河上游,如果我们将流入县城的这股水改道,住在县城的人没有吃的水,县城水磨就不转了,他们就没有面粉吃。二是组织一支精干的枪法好的偷袭队,专门对修筑工事或在城里走动巡逻的解放军战士不断打冷枪。我发现他们正在抢修工事和加固碉堡,要不断进行偷袭骚扰,让驻在伊吾县城的解放军不敢随意加固工事,不敢在城里随便走动。

"马木提说得好,我非常同意。"原副县长、自卫团长托乎逊·阿里阿孜说,"如果我们双管齐下,就不怕驻县城的解放军人心不乱!但我仍然坚持在瓦解军心的同时,还要为第三次进攻县城积极做好准备。我们应该下令各区乡再次抽调壮丁,以增加进攻县城的力量。还要抽调几个人拟定第三次进攻县城的方案,总结前两次进攻失利的教训。我认为第三次进攻主要在'偷袭'。另外,攻碉堡用枪显然不行,那是浪费子弹,一定要在夜深人静的时候,摸到碉堡跟前,利用碉堡没有盖子的短板和人都集中在碉堡里的特点,选择胆大心细的投手,往碉堡里扔手榴弹。能炸死的就炸死,炸不死的逼出碉堡外有效射杀。"

托乎逊·阿里阿孜是前山人,个头比艾拜都拉还高,方脸盘,大眼睛,奇怪的是长着黄胡子,加上人比较狡猾,又能摆活,私下里人们都管他叫"黄狐狸"。他的意见有时候与众不同,往往可以起到左右大局的作用。

"我同意!""我也同意托县长的意见。"叛匪们七嘴八舌。既巴结了托乎逊·阿里阿孜,又支持了艾拜都拉。至于能不能见到实效,许多人都不在乎,刷的就是"存在感和参与性",要不怎么在台面上混呢。

艾拜都拉说:"咱们说干就干,明天就将瓦解军心的事情先做起来。拜迪乡长负责起草劝降信。马木提·托乎逊负责组织偷袭队和组织人力破坏县城水源。托乎逊·阿里阿孜县长负责通知各区乡抽调武装力

量,特别要通知各乡区尽快督促前两次攻城受伤已经养好伤的人,早日归队。我与阿县长、拜迪乡长、托乎逊·阿里阿孜县长、马木提·托乎逊共同拟定第三次进攻县城的作战方案。然后等待空多罗山和小堡村的人马一到,再征求他们的意见,有补充的就补充,没有补充,我们就可以立即按照作战要求,部署第三次进攻县城战斗。"

就在艾拜都拉话音刚落之际,一个叛匪进来笑嘻嘻地说:"手抓肉已经出锅,皮牙子、辣椒粉和孜然都已经准备好。"艾拜都拉说:"大家连日来忙着伏击,这次取得伏击战的胜利,你们每个人都有功劳。今天我们准备了十几只羊,放开肚皮,大家吃饱喝足。"

叛匪第三次进攻县城的阴谋正在加紧筹划和准备。二连解放军再次迎来考验。

为了加快修筑碉堡,县政府的同志克服天气寒冷的困难,按要求打了不少土块。

4月10日早饭后,胡青山看到整修北山大碉堡运送土块的任务艰巨,既没有车,又没有骡马驮运,全靠官兵往上背,他就和王鹏月一块带领炊事班和九班战士们背着沉重的土块,艰难地往北山修筑新碉堡工地上攀爬,与山上的战士一道抓紧施工。原来修的碉堡只有四面墙,上面没有加盖,叛匪容易投进手榴弹,很不利于昼夜坚守,特别是不利于防止叛匪偷袭。

胡青山说:"要是在碉堡顶上加一个盖子和单人掩体,既可以遮风挡雨,防叛匪往碉堡里扔手榴弹袭击,也方便瞭望敌情,有效杀伤敌人。正在大家苦思冥想的时候,北山东侧碉堡守卫战士报告:连部来电话,敌人将通往县城的水渠堵截破坏。河水已经断流,做午饭都没有水了,炊事班请示咋办。

胡青山听完汇报以后,让其他战士继续抓紧修筑碉堡。他立即带领九班部分战士下山武装查看。原来马木提·托乎逊带领叛匪于10日凌晨借助黎明前黑暗的掩护,扒开了通往县城水渠的堤坝,使大量渠水顺着伊吾河谷到处漫流。

这条渠原来从西山山脚跟下往东流过来,叛匪随时都可能破坏投毒。就算现在武装保护修好,叛匪还会破坏。唯一彻底解决的办法就是将被敌人占领的西山东侧碉堡夺过来,在我方控制区域内再挖一条渠道,就能确保机关和部队饮用水和水磨正常运转。就在大家商量对策的时候,叛匪从西山碉堡打来一梭子弹,胡青山让大家赶快隐蔽。

这时有一个叛匪站在西山东侧碉堡上,张牙舞爪地挑衅道:"解放军巴郎子,真没有本事,我们一梭子弹就把你们打趴下了。"胡青山命令通讯员段文和:"快去通知每个班派一名战士来进行阵前练兵。告诉南、北山碉堡的战友们,在我们进攻西山碉堡时要配合战斗"。西山碉堡建在城西入口处三岔路口,战略地位十分重要,攻下并占领这座碉堡,对阻击从托背梁和泉脑攻城的敌人起到一夫当关的作用。

"是!"通讯员段文和立即飞也似的跑去通知,并用旗语下达副营长的作战命令。胡青山指着西山碉堡上的叛匪们对快速赶来的战士们说:"那个匪徒就是活靶子,你们目测一下离我们有多少米远?"一个战士说:"大概有八百米。"另一个战士纠正说:"不对!至少有一千米吧。"

胡青山说:"你们看,我先把标尺定在一千米上,注意枪托一定要顶紧右肩膀,三点成一线,瞄准目标,用右手食指轻轻地扣扳机。第一道是预备,第二道是射击。扣扳机不能用劲过猛。"说完胡青山接过通讯员杨清平递来的步枪,定好标尺,举枪瞄准。"叭"的一声,子弹落在碉堡不远处,打起一层尘土。这时只见那个匪徒更加嚣张地喊道:"你们这些娃娃兵有啥本事,打土地爷还差不多,想打上我,没门!我才不怕你们哩。"

胡青山告诉大家:"这是山地作战,从上往下打要瞄准他的头,从下往上打,瞄准他的下身,标尺要定得高一点,这是山地打枪的基本要领。"说完,他定到一千五百米,瞄准射击,只听"啪"的一声枪响,就看到那个刚才还张牙舞爪的叛匪"哎呀"的大叫一声,一头栽了下去。其他匪徒大喊着,神枪手来了,快跑啊!"然后放弃碉堡仓皇逃往山后。这时南北山碉堡里的战士按照事先布置,机枪、步枪一起向藏在西山背后

的叛匪猛烈开火。

叛匪们边跑边说,解放军的枪法太准了,这么远都可以打死人。刚才嚣张喊话的那个匪徒这时已经被击伤,吓得屁滚尿流,被别人扶上马后落荒而逃。

九班长杨成保带领战士们冲杀过去,迅速占领了西山碉堡。炮班战士不但很快修好了水磨,而且县工委、警察局的同志和二连战士们还争分夺秒新挖了一条水渠,确保了大家的生活用水和磨面供应。

胡青山说:"我估计这几天叛匪可能有新的阴谋活动,各班回去要组织战士进行阵前练兵。只有把自己练成百发百中的神枪手,在敌人的进攻中才能弹无虚发,一颗子弹打死一个敌人,不断消耗敌人的有生力量。"

"这个碉堡谁守?"胡青山指着刚刚夺回的西山碉堡问。

一排副排长贺文年马上说:"副营长,这个任务就交给我吧。"

胡青山紧紧地握着贺文年的手说:"西山碉堡战略位置十分重要,夺回不易,你们一定要守住。"

贺文年说:"副营长放心,我们绝不让敌人靠近一步。"他带领战士们不但在碉堡上加了盖,而且还在坚实的碉堡盖上三个方位又修了不同的个人掩体。

西山碉堡距离叛匪占据的阵地只有一千米左右,狡诈的匪徒总是利用夜间进行偷袭,贺文年不断同大家一起分析敌情,练习瞄准,提高远距离杀敌本领,让敌人往碉堡里投掷手榴弹的阴谋一直没有得逞。

第五章　叛匪凶残狡诈　三攻欲破伊吾

叛匪想用劝降信、夜晚偷袭等卑劣手段把二连置于死地,四十六团团长带兵驰援二连,一路追剿,打得乌斯满丢盔弃甲。

第一节　叛匪再送劝降信　大胆公开破阴谋

为了坚决回击叛匪的第三次攻城,二连加紧开展战前练兵、阵地练兵。正在胡青山给战士们讲解如何稳、准、狠地打击敌人的时候,通讯员栗士成气喘吁吁地跑来报告,说从西山方向走来两个打着白旗的叛匪,指导员让请示你怎么处置?

胡青山告诉通讯员,由指导员全权处置。说完他立即奔向北山修筑碉堡去了。

拜迪·阿西尔乡长按照艾拜都拉的部署,连夜写好劝降信。就在西山碉堡失守、破坏的水渠又被解放军修整好的情况下,艾拜都拉派遣吐葫芦乡阿皮孜和艾买提·艾迪牙孜两人一边走、一边大声地喊:"解放军

不要开枪,不要开枪！我们是来送信的。"

三班值勤战士经过搜身、掏包、检查皮靴,确认没有携带枪支和匕首等凶器后,按照命令,将他们带到连部,交给指导员王鹏月。然后持枪站在一旁,警惕地监视着他俩的一举一动。

"解放军首长,我们是奉艾县长的命令专程前来送信的。"阿皮孜和艾买提·艾迪牙孜两人郑重其事地对王鹏月说。

模范共产党员、二连指导员王鹏月

艾买提·艾迪牙孜从怀里掏出皱巴巴的信,小心翼翼地递给王鹏月,然后退几步站在那里。

阿皮孜有点不知天高地厚地说:"艾县长说了,我们也是为你们好,你们就是一个连嘛,撑死了也超不过二百人。这两天我们援军来了,与我们加起来有一万五千多人,打败你们一二百人还能有什么问题吗?与其将来城破人亡,还不如现在早点放下武器投降。你们投降愿意留在新疆的,我们非常欢迎;不愿意留下的你们可以回老家和亲人团聚,我们保证不伤害你们。"

"住口！"没等阿皮孜把话讲完,王鹏月义正词严地怒呵道:"人民解放军从来没有向敌人投降过,更不会向你们这群叛匪屈服投降。反倒是我要警告你们,你们跟着艾拜都拉,追随乌斯满、尧乐博斯叛匪跑,绝不会有好下场。不信咱们走着瞧。"说完他让通讯员把他们两人立即扣下。

通讯员段文和端着枪将阿皮孜、艾买提·艾迪牙孜两人押到一个房间看管起来。

阿皮孜和艾买提·艾迪牙孜听后顿时脸色大变,就像泄了气的皮球,刚才趾高气扬的气势已荡然无存,低声下气地哀求段文和说:"解放军同志,两军对战,不斩信使,你们怎么能扣着我们不让走呢?"

"悄悄待着。"段文和说完,"哐啷"一声关门上锁,自言自语地说:"真是狗胆包天,自不量力。"

下午胡青山从北山修碉堡回来时,营房里都在传着叛匪送劝降信的事,有的人慷慨激昂,说这是敌人分裂军心、瓦解斗志的一个阴谋,也有人对二连坚守待援,到底还能坚持多久,表示忧心忡忡。

胡青山仔细看完劝降信后问王鹏月:"你看怎么办?"

王鹏月说:"事实明摆着,叛匪给我们写劝降信,显然是在对我们进行恐吓,企图动摇我们坚守伊吾的决心。这是在和我们打舆论战和心理战,是一个大大的阴谋。"

胡青山说:"其实我们可以利用叛匪的劝降信,对全体指战员进行一次坚守待援战略方针的教育。在艾拜都拉叛乱初期,我们指战员中就有不少同志有轻敌麻痹思想,甚至为此付出了宝贵的生命。叛匪两次攻城虽然失利,但县城毕竟还在叛匪的包围之中。现在叛匪又送来劝降信,我们要谨防指战员产生恐敌惧战的畏难情绪。劝降信的一个核心内容就是叛匪得到了援助,援军与他们原有的叛军加起来多达一万五千人。"

王鹏月说:"那是吹牛。我们冷静地分析一下,叛匪的话完全是在欺诈,是吓唬人的。他们的目的就是想让我们放下武器,把我们赶出伊吾,我们不能上当。"

胡青山说:"是啊,他们想得太简单了。现在师、团之所以顾不上我们,关键是他们正在对乌斯满、尧乐博斯及国民党骑兵叛匪进行穷追猛打地全面围剿,战事吃紧。"

王鹏月说:"咱们多鼓励战士,相信等咱们主力腾出手来,就一定会来救援解围我们的,对这点我们要坚信不疑。"

胡青山和王鹏月后来通过司务长、司号员和民工嘴里知道了师里救援部队被连环伏击的真实情况,他们感到肩上的担子更加沉重。未来的战斗将更加残酷,唯有顽强作战,英勇反击,才能把叛匪打怕、打

垮,彻底消灭。现在只要能坚持下来,就有能得到师、团战友救援的机会。在胡青山和王鹏月的教育鼓舞下,指战员们不仅没有涣散军心,相反都认清了形势,消除了恐惧,增强了战斗信心和奋勇杀敌的勇气。

第二节 毡房摆起空城计 歃血盟誓再攻城

4月14日晚上,空多罗山的匪首加那布尔与小堡村的买买提·尼亚孜携带着在连环伏击战中缴获的武器弹药,押解着被俘的二十三名解放军援军官兵,趾高气扬地赶到叛匪基地泉脑。

一见到艾拜都拉,买买提·尼亚孜就阿谀奉承地说:"尧乐博斯专员真不愧为国民党中央的国策顾问,这次连环伏击战完全像尧乐博斯专员预计的那样,取得了完美的胜利。在这次战斗中,我们共缴获八二迫击炮两门、六零炮一门、轻机枪六挺,步枪和子弹不计其数,尧乐博斯专员说进攻县城需要有重武器,叫我们将两门八二迫击炮和一门六零炮全部带来攻城,机枪、步枪和子弹也带来一部分。还叫我们将二十三名俘虏全部押来,愿意和我们合作的留下,不愿意合作的,攻城前必须杀掉以鼓舞士气。

"尧乐博斯专员让我告诉你们,有了这么多先进武器和充裕的子弹,攻城已如囊中取物、易如反掌,他就不派大批部队来参加攻城了,还得应付四十六团的部队追剿。为了艾县长的人有效使用火炮,他特意派来了十二名国军正规军炮兵,这些人都是会使用迫击炮和六零炮的老兵,他们打起炮来劳道得很。"

"尧乐博斯专员认为,第三次进攻县城的时机已经成熟,让我们连夜赶回来,听从你的调遣。这次一定要把县城攻下来,将驻守伊吾的共军消灭干净。就像打连环伏击战一样,再打一个漂亮的大胜仗。他在八大山等待着我们的好消息。"买买提·尼亚孜对艾拜都拉说完,用手摸了一下嘴角冒出来的白沫,手指往下一滑溜,擦在裤腿上。

今年四十岁的买买提·尼亚孜和艾拜都拉是同龄人,这次打伏击战捞到了便宜,有点得意忘形。

被胜利冲昏头脑的艾拜都拉立即通知叛匪头子,让有关人员到库尔班·吾守尔家开会。

艾拜都拉兴奋得忘乎所以,他说:"告诉大家一个特大喜讯,救援伊吾的解放军在尧乐博斯专员设计的连环伏击战中已经被我们彻底歼灭了。"叛匪们立即热烈鼓掌,会场情绪激昂,大家睁大眼睛,伸长脖子,继续听艾拜都拉传递更多消息。

艾拜都拉朝大家挥了挥手,继续说:"只要大家看一下加那布尔和买买提·尼牙孜他们带来的这些武器装备,就知道解放军被我们打得有多惨。现在,我们再次进攻县城的机会已经完全成熟,我们不能再等待,要趁热打铁,穷追猛打。这场战斗只能胜利,不能失败。"淖毛湖、下马崖和吐葫芦乡的叛匪头子高兴得躁动起来。

艾拜都拉信心满满地说:"第三次进攻县城的时间定在4月16日上午,正副总指挥由我与阿不都拉县长两人分别担任,托乎逊·阿里阿孜、马木提·托乎逊任副团长,下设中队长、副中队长、军需主任、军械主任以及各相关人员,此次计划维持上次安排,原则上不变,炮兵指挥由国军排长柳光锤担任,具体任务由阿不都拉宣布。这次攻城的方式我们也像国民党正规军那样,先行炮轰,然后组织各路攻城。伊吾就这么一块弹丸之地,我们先打个一百发炮弹,将城里的工事全部轰塌炸平,要让解放军在我们进攻之前就死在我们的炮弹之下。到那个时候我们再组织地面进攻就易如反掌。"

艾拜都拉接着说:"这次我们要像伏击援伊解放军那样,不攻破县城誓不罢休!为了攻城胜利,我们今晚举行歃血盟誓。大家放心,我们已经给解放军送去劝降信,解放军已经军心动荡。为了进一步瓦解他们的斗志,由加那布尔负责调集二百顶毡房在南山脚下分散支起来,形成巨大的疑兵阵势,进一步加剧共产党的心理压力。这件事情明天上

午必须完成。之后用多股骑兵开始绕城骚扰,搅得他们人心惶惶,然后我们的炮弹在县城上空接连爆炸,彻底摧毁他们的战斗意志。打解放军援军我们采取的是连环伏击,这次攻城前我们采取的是连环干扰,动摇军心。"叛匪们连声呼喊:"亚克西,亚克西。"

艾拜都拉说完用手背抹去留在嘴角的白色唾沫,用右手手心搓了一下,问阿布都拉还有没有补充意见。

六十五岁的阿布都拉,汉族名字叫郭朝友,甘肃高台人,个子不高,满脸黝黑,留着稀稀疏疏的山羊胡子。他当过县政府翻译、区长、乡长、科长、参议员、副县长,是艾拜都拉的得力干将。县长艾拜都拉虽然比他年龄小得多,但有背景,手段狠,后来居上。为了保住自己的饭碗,他极力讨好艾拜都拉,就将名字改成阿布都拉。当翻译时人们都习惯叫他"郭舌头",改名后,人们又叫他阿县长,由于甘肃洋芋多,他又喜欢吃洋芋,背后人们都叫他"洋芋县长"。阿布都拉可以说是艾拜都拉的"铁粉",他对艾拜都拉唯命是从,忠心耿耿。他不快不慢,唯唯诺诺地说:"艾县长讲得很全面,很具体,部署得很到位,一切就按艾县长的计划办。"

艾拜都拉一听相当满意。他不喜欢他讲完以后别人再自以为很聪明地还要补充建议。

这时拜迪乡长牵来一匹枣红马当场宰杀,叛匪们每人手上蘸着马血,抹在前额,发誓永不变心。

吐葫芦乡的叛匪头目在歃血盟誓的时候,淖毛湖、下马崖和吐葫芦的叛匪将被俘解放军拉到旷野,极其残忍地杀害。遇害前解放军战士们表现出来的视死如归、大义凛然的坚强意志,令叛匪们不寒而栗。有些善良的老百姓说:"这样残忍杀害解放军,你们一定不会有好下场。"

4月16日上午10点多钟,从阿西尔水磨和栏营盘杨树林方向突然打来一发炮弹,炮弹的呼啸声和剧烈的爆炸声震颤着伊吾县城。胡青山命令指战员们立即进入阵地并仔细观察着带有哨音的八二迫击炮的弹着点。他清楚地知道,这都是缴获四十八团的重型武器。这和四十八团司务长和司号员反映援军遭到重创不谋而合。

　　胡青山看到叛匪用缴获我们的炮打击我们,顿时怒火中烧。他对指导员王鹏月说:"按惯例,叛匪打完炮,肯定要组织进攻,你在连部守着,命令前沿指战员要沉着应战,充分发挥手榴弹的作用。我到炮班去一下,叫叛匪们也尝尝我们炮弹的厉害。"说完就飞快地向炮班跑去。

　　敌人炮声稀疏以后,叛匪们向驻守南山、西山、北山的解放军阵地兵分几路发起了进攻。南山有东、西两个碉堡,守卫战士只有七班一个班,战线长,人力显然不足。叛匪们骑着马,挥舞着大刀,快速逼近七班阵地。二百米,一百五十米,一百米,八十米,六十米……,叛匪还以为在他们正规大炮的猛烈轰击下,解放军阵地已经被全部炸毁了呢!谁知就在他们高兴得忘乎所以、嗷嗷大叫的时候,副班长刘德平一声令下:"打!"手榴弹一颗接一颗的在敌群中开了花。这时机枪、步枪也向叛匪们吐出了复仇的怒火。叛匪一看解放军密集的火力,身边的人和乘骑的马匹纷纷中弹,人嚎马叫,滚下山坡,哪里还能顾得上马木提·托乎逊的督战,一窝蜂似的往下撤。

　　就在叛匪向解放军各个阵地发起进攻的时候,炮班班长牛发良,指着托背梁一处叛匪出出进进的院子说:"那一定是叛匪窝点,瞄准开炮。"一炮命中,叛匪被炸得人仰马翻,鬼哭狼嚎。

　　事后匪首托乎提·阿里阿孜说:"你们的大炮打得太准了,一炮就炸死、炸伤我们二十七人。"

　　住在北山碉堡里的炮班副班长张德禄指挥高山上的炮兵,朝着几路进攻的叛匪连连开炮。炮弹在敌群中频频爆炸,叛匪也被炸得哭爹喊娘,再也不敢大规模组织冲锋了。

　　就在胡青山给炮班指战员讲解炮兵如何配合步兵打好反击的时候,西山前沿阵地报告,一个人举着白旗向阵地走来。胡青山幽默地说:"我们真是小看艾拜都拉了,这家伙劝降起来还真有耐心。人家既然送上门来了,那就请他来吧,看看他又有什么新花招。"

　　不一会儿,前线战士就将送信的叛匪带了过来。隔好远胡青山就认出了送信的叛匪是四十八团炮兵战士小陈,便没好气地对小陈说:"你不是四十八团的炮兵小陈吗?想不到我们在这里见面了。"

"副营长真是好眼力,隔这么远就认出了我,真是三生有幸。"炮兵小陈也认出副营长,将劝降信双手递给胡青山,一边自我解嘲道:"不瞒你说,这次救援你们来的援军有二百六十九人,兵力和武器配备都很强,结果被人家打得稀里哗啦,死伤过半。我被他们俘虏后过去一看,吓了我一跳,他们光国民党的骑兵和哈萨克、白俄骑兵就有几千人,大炮机枪现在什么都有。胡营长你们只有一百多人,弹药也有限,怎么能打得过他们?再说伊吾就巴掌大的一块地方,不要说打了,只要那些骑兵过来,踩踏也会把伊吾踏平的呀!所以我也为大家好,就主动来给你送信,请副营长千万不要见怪!"

小陈还想继续说下去,胡青山两眼喷着怒火,用严厉的眼神直直地逼着他说:"小陈,看来你的本性难改呀!我记得非常清楚,类似的话在兰州战场你被我俘虏以后就说过。你说解放军对抗马家军是自取灭亡,马步芳的骑兵就是用马踏也能把兰州踏平。今天你又说这样的话,你咋就一点都没有长进呢?

小陈刚要说什么,胡青山一摆手没有让他说下去。他不想再和这个不思悔改的人渣再费什么口舌,用不容置疑的口吻大声说:"把这个叛徒关起来,听候处置!"

小陈一听慌了。"哎!胡营长,你怎么能杀信使呢?"说着裤脚下已经湿了一大片,一看就是个怕死鬼。

胡青山鄙夷地对他说:"请你不要忘了,你还有一个叛徒的身份呢。我要是把你放了,这里浴血奋战的守城战士会答应吗?"

没有想到两次攻城,三封劝降信,胡青山软硬不吃,还把送信的人给扣了起来。艾拜都拉嘴里叼着一支卷得很粗的莫合烟,时而皱眉,时而度着碎步望着北山久攻不下的碉堡而叹气。

不行,我决不能输给胡青山,必须改变策略,调整主攻方向,实现各个击破。想到这里,艾拜都拉内心又开始膨胀起来。

第三节 南山碉堡险失手 危难之时出奇兵

叛匪只听说二连有个神枪手,没领教过这支军队在兰州是怎么打垮马家军的。

在叛匪行进到一百米时,二连官兵突然猛烈开火,埋在前沿阵地用炮弹改成的绊雷也在马群中频频炸响。二连官兵虽然没有八二迫击炮,但补给站却有大量八二迫击炮口径炮弹。这些炮弹一直派不上用场,老兵们就用手榴弹和八二迫击炮炮弹,改造成各种拉、绊、压发雷,敷设在阵地前沿,炸得叛匪人仰马翻。叛匪仗着人多,挟白杨沟得胜之势,仍然持续猛扑,同时重点攻击二连各山碉堡。

这次攻打南碉堡的叛匪中,带队的是骑兵五军的叛兵,军事技术比叛匪强得多。骑兵五军大家并不陌生,他就是马家军围剿红西路军的主力,1945年进疆,参加和平起义后有部分连队叛乱投向了乌斯满,成为祸害解放军的最大毒瘤。

艾拜都拉看多路攻城受到解放军炮火精准打击,马上改变策略,以南山碉堡为重点试图各个击破。南山碉堡由罗忠林副指导员带领八名战士坚守。叛匪组织的几次进攻都被战士们密集的手榴弹和机枪打退了,战斗一直激战到夜幕笼罩大地,但仍然没有取得实质性进展。叛匪没有占到一丁点便宜。于是,狡猾的艾拜都拉采取了夜间偷袭的复仇办法。

经过一天激烈的战斗,又警惕地守了大半夜,驻守碉堡的战士这时已经疲惫不堪。就在这时,叛匪组织的夜袭队悄悄靠近碉堡,将一颗手榴弹扔到没有加盖的碉堡里。

手榴弹引信滋滋地冒着烟,七班战士向忠成眼疾手快,抓起快要爆炸的手榴弹扔了出去。手榴弹的爆炸声打破夜晚的寂静,惊动了伊吾

县城。这一切正如胡青山所料,白天敌人的进攻屡屡失手,所以改为夜间偷袭。就在向忠成扔出手榴弹爆炸后,敌人又往碉堡里连续扔进两颗手榴弹,向忠成和白连成同时抢上去,一人一颗往外扔。老兵向忠成眼疾手快,将手榴弹扔出去后在空中爆炸。经验不足的新战士白连成的动作稍微迟缓,手榴弹还没扔出碉堡就爆炸了。白连成被炸掉五根手指,另外7个战士负伤,副指导员罗忠林两处受伤。

伊吾县城南山西碉堡

面对突变的严重情况,罗忠林来不及多想。他忍着剧痛,一个蹦子跳上碉堡,发现碉堡的北坡敌人正在偷偷摸摸往上爬。他立即回敬了一颗手榴弹,炸得叛匪哭爹喊娘。然后他用右手一撑,动作敏捷地跳下碉堡,对伤势较轻的战士施德全说:"你无论如何都要守住碉堡!"说完抓起一挺机枪,一个箭步蹿出碉堡,向靠近碉堡两侧的叛匪猛烈扫射。白连成右手被炸得鲜血直流,他知道,不拼就是等死。他对自己没有把手榴弹扔出去给战友们带来伤害而懊悔不已,他决心将功补过。他忍着钻心的剧痛,猛劲跳上碉堡顶,用左手向敌人投掷手榴弹。在他和副指导员罗忠林的猛烈打击下,终于打退了敌人的第三次偷袭。

罗忠林观察山下的情况时,他发现碉堡完全被敌人包围了。从西山和北山的枪声判断,敌人对西山、北山投入的偷袭兵力都很强。他对战士们说:"同志们,我们被叛匪包围了。西山和北山枪声如此激烈,估计西山和北山的战斗都很吃紧。我们一定要看到南山阵地的重要性。

南山东碉堡一旦失守,营房和县党部及北山就失去了天然屏障。我们必须要有与南山碉堡共存亡的坚强决心,做到我们在,阵地就在。"

战士白连成说:"指导员,我右手受伤,但我左手没有受伤,我可以帮你搬运子弹,投手榴弹。"伤势最重的副班长刘德平在弥留之际说:"罗副指导员,我不能和你们一块打叛匪了,你们一定要守住阵地。"

罗忠林说:"好兄弟,你放心吧,我们一定守住阵地。"为了迷惑敌人,也方便从四面八方快速出手消灭叛匪,罗忠林、白连成和施德全将机枪、冲锋枪和手榴弹摆在阵地的东西南北各个要害部位,形成犄角,叛匪进攻的时候,利用各种武器从多处打击,让他们弄不清碉堡内解放军的实力到底有多大。

南山东碉堡外壕已经被叛匪重兵包围,形成前后夹击之势,战斗异常激烈。胡青山心急如焚,他真的担心战士们坚持不住造成南山失手,南山一旦失守,后果不堪设想。

胡青山对王鹏月说:"我带领九班战士去支援,你在连部指挥。我出去后,你要观察各个阵地的情况,随时给我发信号。万一我'光荣'了,请你告诉孙庆林,由他代理连长。他来伊吾以前就是三连老连长,你与孙庆林配合,指挥二连打到底,要坚决保住伊吾。"

临出发时他一再告诫王鹏月:"一定要坚守,一定要教育指战员们打消任何突围的念头。二连交给你了。"说完就拿着冲锋枪风一般地冲向南山碉堡。

胡青山一出门,王鹏月突然感到心里一下空落落的,肩上的担子好像有千斤重。胡青山离开时为什么一再强调不要突围呢?第二次叛匪攻城后支委扩大会议的情景又出现在眼前。

当时会上有些同志提出,如果实在守不住了就突围。

胡青山问:"突围往哪里走?"

有些同志说,一是向淖毛湖方向突围,去蒙古人民共和国;二是经盐池到巴里坤。

胡青山当场就反驳说:"这两个办法都行不通,去淖毛湖首先要经

过苇子峡,叛匪在这里有埋伏,到时候一股叛匪从泉脑基地骑马追赶,一股在拜其尔村打埋伏,在苇子峡,设两道伏击防线,我们连苇子峡都冲不出去。如果走盐池,叛匪本来就在前山设的有卡子,沿途到处是山,容易被伏击围歼。"

孙庆林也说:"一旦突围,要带粮食、弹药,咱们没有运输工具,再加上叛匪都有马匹、而我们只能靠两条腿,凶多吉少,所以突围就是死路一条。"

胡青山说:"大家一定要打破突围的幻想,坚定守城不动摇。只有坚持守在伊吾县城里,才能发挥我们的优势;而离开县城,叛匪的优势就有可能得到充分发挥。他们地形熟,有战马,速度和机动性都比我们强。我们在这里有枪有炮有粮食,离开了县城就是死路一条。"

王鹏月暗暗祈祷:"胡营长,你一定要活着回来,我们没有你不行。你就是定海神针,是二连坚守胜利的保证。"然后他立在二连连部大门口,一直朝着胡青山奔去的地方忧心忡忡地不断张望。

坚守、坚守!这两个字在他脑海中反复闪现、碰撞。

七班战士奋勇杀敌

140

就在胡青山带领九班战士快速去支援南山的时候,叛匪们再一次向南山阵地发起猛烈进攻,子弹已经打完,指战员被逼得全部收缩进碉堡,右手五根指头被炸掉的白连成和其他三名受伤的战士,都拿着已经拧开保险盖的手榴弹,两处负伤的罗忠林和腿部受伤的施德全刺刀已经上了枪,每个战士腰里都绑着一颗手榴弹,准备一旦叛匪攻上来,先与敌人奋力拼杀。实在打不过就最后引诱叛匪靠近,然后与叛匪同归于尽。

在这千钧一发的之际,胡青山率领九班指战员闪电般地冲了上来,胡青山看到七班指战员全部缩进碉堡,虽然不知道七班已经弹尽粮绝,绝大多数人已经受伤,但根据他多年的战斗经验,可以判断出情况已经很严峻,何况还有副指导员罗忠林在一线参战,看来情况非常危急。

他果断命令,机枪掩护,然后带领九班发起冲锋。在火力的打击下,一个拿着汽油桶正准备火烧碉堡的叛匪应声而倒,汽油桶顺着山坡翻下山坡,此时叛匪还想抢走汽油桶,被机枪手打中着火,顿时山坡下成了一片火海。火舌朝叛匪迅速烧去,吓得叛匪赶紧逃跑。

罗忠林他们听到救援的枪声和九班战士冲锋的喊叫声后,立即冲出碉堡,将原来准备"光荣"的手榴弹投向敌群。叛匪们一看援军攻势太猛,汽油大火又在熊熊燃烧,顾不得垂死挣扎的同伴嗷嗷地求救,争先恐后地跳上马背,纷纷逃向泉脑。此战在东碉堡击毙击伤叛匪十一人,缴获了七支步枪和四匹战马。

叛匪第三次进攻县城的阴谋又一次被彻底粉碎。

虽然叛匪第三次进攻县城的阴谋被粉碎了,但胡青山却一点也轻松不起来。还在叛匪第二次进攻县城被击退后不久,他就派出一名警士前往巴里坤团部求援,结果杳无音信。之后又派出一名战士去报信,但出了伊吾县城途经前山和盐池后,也音信全无。从敌人这次攻城的武器装备来看,四十八团救援部队的损失是惨重的。尽管四十八团救援部队失利,但还是给他带来一条令他欣喜的消息。这条消息就是在哈密的师部没忘记二连,师长和政委没有忘记孤军奋战的二连战友们。

他相信救援部队的失利，更能引起军、师首长的高度重视，对伊吾的援救速度会更快。

如果援军无法立即到伊吾来解围，那说明军、师部队还有更艰巨的剿匪任务。四十八团援军救援的失利，一定与叛匪尧乐博斯和乌斯满有关。胡青山回顾这三次围攻反击后认为，这群叛匪其实就是乌合之众，年龄大，没有什么战斗力，但非常难缠。假如就这样和叛匪缠斗下去，最终叛匪必然失败。但每次战斗二连也有伤亡，特别是七班这次被叛匪手榴弹炸得一死多伤，损失惨重。不断减员势必造成后备力量越来越缺乏，特别是药品和衣服奇缺。尤其是鞋，他派人去补给站搜集，只找到二十四双鞋，僧多粥少，绝大部分战士只能用羊毛和牛皮裹脚。更为严重的是，战士负伤后，没有药品，唯一的清创用品就是盐水，可就这么一点盐水，还是战士们冒着生命危险从盐池搞来的。每每想到这里，胡青山心如刀绞。

正在这时，前一阶段来到二连的四十八团八连援军被打散掉队的王司务长和民工杜春贤，一个要求归队、一个要求回家。由于补给站邱站员未婚妻在沁城乡，于是就派他当向导，带着给师部的密信，选择一般人很少走的从伊吾经过羊头达坂直接前往沁城乡的路，结果还是被叛匪加那布尔在这里设卡的叛匪截住，三人生死不明。

这一次派出联络的人员失联后，胡青山进一步认识到叛匪对伊吾县城在各关口管控的严密程度。他再一次审视自己的军事部署，反复推敲每一个细节。他一定要堵住坚守伊吾城防中可能出现的任何漏洞，争取在与艾拜都拉斗智斗勇中，像掰手腕一样，全面压倒对方，确保取得全胜，将刚获得新生的伊吾人民政权完整无损地交给伊吾各族人民，迎接崭新的伊吾在浴火中新生。

第四节 猛剿匪势如破竹 乌斯满无处藏身

新疆剿匪总指挥王震要求六军重拳出击,快速进军巴里坤小红柳峡,围歼乌斯满、尧乐博斯匪帮,捉拿王振华。

4月10日,北疆剿匪前线指挥部下达围剿小红柳峡叛匪的命令,十六师师长吴宗先、政委关盛志当天下达了作战部署。四十六团团长任书田率领二、三营由巴里坤县城出发,民族军四十团骑兵三营由花庄子出发,4月14日上午,四十团骑兵三营和四十六团二、三营同日到达茇茇台子。

距离小红柳峡还有二十公里,四十六团指战员踏着山区厚厚的积雪,在零下二十多度的严寒中,顽强进军,深夜到达一条红柳丛生的山沟。团长任书田、副团长张沛然和民族军四十团骑兵三营营长司马义诺夫、教导员伊拉洪几人爬上山头仔细观察地形时惊讶地发现:解放军露宿的山沟与小红柳峡只隔着一个山头,山那边就是叛匪的营地。侦察班还发现,峡谷里叛匪们三三两两地骑着高头大马走来走去,根本就想不到在大雪纷飞的夜晚,解放军会像天兵天将一样从天而降。

任书田团长命令四十六团二营从左面沿山脚向小红柳峡进攻,四十团骑兵三营从右边山谷向小红柳峡进攻,四十六团三营从正面向小红柳峡进攻。一声令下,万箭齐发,官兵们满怀怒火,向叛匪们猛冲猛打。

叛匪们在慌乱中抢占他们最熟悉的山头,试图抵抗围剿部队。在这里的叛匪一股是国民党骑兵七师的叛军,还有一股是萨马辽夫的白俄卫队。这些亡命之徒,不顾死活地拼命阻击着解放军围剿部队的猛烈进攻。

乌斯满、贾尼木汗住在离营地七公里多的小红柳峡谷深处,头天晚

上他们在喝酒吃肉、听阿肯弹唱的时候，乌斯满还吹嘘说："自从尧乐博斯专员和我们一道反共以来，我们每次出手都非常顺利，这完全是托尧乐博斯专员这个中央大员的福。当前天时地利都对我们十分有利，凭着我们熟练的骑术、精准的枪法、习惯山地作战和熟悉道路的优势以及王振华参谋长带来的骑兵优势，将驻守伊吾的解放军二连打垮只是一个时间问题。"

乌斯满正做着新疆总司令的美梦，他儿子谢尔德曼突然闯进大帐营地，神色慌张地说："共产党打进来了！"

乌斯满一把推开怀里搂抱的美女，一边慌慌张张穿衣服，一边命令到："快去给老子顶住。"

激烈的枪炮声越来越近，光靠喊叫"顶住"是没有用的。

乌斯满看到问题的严重性，一个蹦子跳了起来，命令卫队立即护送司令部撤向小红柳峡以北的丘陵地带。

各部落的头目一看乌斯满惊慌失措地带着白俄卫队溜之大吉，他们也纷纷命令本部落的武装牧民丢下裹胁的牧民和大批牲畜，保护着自己的家小，各自逃命去了。长期受到反动宣传愚弄的牧民们，对共产党和解放军一点都不了解。解放军如同天兵天将，他们看到自己的头人如同丧家之犬，在这些天兵天将的勇猛进攻下狼狈溃逃的情形，都纷纷带着家小，丢下牲畜，骑马拼命逃进了深山老林。

解放军在这次围剿战斗中，除了消灭叛匪一百多人和缴获大批武器弹药外，还缴获了叛匪和牧民丢下的大小牲畜三万多头（只）。牲畜是牧民们生活的全部指望，任书田团长与司马义诺夫营长研究后，决定将牲畜全部赶到巴里坤县城附近的哈萨克花园子、大河、奎苏牧场，通知牧民前来认领。

这次围剿战斗，乌斯满的人马被解放军打得狼狈逃窜的消息，闪电一样迅速传遍了整个巴里坤草原，乌斯满"天下无敌"巴图尔的神话被彻底戳穿，乌斯曼已不再是牧民心中的偶像。

任书田团长率部返回巴里坤县城的途中，抓获了两个逃跑的叛匪。

经过突审，这两个叛匪如实交代。他们都是艾拜都拉手下的喽啰。艾拜都拉在完成白杨沟伏击任务后，为了增强再次进攻伊吾县城的把握性，决定派遣他们两个到小红柳峡，向乌斯满汇报打击解放军的情况。这样做有两个目的，一是向乌斯满邀功。艾拜都拉认为，他是这次掀起反对解放军的势力中的一股，现在应该和乌斯满、尧乐博斯三足鼎立，而不应该把他看成是尧乐博斯麾下一个小卒子。二是希望在进攻县城时能得到乌斯满的军事援助，因为二连解放军劳道得很，一直攻不下来，艾拜都拉急得团团转。

尽管尧乐博斯策划的连环伏击取得胜利，口头答应这次胜利之后要大力帮助和扶持他们，但到目前为止，除了给枪炮弹药以外，其他承诺尧乐博斯都没有兑现。所以，艾拜都拉对尧乐博斯渐渐产生了怨恨。

在艾拜都拉眼里，乌斯满才是真正的一号头领，只要乌斯满答应，就会逼着尧乐博斯向伊吾增援，对二连解放军艾拜都拉已经是黔驴技穷，他急需要乌斯满直接派兵，或通过乌斯满施压尧乐博斯派兵支援。

这两个人到了小红柳峡，正赶上乌斯满召开庆功会，他们就跟上通宵达旦地吃喝了一夜。当解放军打到离毡房不远的地方时，乌斯满已经跑得无影无踪，他们一看形势不妙，立马跨上坐骑，策马加鞭，朝来路奔逃。谁知马匹终究跑不过汽车，他们还是在逃跑途中被解放军活捉了。

叛匪的供词进一步证明军、师首长坚信二连不会轻易被叛匪消灭这一判断的正确，因此立即向师首长汇报这一情况，争取尽快再次援助二连。

为了借叛匪之口宣传解放军围剿小红柳峡叛匪势如破竹的胜利形势，任书田决定释放这两个叛匪。任书田对叛匪说："你们回去告诉艾拜都拉，你们的军事力量还能比乌斯满更强大吗？乌斯满有2000多支枪，其中国民党正规军有六百多人，白俄卫队有一百多人，乌斯满从二十世纪三十年代就同盛世才斗，可谓久经沙场，但是围歼战从开始到结束，我们仅仅用了不到三个小时，乌斯满的主力军就被我们消灭了。这

些情况都是你们亲眼看到的。艾拜都拉手下才有几个人？你们能有什么武器装备？你们有什么能耐攻下伊吾县城？你们回去将所见所闻统统告诉艾拜都拉，让他不要自作聪明了，投降才是他唯一的出路。"

任书田最后幽默地说："去吧，说不定我们还能在战场上见面呢。"

两个叛匪千恩万谢地感谢解放军的不杀之恩，夹着尾巴逃回了伊吾。在返回的路上，一个叛匪问："艾县长他们经常说共产党要消灭宗教，要共产共妻，是青面獠牙的怪兽，你看他们像吗？"

另一个说："以前没有见过的时候我绝对信，现在我看他们不是那样的人。我们抓的解放军都统统打死、砍死，人家抓了我们，既没有打，也没有骂，还放我们回来。你说他们坏吗？比一比你不就知道了。是好是坏，谁好谁坏，你不懂吗？"

就在四十六团二、三营返回县城，指战员们还在治疗冻伤期间，北疆剿匪前线指挥、六军军长罗元发，带着一部电台和随行人员来到巴里坤，总结小红柳峡剿匪战斗的经验教训，部署下一步围剿叛匪的战斗。他们要求尽快围歼乌斯满、尧乐博斯、艾拜都拉之类的反动分子和贼心不死的叛军王振华，尽快将坚守伊吾县城的二连官兵从叛匪的包围中解救出来。同时要通过牛羊认领，对农牧民进行一次爱党、爱解放军的教育，彻底孤立和打击与人民作对的反动分子。

按照罗元发军长的指示精神，巴里坤县工委和四十六团在县城设立了认领牲畜的专门接待站，派出得力的干部和翻译深入牧区，向广大牧民群众宣传党的政策，动员广大牧民前来县城认领自己的牲畜。初期牧民有点害怕，不敢前来认领，但在工作队同志的耐心说服教育下，个别胆子大的牧民来认领后，高高兴兴地赶回了自己的牛羊群。

许多牧民悔恨以前站错了队，跟错了人。他们领完牲畜后，彻底摆脱了叛匪的控制。要求在县城附近放牧，希望随时得到解放军的保护。"共产党解放军才是各族人民的恩人和救星"的口号传遍了巴里坤大草原，那些贫苦牧民，对解放军更加热爱忠诚。哈萨克牧民送子参军，不少人在剿匪中主动当向导，打头阵，提供线索。

第五节 挺身而出说真话 那斯尔惨遭厄运

对艾拜都拉来说,4月17日就是他的黑色日子。

他精心策划的第三次攻城计划,想象得比头两次美,失败得要比头两次惨;他派出的几路攻城队伍被解放军打得丢盔弃甲,狼狈不堪;攻打南山碉堡眼看就要胜利,结果胡青山带着战士冲杀过来,打得他们人仰马翻;他派去联络乌斯满的两个叛匪给他带来的不是增援的喜讯,而是乌斯满的小红柳峡大营帐被摧毁的噩耗。

艾拜都拉差一点气得吐血。他气急败坏地喊道:"将这两个蠢货拉出去枪毙!"

拜迪推门进来说:"县长息怒、这两个兄弟千万枪毙不得。"

"不把他们两个枪毙,他们把乌斯满失败的事说出去,我们的人心还能稳吗?队伍还能不散吗?把他们俩枪毙掉,杀一儆百,看谁还敢为共产党说话。"

"艾县长,失败是乌斯满的事,和这两个人有什么关系?他们都是我们的好兄弟,他们能说真话,把他们看到的真实情况,实事求是地向你报告,是对我们忠诚的表现,他们一点错都没有。杀掉他们,你给大家做何解释。你真想杀人,有一个比他俩更合适的。"说着使了一个眼色,顺手将这两个人推出门外。

"这个人是谁?"艾拜都拉急不可耐地问。

拜迪直截了当地说:"那斯尔啊。"

"那斯尔怎么了?"艾拜都拉不解地两眼瞪着拜迪问。

"他一直反对我们打解放军,最近又在散布解放军在巴里坤胜利的言论,我担心他成为解放军埋在我们身边的定时炸弹。"拜迪说得有鼻子有眼。

"真有这事?"艾拜都拉吃惊地问拜迪。

拜迪说:"昨天你叫吾拉音到下马崖去驮面粉,那斯尔对他说,'解放军在巴里坤已经胜利了,很快就会打过来,你现在还替他们筹措面粉,等解放军来了你就不怕民众揭发你吗?'你看看,这难道不是明目张胆地为解放军宣传,瓦解我们的斗志吗? 这样的人不杀,留下他终成祸害。"

艾拜都拉很担心地问:"他要不承认说过这样的话怎么办?"

"嗨! 吾拉音眼小,爱贪占小便宜,我给他说了,只要他出面证明那斯尔说过这话,我就给他三斗小麦。他一听非常高兴地说,'不要说给三斗小麦,你给两斗小麦我都保证说,你要是再给三斗小麦,我还可以多找几个证明人一块说。'现在只要有了两个以上证明人,他那斯尔不承认也不行。"

"好! 就按照你的意见办。"艾拜都拉停了一会儿说,"我们不仅要杀一儆百,还要继续向解放军送劝降信,继续炮轰县城。还要从巴里坤大河、伊吾前山找来两个曾经在山里为开矿搞爆破的技术能手,让他们想办法炸掉那几个大碉堡。这回非要把解放军炸成肉泥不可。你现在就通知让人把那斯尔叫来对质。"

那斯尔一进门,看到艾拜都拉和叛匪的头头脑脑个个都怒气冲冲,吹胡子瞪眼,剑拔弩张,就知道没有什么好事。

艾拜都拉气冲冲地问:"那斯尔,我听说你到处散布消息说解放军打败了乌斯满,可有这事?"

还没有等那斯尔回答,吾拉音和吾守尔就争先恐后地指着那斯尔说:"就是他讲的,我们都听到了,想抵赖没门。"吾拉音和吾守尔之所以要抢着说,因为迪拜给他们交了底,不争先恐后地说就要收回三斗小麦。为了那三斗小麦,他们打破头也要说。

刚才还沸腾的会场,这时静得出奇。他们都认为那斯尔肯定会狡辩,如果他不承认就乱棍打死他。

那斯尔镇静地对艾拜都拉说:"尊敬的艾县长,吾拉音和吾守尔讲的都是实话。这话我不但对他们说过,而且在许多人面前都讲过。因为这都是事实。我一点都没有说谎。"他话锋一转对所有在场的人说:

"乡亲们,你们都知道,我虽然不是伊吾人,但我在这里当所长已经二十多年了,我从来没有做过欺压百姓、对不起乡亲们的事,而且多次乡亲们碰到雪灾、狼害,娃娃丢失,我都是冲锋在前为你们排忧解难。我到底是什么样的人,我相信大家心里都有数。除非有些人的良心被狗吃了。我承认,你们这次进攻解放军的行动我一直持反对态度。为什么呢?其实大家都明白,包尔汉是我们的主席,他在去年9月26日发表了和平起义通电,欢迎解放军进疆。主席都欢迎了,我们这些小小老百姓怎么能反对呢?还有就是你们俘虏了解放军战士就残忍杀害,你们听到不同的意见就坚决斗争,无情打击,甚至置于死地,而解放军抓了我们的人就放回来。你们可以比一比,看一看,你们的仁义之心在哪里?你们的慈善之心又在哪里?"

那斯尔忽略了一个事情,就是在强盗的字典里,永远查不到"仁慈"二字。

马木提·托乎逊一听那斯尔的话,气愤地站起来训斥道:"不要让他讲了。尽说些歪理邪说,死到临头了,还在为共匪宣传。像这样的死硬派,有多少就应该枪毙多少!"

"枪毙那斯尔!"人们再一次激昂地喊叫起来,特别是那些后来陆陆续续进来根本就不知原委的人,这时也摩拳擦掌,跟着瞎起哄。那斯尔想:不问原委,不分对错,扎堆起哄,群众怎么会这样呢?

艾拜都拉一看大家的情绪都被煽动起来,马上指着在场的人大声问:"你们说,那斯尔该怎么办?"

"枪毙! 砍死、活埋!"喊什么的都有。

艾拜都拉看到条件成熟,一下跳上桌子,右手指着那斯尔,嘴角飞溅着唾沫星大声叫道:"在伊吾县这一亩三分土地上,谁要敢和我作对,替共匪说话,瓦解我们自卫团的军心,那斯尔的下场就是前车之鉴。"说完向马木提·托乎逊一挥手说:"把这个叛徒推出去毙了。"

四五个凶神恶煞的叛匪冲上来,三下五除二就将那斯尔捆起来推出去。门外立即传来沉闷的一声枪响。

没有想到一个正直的人就这样被艾拜都拉杀害。有些微妙的东西开始在大家内心发酵。

艾拜都拉色厉内荏地大声命令:"拜迪乡长,你立即给共产党再写一封劝降信,写好后就派人立马送去。马木提·托乎逊立即组织兵力继续向县城打炮,并派出兵力,三五成群,声东击西,半夜骚扰,拂晓袭击;主攻的时候,佯攻的人要大喊大叫,枪手要不断打冷枪。我要叫驻守县城的共产党每天都提心吊胆,时时人心惶惶,分分秒秒都不得安宁,彻底摧毁他们的心理防线。"

艾拜都拉的疯狂叫嚣和炮击、偷袭、骚扰丝毫没有影响二连坚守反攻的决心和勇气,偷袭的匪徒倒成了检验解放军训练射击成果的活靶子,有的是在偷袭来的路上被消灭,有的在急急忙忙逃跑的路上被歼灭,基本上都是不死即残。特别是胡青山在西山碉堡前训练过的战士,人人都成了弹无虚发的神枪手。现在艾拜都拉一说要派人偷袭解放军,叛匪个个都吓得魂飞魄散,踟蹰不前。尤其是对解放军在一千米以外还能打中目标的神奇枪法,他们都十分害怕。因为叛匪们心里都明白,他们不是训练有素的军人,充其量就是一群滥竽充数的草寇,去了就是送死。

那斯尔所长被枪毙后,艾拜都拉的心里一直惴惴不安。乌斯满到底是失败、还是进行战略转移,他心中仍存疑虑。要是乌斯满真的靠不住了,就应该跟二当家围得更紧些。可前一阶段抛开尧乐博斯投靠乌斯满,自己还能得到尧乐博斯的信任吗?艾拜都拉不由地恨起乌斯满来:"这个死无葬身之地的强盗贼娃子,好戏还没有开头,你就被解放军打得稀里哗啦仓皇逃命,不知所终,什么玩意儿。"

埋怨乌斯满有什么用,无论如何都不能坐以待毙,狡兔还有三窟呢。想到这里,艾拜都拉立即以组织强大进攻为由,派出亲信去联络尧乐博斯。他这么做一是要尽快摸清尧乐博斯的底牌,二是要为自己找好退路。人不为己,天诛地灭。想到这里,这个狡诈、可恶的家伙心里倒有了几分安详。

第六章　叛匪垂死挣扎　二连迎头痛击

　　艾拜都拉见势不妙，金蝉脱壳，溜之大吉。马木
提·托乎逊故伎重演，继续劝降。二连重拳出击毫不
含糊剿灭残匪。罪大恶极的叛匪难逃法网，遭到
镇压。

第一节　叛匪再送劝降信　二连反击不含糊

　　艾拜都拉精心组织的第三次围攻惨败之后，社会上到处都传言乌斯满被解放军打败的消息，此时尧乐博斯也杳无音信。

　　伊吾城是攻，还是不攻？要攻，如何攻呢？

　　艾拜都拉立即派人去八大石尧乐博斯营地请示报告。结果发现乌斯满的主力只是有点损失，还没有完全被打残废，经过重整，仍然还有一定的战斗力，而且还支援尧乐博斯二十人。尧乐博斯已经把攻下伊吾城作为他和乌斯满建立根据地的一个重要组成部分。特别要求艾拜都拉组织力量，不惜代价，务必攻下伊吾城。于是他们又制定了再次劝

降、继续偷袭、不断骚扰、火炮轰击、多路进攻、多管齐下的战略战术。而且要求所有力量全部参战，务求全歼二连解放军。

二连取得第三次反击胜利之后，连队党支部及时组织总结表彰，深入挖掘与敌人对战中涌现出来的突出典型，用他们的生动事迹激励和鼓舞全体指战员。例如，一排长李振江一枪就消灭了张牙舞爪的吐尔地；训练神奇军马、确保高山顶上官兵给养保障的吴小牛；五个指头被炸掉仍然坚持战斗的白连成；直到牺牲前仍然叮嘱战友守好碉堡的副班长刘德平；一炮击中匪窝，消灭二十七个叛匪的牛发良；带领全排坚守城西碉堡，打死打伤叛匪多人，而全排无一伤亡的一排副排长贺文年；还有冲锋陷阵、逢凶化吉的副营长胡青山。他们是叛匪对伊吾县城屡攻不破的中流砥柱，是激励大家敢打、会打、能打胜仗的楷模和榜样，特别是二连的光荣传统，成了鼓舞二连官兵奋勇杀敌的强大的精神动力。

4月26日凌晨，驻守伊吾南山的七班战士在碉堡前沿工事里，发现山下有叛匪正在朝碉堡悄悄移动，于是立即将消息报告给碉堡里的战友。指战员迅速猫着腰悄悄走出碉堡，迅速进入工事，严阵以待。这时一个叛匪突然站起来，故伎重演，将一颗即将爆炸的手榴弹投进碉堡。谁知早有准备的七班战士随即将手榴弹扔了出来。在这颗手榴弹爆炸的同时，隐蔽在工事里的七班指战员的机枪、步枪、手榴弹朝叛匪猛烈开火。叛匪们在七班强大火力的打击下，不顾同伙的尸体，跌跌撞撞迅速往下跑。马木提·托乎逊手里拿着枪，杀气腾腾地说："今天谁敢当逃兵，我就开枪打死谁，不想死的就往上冲。"叛匪们只得硬着头皮很不情愿地继续往上冲，但七班战士居高临下，强大的火力令他们无法靠近。双方就这样一直相持到天色大亮。马木提·托乎逊看到叛匪们全部暴露在解放军的火力之下，冲锋就是送死，这才不得不下令全部撤退。

在南山战斗打响的同时，守卫西山和北山的解放军指战员也同时向进攻他们的叛匪们猛烈开火。加上北山和营房炮班两处炮火的大力支援，叛匪们根本就很难接近解放军守卫的碉堡。随着进攻南山的叛匪开始骑马撤退,这动摇了其他两路叛匪的进攻决心,也都纷纷撤回到泉脑和托背梁基地。

艾拜都拉看着陆续败下阵来、垂头丧气的一群酒囊饭袋,顿时气得青筋凸显,暴跳如雷,七窍生烟。这时他愈加坚定了自己"金蝉脱壳"计谋的正确性。他觉得事不宜迟,在同伙们失败后六神无主的时候,正是自己"走为上策"的最佳时机。

"托乎逊·阿里阿孜团长,立即召开下一步攻城会议。"艾拜都拉下达命令。

托乎逊·阿里阿孜看着艾拜都拉铁青的脸色,知道在这个时候任何迟疑都会引来无情的责骂和训斥,弄不好还会像那斯尔一样搭上性命,所以他立即将头目召集到艾拜都拉的指挥部开会。

"今天把仗打成这个样子,你们说说下一步应该怎么办吧!"艾拜都拉铁青着脸,首先开了腔,"城里的共军就是一个连嘛,经过几次打击减员,实有人数还不到一百人,而我们的人马七倍于人家,这大家都清楚,特别是这次攻城,我们的人马少说也有三百多人,可为什么我们连人家碉堡的边也靠近不了,而且还造成自己的人员伤亡呢?"

拜迪插话说:"这也不能完全怪兄弟们不勇敢和我们指挥无能。共产党有坚固的工事和碉堡,而且他们在暗处,又居高临下,我们打枪根本够不着,瞄不上,投手榴弹近了挨枪子,远了投不中。世界上任何战争都是进攻方要付出更多的代价。"

"你说的不是没有道理,我不是完全责怪弟兄们。"艾拜都拉接过拜迪的话说,"怨我这个总指挥没有指挥好,没有完成尧乐博斯专员的指示,尽快攻下县城。"

"我看现在还不是追责的时候。"托乎逊·阿里阿孜接过话茬说,"关键是要拿出一个进攻县城的最佳方案来。我们只有攻占县城,将驻守县城的共军全部消灭,才能将新疆剿共总司令部的根据地连成一片,我们才有立足之地。"

"对! 托县长全面阐明了我的观点。"艾拜都拉说,"为此,我决定:

第一,从现在开始,继续恢复对县城的炮轰。我们炮弹打多了,瞎猫还能碰上个死老鼠呢。第二,我和托县长带领部分兄弟去面见尧乐博斯专员,请示下一步行动计划,并请求尧乐博斯专员派兵支持我们攻城。另外了解一下尧乐博斯专员给我们派的两个爆破能手怎么还不到位。第三,在我离开伊吾期间,总指挥由马木提·托乎逊代理,请阿不都拉县长、那斯尔议长、拜迪乡长以及各乡的乡长、要像服从我一样,服从马木提·托乎逊副团长的领导。我相信我和托县长向尧乐博斯专员汇报后,他一定会派出阵容强大、战斗力更强的队伍帮助我们攻下县城。"

艾拜都拉突然提高嗓门说:"到那时候,就是驻伊吾解放军被彻底消灭的时候,最后的胜利一定是属于我们的。"

叛匪再次向县城北山和东山碉堡频频打炮。劝降信、谈判信,仍不时送到二连指挥部。

二连指战员始终保持高涨的战斗激情,他们瞅准叛匪骚扰中的战机,时不时开炮还击;对绕城骚扰的一小股叛匪,也能实现精准射击,不是马伤就是人死。战士们越打越准,就连那些刚入伍不久的新战士,都在胡青山手把手的教导下,掌握了远距离有效射击的本领,战斗本领明显增长了很多。

叛匪怪叫、偷袭这些鬼把戏已经完全丧失了作用。二连新战士已经历练成老兵了,通过阵地练兵,枪越打越准。战斗中,胡青山经常深入战斗一线,逐个纠正新战士的射击姿势,教战士们从山上往下打的时候,瞄准他的脚击发;从下往上攻的时候,瞄准头开火,打得叛匪胆战心惊。有些叛匪在二百米处扔了手榴弹就跑,好像已经在应付差事。许多叛匪被打得再也不敢前来骚扰。

艾拜都拉与托乎逊·阿里阿孜带领二十多名亲信当天赶往盐池。到达盐池后得知驻守石城子的原国民党骑兵团遭到解放军的袭击,已退守二道沟、板房沟一带。尧乐博斯也返回八大石。艾拜都拉在心里暗暗庆幸他采取"金蝉脱壳"计策的及时与正确。他对托乎逊·阿里阿孜说:"既然情况这样,你先返回县城,协助马木提·托乎逊稳住阵脚,我带一些随从去面见尧乐博斯专员,得到他的意见后,我立即返回伊吾,与驻守伊吾的解放军决一死战!"

等托乎逊·阿里阿孜刚一离开,艾拜都拉立即将他的亲信带进空多罗山,一面在民间搜刮粮食、羊、马匹和骆驼,一面静观形势的发展,寻找外逃时机。至于能不能攻下伊吾城来,被他煽动起来的那些叛乱者是死是活,他已经不管不顾了,而其他叛匪还被蒙在鼓里。

第二节 大军压境伊吾城 二连坚守庆胜利

乌云滚滚,一直笼罩在伊吾的上空,但乌云再黑暗,也难以阻挡黎明的到来。

4月底,西线剿匪取得决定性的胜利后,师、团首长决定迅速调集重兵,挺进伊吾,消灭叛匪,解围二连。

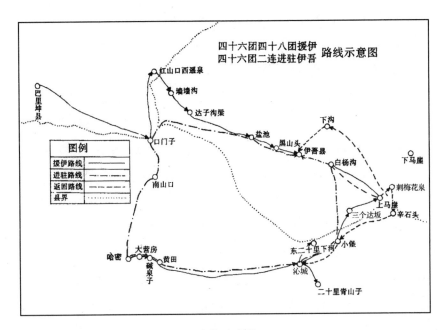

路线示意图

　　5月初的一天,阳光格外明媚。在巴里坤的四十六团团长任书田给驻哈密的十六师师长吴宗先打电话请示,要求去伊吾解救二连。吴师长非常支持这一行动。正在这时,剿匪部队在巴里坤县大河乡和伊吾县前山牧场分别抓获了两名土匪。押到团部审问时,这两个土匪交代了重要情报:伊吾的解放军厉害得很,艾拜都拉已经组织了好多次进攻,但都被解放军击退。他们两个是尧乐博斯派去专门搞碉堡爆破的。

　　这次参与解围伊吾的部队有四十团骑兵三营七连、八连共二百人,四十七团三营,四十六团除一个连的兵力镇守巴里坤外,一营、团直炮连、机枪连、警卫连、二营以及临时组织的骑兵连及师部的两个炮连开往伊吾的援军共计两千多人,真可谓重兵压境。叛匪这回死到临头。

　　部队东进解围伊吾,采取了科学有效的步步推进、碾压向前的步骤,走一路清剿一路,绝不给叛匪东山再起的任何机会和可能。

　　5月3日,部队分别从哈密和巴里坤,兵分三路,陆续进发。沿哈密、沁城乡、小堡村、三个达坂为一路,黑山头为一路,由盐池、后沟至苇子峡、北山为一路,对叛匪进行地毯式搜索围剿。

　　增援先头部队到达柳条河,在抢修被叛匪破坏的木桥时,突然遭到乌斯满匪帮的袭击,解围人员中一名副连长和五名战士牺牲。刚抢修好的桥又被叛匪炸坏,增援部队无法前进。

　　援军主力部队于5月3日21时从口门子出发,4日凌晨2时,分头行进至红山口西遥泉以南三百米处,部署四十六团三营为左路,占领西遥泉以西山地,以四十六团一营为中路夺取红山口以东地区,并在达子沟梁警戒。部队开始分头进攻时,被叛匪发现,叛匪丢弃大量牛羊及帐篷等物,向前山慌忙逃窜。5时30分,援军占领红山口西遥泉以西阵地。

　　根据观察,尧乐博斯率领的叛军很可能就在前山墙墙沟。为了打败尧乐博斯叛匪阻击,从根本上彻底解除伊吾之围,四十七团三营、四十团骑兵三营两个连及团直部队,驻红山口以南高地,重兵牵制敌人,并以两个骑兵连向达子沟梁方向侦察出击。三营八连留在西遥泉以西高地上,担任向西面大小红柳沟警戒的任务,并用西遥泉山上的火炮进行掩护;四十六团除二连以外的一营,除八连以外的三营及团部配备的四门迫击炮同时出发,三营进攻墙墙沟村以西地区,一营夺取村东地区。

当叛匪发觉增援部队从西遥泉开始向墙墙沟进攻的时候,就以少数兵力占领村庄来吸引援军进攻,其主力埋伏在墙墙沟边的山头上。叛匪在每座山上安置五六十人,多者上百人,各山头相互策应,以阻截增援部队。

尧乐博斯还幻想着再进行一次连环伏击,让伏击的好戏重演。这一次可以说是白日做梦。一营、三营的部队下了西遥泉山,通过一千多米的戈壁,接近墙墙沟。当离村子五百米时,叛匪即向援军射击,援军在迫击炮掩护下,向村内猛攻,消除阻力,打开通道。叛匪退出村庄后,又在长达五公里的山上设了埋伏。援军攻占村庄后,处于三面环山的凹地内,面对四周的叛匪,进退两难,后面交通也被敌人火力封锁,形势十分不利。战斗从4日下午1时一直打到天黑,同叛匪相持不下。为完成解围伊吾的任务,援军在天黑时撤出村庄,集合于南山脚下通往伊吾的大道上休息。5月5日12时,援军向达子沟梁前进。叛匪见援军撤出村庄,也于5日早7时下山,部分骑兵叛匪靠北山脚监视援军的行动,四十余名叛匪赶到达子沟梁企图阻击援军前进。援军同叛匪的战斗十分激烈。骑兵营通讯员艾克木江,为了靠近叛匪火力点以便更有效地打击叛匪,中弹牺牲。正当骑兵连向叛匪冲击的时候,兄弟连队及时赶到,对叛匪从左翼发起进攻,叛匪放弃达坂向盐池方向狼狈逃窜。

5月6日,任书田率领的平叛部队顺利到达盐池。叛匪见我方援军源源不断地赶来,纷纷向我军缴械投降。匪首自卫团长马木提·托乎逊,企图在盐池与伊吾之间的卡拉米塔什鞍克山阻击援军进入伊吾,在我方援军强大的火力猛烈打击下狼狈而逃。

5月7日,援军攻占了黑山头。整个叛匪已溃不成军,完全丧失了抵抗能力。援军步兵、骑兵、炮兵分三路向伊吾进发,从望远镜里远远可以看到伊吾北山上的大碉堡。

就在援军进攻黑山头时,守卫伊吾的二连正在营房召开干部会,总结一个多月以来的守城战斗情况。

这天风和日丽,守卫在北山主峰的战士听到从远处传来的隆隆炮声,二排长周克俭赶忙给胡青山打电话汇报说:"报告胡营长,西山方向传来隆隆炮声,很像我们部队打的联络炮。"

胡青山等人立即在室外侧耳倾听,当即与警察局指导员孙庆林共同分析形势,研究对策。

随后,孙庆林骑马到城西碉堡仔细观察前来的部队。胡青山迅速登上北山主峰,发现西边路上来了许多骑兵,便命令司号员吹号联系,但对方毫无反应。胡青山生怕其中有诈,因为据有关方面的情报,叛军王振华的骑兵独立师正在这一带活动。所以他一方面命令司号员、通讯员立即向各阵地发出准备战斗命令,另一方面命令二排长周克俭将红被单撑在木棒上做成一面大旗,与远处的骑兵摇旗联络。但对方还是没有任何反应。

为了慎重起见,胡青山又命令二排长周克俭向对方连续发射了三枚枪榴弹,又在北山主峰上点起三堆大火再次联系。

"信号弹,这是二连向我们发的联系信号弹!"援军的先遣骑兵战士兴奋地喊着。

援军终于同坚守伊吾城的二连联系上了。四十团骑兵三营营长司马义诺夫,率两个连来到离伊吾城四公里的甘沟西面的戈壁待命。侦察员从县城附近抓来一名匪徒,经审讯得知,二连仍在叛匪的包围之中,并受到营房西面山上土匪的火力封锁。司马义诺夫立即派出十一名战士作为先遣侦察队,到达指定地点发信号,大部队在伊吾城西面向围困二连的叛匪发起进攻,二连与骑兵部队里应外合,重拳出击。叛匪一看浩浩荡荡的援军骑兵已到,攻城计划彻底破灭,立即骑马向南逃跑。骑兵营在后追赶打击。

孙庆林在通往西碉堡的路上看到走过来的十几个人中,有一个是以前他所在连队的通讯班长。

这时,有个很熟悉的声音喊:"孙连长,我是侦查班长杨德利。"

孙庆林一看和杨德利一块来的还有穿着不一样军装的维吾尔族战士,于是不解地问:"你们这是?"

杨德利马上说:"团首长带我们和民族骑兵营来配合你们剿匪。"维吾尔族侦察排长吐尔迪·马木托夫说,"我们是来侦查的。团长和我们营长以及大队的人马上就过来了。"

当孙庆林完全确认这支骑兵真的是自己的部队后,立即让碉堡里的战士打电话向胡青山报告了这一喜讯,并让城内赶快做好迎接援军的准备。

下午两点多钟,二连指战员们纷纷走出各个碉堡,来到通往甘沟的路上迎接兄弟部队。大家跳跃,欢呼,激动得泪流满面。

副营长胡青山快速跑到任书田团长和骑兵营营长司马义诺夫面前,一下抱住任书田团长和司马义诺夫营长,像一个受了委屈的孩子,泪流满面,激动得半天都说不出话来。

任书田团长也泪眼婆娑地说:"你带领二连在四十天伊吾保卫战中,吃了许多苦,但你们挺住了,你们打得好,打得非常顽强。你不愧为战斗英雄,你是好样的,二连全体官兵都是好样的,你们为英雄二连又立下了新的战功。我们要为你和二连请功!"

团政治处主任王佐健说:"你们为保卫伊吾立了大功。"

援军进城后,团长任书田和团政治处主任王佐健到二连驻地慰问。胡青山向首长汇报四十天保卫战的情况,二连在伊吾的布防情况。团首长听了汇报后,高度赞扬二连指战员在胡青山指挥下,英勇作战,不怕牺牲,坚守伊吾四十天,胜利保卫伊吾的革命英雄主义精神。

5月9日,第一兵团首长及六军军长罗元发、政委张贤约通令嘉奖二连,授予二连"模范连"的光荣称号。嘉奖令指出:"二连全体指战员在此次伊吾英勇战斗中,表现了全心全意为人民服务和坚定不移,克服重重困难的精神,发扬了革命军人的高尚品质,创造了坚守据点的成功范例,真不愧兵团首长赠给该连'攻如猛虎,守如泰山'的光荣称号,这

不仅是二连全体同志的光荣,亦是全党全军的光荣。本军除奖给该连'勇敢顽强,坚定沉着,战胜困难,坚守据点'的模范第二连锦旗一面,还给该连指战员每人新币二百元的物质奖励。各部接此令后,应转饬所属进行教育。"

二连全体指战员接到兵团首长的慰问信和奖励后,战斗情绪十分高涨。他们立即向兵团及军首长请求把彻底歼灭乌斯满、尧乐博斯等匪徒的最艰巨任务交给二连,他们要为人民除害,为牺牲的战友报仇。

就在这一天,十六师四十六团为庆祝伊吾胜利会师和名震全疆的四十六团二连孤军坚守伊吾四十天的伟大胜利,在伊吾城内召开了各族各界祝捷联欢大会。

第三节 乘胜追击歼残匪 英雄二连前无敌

匪首艾拜都拉组织攻打伊吾彻底失败后,叛匪内部分崩离析,众叛亲离,被裹挟的群众也纷纷离开匪群回到家园,但坚持反动立场的少数顽固匪首仍不甘心失败。尧乐博斯匪帮在前山子墙墙沟,遭我军沉重打击后,逃窜到前山以北的深山老林,派少数骑兵在北山边一带巡逻,监视我军左右翼的行动。我援军到达伊吾后,尧乐博斯于9日晚,从北山窜进盐池以东地区的板房沟,两天后又窜至八大石。穷途末路的叛匪垂死挣扎,强迫当地居民为他们送肉、送钱;加紧搜刮物资储备,准备继续逃窜。尧乐博斯除了抢劫居民小麦、面粉、炒面、馕以外,还在苇子峡、吐葫芦、通古斯达坂通过绑架等手段,大肆抢劫牧民的牲畜和物资,企图在通古斯达坂凭借深山断崖之险长期盘踞,为非作歹。

四十六团在伊吾城受到师指挥部通报表扬后,先后率领团直、三营、一营二连、三连、民族军骑兵营,从5月27日开始到6月28日,对仍然负隅顽抗、到处残害百姓的残匪展开围剿,在八大石、板房沟、榆树沟、天生圈、托盖通盖、淖毛湖、瓦拉克、刺梅花泉进行了围歼,二连指战员在八大石尧乐博斯的指挥部,活捉了罪大恶极的叛匪王振华,俘虏叛匪五十三人,缴获大批枪支弹药和骆驼马匹,彻底端掉了尧乐博斯的反革命老巢。曾经被叛匪裹挟参与匪乱的一万五千多人,经过宣传教育,上缴所有枪支、归向人民政府。

翻身得解放的群众深情地唱道:

艾拜都拉匪帮是一群人间豺狼,
把我们穷苦人推进叛乱的灾殃。
抢夺我们的财产,
宰杀我们的牛羊。
把我的父母弟妹逼进深山,
冷冻饥饿苦难熬。
逼着我的丈夫卖命打仗,
妄想用乌鸦的翅膀遮挡阳光。
共产党给伊吾送来了艳丽的阳光,
赶走了艾拜都拉这只吃人的豺狼。
从深山里救回了苦难的人民,
把温暖送进每一个人的心房。
共产党的政策就是好,
解放军帮助我们重建了家园,
群众高呼毛主席万寿无疆!

第四节 独有英雄驱虎豹 二连青史威名扬

中国人民解放军十六师四十六团一营二连,这个立下赫赫战功的

英雄连队,在伊吾保卫战中,书写了新的历史传奇。

二连坚守伊吾四十天,用不畏强敌、不怕牺牲、迎难而上、英勇顽强的战斗精神,创造了以少胜多的辉煌战绩,胜利地保卫了新生的人民政权。他们表现出来的可歌可泣可敬的战斗精神,将被永远载入史册。

伊吾保卫战作为一个时代传奇,受到全社会的广泛关注。从中央到地方的许多领导都发贺电、题词给予肯定。

1950年5月,彭德怀接到伊吾保卫战胜利的报告后,非常高兴,于5月19日发来嘉勉电:

四十六团副营长胡青山同志转二连全体同志:

你们在伊吾保卫战的报告,我已收到。你们被乌斯满、尧乐博斯匪徒包围四十天,匪众我寡,在你领导下的二连同志们打退了匪徒的七次猛攻,使匪徒终不得逞,并给予匪徒以极大的杀伤,你们这种坚强勇敢,能够克服困难,善于学习的精神,是不愧为人民解放军的称号!望你们今后继续发扬这种顽强英勇精神,彻底干净全部歼灭乌斯满、尧乐博斯等匪徒。

彭德怀司令员的嘉勉电给二连全体参战指战员极大鼓舞,他们决心乘胜追击,全歼残匪,不辜负他的信任和希望。

彭德怀司令员到新疆视察工作时,特地来到哈密,亲自听取吴宗先、关盛志同志的汇报。当剿匪结束后,西北军区、第一野战军于1951年2月26日~3月3日,在乌鲁木齐召开首届英模大会,命名二连为"钢铁第二连",并授予胡青山同志"战斗英雄"光荣称号。后来人们慢慢地更习惯把二连叫"钢铁英雄连"。

六军军长罗元发在他的回忆录里有这样一段记述:"师团和二连失去联系之后,我很焦急,命令第十六师吴宗先师长、关盛志政委,尽快派人查明情况。他们接电后即派人侦察。由于当地群众都被土匪赶到山中去了,侦察人员遇到几个化装的土匪,他们说二连全都完了,便信以为真,赶回来报告说二连全部被土匪杀害了。我对这个消息总有怀疑,一个红军时期建立的连队,怎会无一人生还?不久,吴宗先、关盛志和任书田也来电报告，他们也有这种怀疑。我即命令他们组织一支精干部队，火速去伊吾侦察。如二连尚在，支援他们；如二连不在，就歼灭伊吾匪帮，并将情况及时向我报告。"

"5月7日，任书田率领两个营前往伊吾。不久，我就接到报告，二连还在。这消息使我十分高兴。原来，当日救援部队赶到伊吾城外，听到城内有枪声，部队便跑步前进。这期间还发生了点误会。走在前面的是第五军四十团三营，这个营全是维吾尔族战士，胡青山在城头一看，以为是敌人的援兵，便对战士们说，敌人援兵到了，咱们要和敌人拼到底，人在城在，人亡城亡，决不后退一步。三营的同志见城上打开了枪，忙把帽子摘下来，高声呼喊道：'我们是解放军骑兵团。'胡青山和战士们一听自己人到了，高兴极了，带着大伙跑出城来。他双臂抱着任书田、司马依诺夫，不禁失声大哭起来。"

彭德怀接到伊吾保卫战胜利的报告后，特别高兴。他于5月19日发来嘉勉电，对胡青山和二连官兵英勇、顽强的精神给予高度赞扬。同时希望他们乘胜追击，全部歼灭乌斯满、尧乐博斯匪徒。不获全胜、决不收兵！

王震在中国人民国防军第六军英雄模范代表大会上给二连题词："你们为祖国的光荣，人民的幸福，在军事上和劳动上都做出了英勇奇迹。"

全国政协副主席王恩茂1986年10月参观完伊吾革命烈士纪念馆后题词："在伊吾四十天保卫战中英勇牺牲的烈士永垂不朽。"

罗元发1986年10月7日题词"敢于斗争，敢于胜利"。

新疆人大常委会副主任杨一青1986年4月25日题词"烈士英名永存"。

开国中将徐立清题词"继续发扬革命的英雄主义建设新中国"。

后来，多位党和国家领导人也都曾来到伊吾，参观了伊吾革命烈士纪念馆，对二连在艰难困苦中表现出来的大无畏革命英雄主义精神给予高度赞扬。

第五节 罪大恶极反革命 难逃法网被镇压

失败就是一切反动派的下场。匪首艾拜都拉组织攻打伊吾彻底失败后,叛匪内部分崩离析,众叛亲离,但坚持反动立场的少数顽固分子仍不甘心失败。尧乐博斯匪帮在前山子墙墙沟,遭我军沉重打击后,逃窜到前山以北的深山老林,继续与人民为敌。我援军到达伊吾后,尧乐博斯于9日晚从北山窜进盐池以东地区的板房沟,两天后又窜至八大石。穷途末路的叛匪垂死挣扎,明里扬言要聚集兵力攻打伊吾城,并强迫当地居民为他们送肉、送钱;暗地里则加紧物资储备,坚持与人民为敌,准备继续逃窜。尧乐博斯除了对当居民抢劫外,还先后派人到吐葫芦、前山、下马崖、淖毛湖等各乡搜刮群众小麦六石、面粉一千公斤、炒面十二斗、馕四口袋、羊一百只。后因急于逃命,竟大肆抢劫群众牲畜。还在苇子峡绑架了参议员玉素甫和尕依提大毛拉,并劫去马七匹;在吐葫芦绑架了伊里亚斯·尼亚孜、乌斯满·扎尔等人,劫去骆驼十五峰,马、骡子六十六匹;在通古斯达坂绑架了阿布都拉、沙地克·巴依等人,胁迫他们在3日内交出马和羊。当这些人拒绝交牲畜时,尧乐博斯的儿子尧道宏率二十多名匪徒,直接抢劫了十九家农牧民,共劫去牛一百多头、马十多匹、骆驼七十多峰以及其他财物。叛匪妄图依靠抢劫的牲畜和物资,在通古斯达坂凭借深山断崖之险长期盘踞,继续为非作歹。

但在人民解放军的强大攻势下,他们的美梦迅速破灭。

那些作恶多端,罪恶累累,臭名昭著的叛匪都得到了应有的下场!

尧乐博斯在青海匪首胡赛因的帮助下从西藏潜入印度,然后去了台湾投靠蒋介石,1971年6月死于台湾。他的老婆廖咏秋死于出逃的路上。艾拜都拉追随尧乐博斯逃亡甘肃、青海、西藏后,又借道印度逃往别的国家。乌斯满1950年12月19日在青海海子地区被第三军骑兵大队擒获,押回新疆,1951年4月29日在迪化被公审枪决。特别是那个口口声声要为叛匪头目提供经费资助和出国接待方便的美国特务马克南,1950年4月29日在逃到西藏唐古拉山口时被击毙。

顽冥不灵,一贯坚持反动立场的贾尼木汗,后来看到形势对自己越来越不利,妄图叛逃出境。1950年夏在巴里坤大柳峡被解放军擒获,公审后被处决。

历史再一次提醒和告诫人们:凡执迷不悟,向人民犯下累累罪恶、与人民为敌的人,都没有好下场。

1951年4月29日,乌斯曼被执行枪决

下篇

二连传奇惊世人　参战英雄今何在

　　震惊全国的伊吾保卫战结束以后，二连官兵各奔东西，随着爱国主义教育的不断深入，参战英雄们的传奇故事，越来越受到人们的广泛关注。在伊吾县委的关心下，寻找参战英雄的活动在神州大地拉开帷幕。

第七章　参战英雄今何在　大海捞针困难多

随着寻找伊吾保卫战英雄及相关人员的活动拉
开序幕,意外挖掘出为军功马养老送终人和他女儿的
传奇故事。

第一节　吃水感恩挖井人　幸福不忘解放军

在哈密、伊吾和新建的兵团军垦农场,在甘肃武威、陕西西安,南京
军事学院,在朝鲜战场和中印自卫反击战中,都流传着解放军某部二连
披荆斩棘、革命奋斗的传奇故事。

不管他们走向何方,我坚信只要经历过伊吾保卫战的战火淬炼,有
理由相信他们"聚是一团火,散是满天星"。二连官兵不论走到哪里,他
们都继续让伊吾保卫战精神发光、发热,发扬光大。

七十多年过去了,人们非常怀念在中华人民共和国成立之后,为保
卫新生的人民政权,在同罪恶的敌特土匪和一切反动势力英勇战斗的
那些勇士们,他们中有一批在战斗中壮烈牺牲,静静地躺在伊吾南山的

烈士陵园；还有一些经过岁月磨砺，在国家的复兴和建设中发过光、发过热，已经成了八九十岁的耄耋老人。

他们还好吗？为了追寻他们的时代足迹，我同哈密电视台社教部副主任杨海瑛，撰稿郭文路，摄像苏春开始了在茫茫人海中寻找曾经在伊吾保卫战中甘洒热血写春秋勇士的漫漫征途。

第二节　邵邵李李空欢喜　阴差阳错不对号

我们根据哈密电视台十年前纪录片采访时曾经留下的残存记忆，首先对曾经的县工委干部邵功喜进行寻访。他就在哈密，只有先找到他，就可以顺藤摸瓜，找到更多的线索。据杨海瑛回忆，邵功喜原来在哈密农机公司工作，当年拍纪录片时还采访过他。

杨海瑛说："他当时就住在农机公司的一片砖混结构的平房里，我采访时还去过他家。"

可是随着城市的整体规划和一幢幢新楼房的拔地而起，农机公司原来的地方已经难觅踪迹。那时他家也没有家装电话，更没有手机，当时是打单位电话联系的，没有留存号码。

"邵功喜会不会已经不在人世了呢？现在唯一的办法是找社区打听。"杨海瑛说。

我们首先来到原农机公司所在的天山社区打听。一个留着短发的中年妇女快言快语地说："这好办，我打个电话联系。"顿时，喜悦出现在我们每个人的脸上，没有想到竟然如此顺利。

社区主任放下座机电话后对我们说："名字不完全对，但男的姓邵，夫人姓李。他们说不准就是你们要找的人。你们现在就去，我已经安排好了，你们可以去找依布拉音主任，他在门口等你们，他左胳膊带着值班的红袖标。"

杨海瑛问她："农机公司现在在哪个位置？"

主任说："很好找，就在六中对面。"

我们谢过社区主任，高高兴兴地朝六中对面的农机公司走去。

三转两转，过了几个红绿灯，很快就找到了地方。我们看到一个长得很帅气带袖标的维吾尔族中年男子在单位门口等着我们。

我们的车进大院以后，依布拉音主任客客气气地说："你们要找的人在一号楼二单元四楼二号，我这就带你们过去。"

女主人是一个七十多岁的陕西人，她自我介绍说："我叫李菊霞，是陕西富平人。"

我问李菊霞："大嫂，你老伴呢？"

她有点忧伤地说："两年之前就去世了。"

"那你丈夫叫什么名字？"我问李菊霞。

李菊霞回答："我丈夫叫邵宗文。"

"他是哪年来新疆的？"我接着追问。

李菊霞说："我老公在西北农大学的是农业机械，1966年毕业以后就分配到哈密农机推广研究所工作。这一晃都几十年了。"

不是邵功喜家。听到这里，我紧张了一下。

我们谢过李菊霞回到农机推广研究所大院，杨海瑛对依布拉音主任说："他们不是我们要找的人。我们要找的邵功喜不在哈密农机推广研究所，而是在哈密农机公司。"

依布拉音主任指着他们院子北边的一堵院墙说："这不，农机公司就在我们的隔壁。"

看到隔壁的一幢高楼，杨海瑛问依布拉音："农机公司原来不是一片平房吗？"

依布拉音指着那幢淡黄色的高楼说："你说得没错。以前那里就是一片平房，可现在时过境迁，农机公司大院早就被征购了，那幢大楼就是在农机公司院子里原平房基础上建起来的。"

杨海瑛又问依布拉音："你知道农机公司现在搬到哪里去了吗？"

依布拉音说："农机公司早已倒闭。院子被征购后，原来的住户搬的到处都是，由于没有具体地址，也没有联系电话，现在要找到他们就像大海捞针，的确有很大难度。"

邵功喜虽然是伊吾保卫战见证者、亲历者和参与者，但他不是钢铁英雄连战士，而是县工委工作人员。

"出师不利"的阴云开始笼罩在我的心头。

第三节 寻找英雄吴小牛 广大粉丝齐参与

吴小牛虽然不是班排长，但在伊吾保卫战当中，他不但是一个历史传奇，也是一个重要角色。不管是谁，也不论他用什么形式反映伊吾保卫战，吴小牛与军功马的故事都是一个不可或缺的闪亮部分。没有这个故事登场造势，整个"屏幕或书本"都将黯然失色。

伊吾保卫战许多人都好找，就吴小牛寻踪难觅，谁也不知道他的去向。

我们通过公安、民政部门帮忙找，但都没有消息。我们找他还健在的战友、领导、老班长打听，结果杳无音信。

思来想去，我在战友微信群发出寻找信息，我的战友分布在全国各地，特别是新疆博尔塔拉兵团五师，五师就是20世纪50年代在哈密由大批退伍军人组建后调到博尔塔拉屯垦戍边的，寻问后也毫无反馈。还有什么办法可以传播信息呢？对！我们为何不用现代网络传播渠道寻找，说不定会有所收获。

我发挥百万粉丝的优势，在微博发出了一条寻找吴小牛的信息。这条微博发出之后，引起全国各地网友的关注。点赞、评论、阅读、转发、分享的人多达七十六万人。大家对吴小牛和军功马的故事给予了高度关注，对我们这次寻找英雄的活动给予高度赞赏。

随着粉丝增长，我突然想起金一南将军讲过的一个故事：俄罗斯远

东地区哈布罗斯克市,离我国的黑瞎子岛很近,这里有一个无名烈士墓,每年中小学老师都要带学生去给为国捐躯的无名烈士扫墓。青年人结婚,有个重要的仪式,就是要为那些无名烈士献花。

金一南说:"一个崇尚英雄、敬仰烈士的民族,就是一个内心强大的民族。"我没有想到寻找吴小牛的事,会引起全国这么多人的强烈关注。

有的粉丝说:"英雄吴小牛,你在哪里?请你赶快回应。时代需要你,人民需要你。"有的粉丝说:"七十年过去了,他要是活着,也已经九十多岁了,很可能已经离世了。"

许多粉丝除了表达对吴小牛的崇敬以外,还提出许多建议,但吴小牛仍然没有找到。说来也巧,在继续寻找吴小牛的过程中,我意外地找到了为军功马养老送终的人。

第四节 军马传奇故事多 建功以后专人养

这匹军功马从何而来,一直是一个谜。

这匹军功马原来是国民党起义边卡大队张队长的坐骑。这个边卡大队原来是巴里坤边防团骑兵连,调防到伊吾守边后大家也一直叫他张连长。

张连长河南通许人,名叫张忠诚,个头足有一米七八,人长得敦厚结实。自从胡青山带领二连进驻伊吾以来,在要不要去主动拜访一下胡青山的问题上,他内心斗争得很厉害。

虽然初来乍到,但他是副营长,而自己是连长,不管是哪支部队,都是下级服从上级,要是调防走了还好说,要是就在伊吾接受胡青山的整编,那就要在胡青山手下混。可不能像警察局不识时务的伊建忠那样,做梦都想着变天,也不能像国民党骑兵排长王振华那样当叛匪。眼看解放军已经大兵压境,把匪徒清剿干净只是时间问题。不识时务那只会是以卵击石。何况他已经了解得很清楚,胡青山是河南老乡,还听说胡青山既是神枪手,又是全国战斗英雄,这个人在部队今后前途无量。

想到这里,他决定无论如何都应该先去拜见胡青山,不管是作为礼数,还是作为今后的下级,这步棋必须要走在前面。

认准的事就要大胆作为,奋勇向前,不能磨磨叽叽,踌躇彷徨,那不是一个军人应有的做派。他立即大步流星朝胡青山房间走去。

胡青山房间里烧着铁皮炉子,尽管外边还有几分寒意,但室内暖暖和和。

"听说张连长还是河南老乡,哪个县的?"张连长一听满脸堆笑,高兴得连声说:"是的是的,俺是通许县人。"

然后他回问了一句:"听说胡营长也是河南人,哪个县的?"

胡青山哈哈一笑说:"是滑县。你知道,咱们家乡穷,小时候连地瓜干都吃不饱,还要受地主老财的气,早早就出来参军了。你不是也一样吗?"

胡青山话题一转说:"首先我要谢谢你深夜来看我,你在伊吾苦干

伊吾县城军功马雕塑

173

苦熬五六年,情况熟,路子广,关系多,本来我应该去造访你的,可初来乍到,许多事还没有理顺,成天忙忙碌碌,一直没有腾出时间来,挺不好意思的。作为军人,我相信张连长不会往心里去吧。"

张连长赶紧说:"哪里哪里,我早就应该来看你,你是全国著名的战斗英雄,有你这样的老乡俺真高兴。"

胡青山说:"能在这里碰到老乡是我们的缘分。真的很感谢你,伊吾情况我到现在还没有完全弄清楚,今后还请张连长多多提醒关照。"

张连长说:"关照谈不上,不过你放心,作为连长,我们的队伍好管控,底下有些人打个黑枪,发生点小打小闹甚至出现有人要和你比武,和解放军战士比骑马,这都是毛毛雨,总体可控,毕竟我还是连长嘛。今晚我来是还有另外的情况想给你说说。"

"什么情况?"胡青山马上警觉地问。

张连长压低声音似乎很神秘地说:"我最近发现县长艾拜都拉和警察局局长伊建忠,以及一些乡长经常在泉脑、托背梁和拜其尔村一带频繁出入,活动非常诡秘。我们驻防在淖毛湖和下马崖的边卡人员也反映了一些蹊跷的情况。以前从未发生过这些迹象,我估摸着可能要出点什么事,说不定要出大事。"

胡青山一听整个神经都绷紧了。他警觉地压低声音目不转睛地盯着张连长继续追问:"你估摸能出什么大事呢?"

张连长两手一摊说:"现在还很难说清楚。不过你心里一定要有数,从县长到底下乡区长,都穿一条裤子。他们在县里有自卫团,乡区有自卫队,而且好多人手里都有枪。另外,如果伊吾一旦有事,一定要抢占北山和南山的几个碉堡,特别是北山主峰上的大碉堡,有一夫当关,万夫莫开之险。碉堡在,伊吾就在。假如这几个碉堡被敌人拿走,伊吾就保不住了。这是我五年驻防伊吾的最深刻的体会。"

巴里坤、伊吾有句谚语说"只有晾冷的饭,没有晾冷的事,话不说不明,灯不拨不亮。"经张连长这么一说,胡青山心头的团团迷雾一下被驱散。他剑眉下两只亮晶晶的眼睛盯住张连长好一会,然后紧紧握住张连长的手一再说："谢谢张连长的提醒，没有想到事情还真的要比我预判的复杂得多。有事还请张连长多交流，多沟通。"

当张连长看到胡青山英气逼人的眼神时，他感到自己的话似乎有点杞人忧天。胡青山看事物的洞察力、判断力和掌控力绝对大于事物本身和自己的想象。他可以看出来，这是一个天掉下来都能撑得住的硬汉子，也是一个能够把五做成六，天下事难不倒的英雄好汉，肯定也是一个值得深交和托付的好老乡。他隐隐约约后悔自己和胡青山见面有点晚了。

临出门的时候他突然对胡青山说："前山牧场我们打交道比较多，他们送给我一匹枣骝马。这马既有灵气又很勇敢，今后可能对你有帮助。我知道解放军的规矩，但这匹马请你一定不要拒绝，就算咱们老乡之间一个见面礼吧。我们是骑兵连，马多，明天我让通讯员给你牵过来。这里没有其他交通工具，出行全靠马，没有一匹好马真的不行。"

胡青山对张连长说："谢谢你的好意。既然你马多，牵来我们连队先用着。我们还要到淖毛湖和下马崖搞生产，经常得下去，拿来正好用得上，等以后我们有了还你两匹好马。"

张连长连连说："一回生二回熟。胡营长就不要客气了，今后还请胡营长多多关照。"

第二天，张连长就派通讯员牵来了枣骝马。这匹马就是在伊吾四十天保卫战中出生入死、屡建战功的军功马。要不是这匹马克服千难万险为山顶上守碉堡的官兵运送食物和水，这场拉锯战还不知道谁胜谁负呢？

伊吾保卫战结束以后，虽然部队授予枣骝马为"军功马"，还荣立三等功，并做出不予退役、终身由部队供养的决定。但在很长一段时间内，军功马还是坚持不懈地为伊吾北山碉堡这个西北国防线上的钢铁哨所驮水送饭，屡建奇功。

钢铁英雄连离开伊吾，但饲养军功马不能改变，既然当初宣布为其终身供养，就要负责到底。二连离开伊吾的时候，军功马本来要交给地

方政府饲养,但军功马放在地方不合适。最后经过协调,由新驻防的边防大队一如既往地安排战士管理和饲养军功马。

1956年,新战士阿不都·热合满从伊吾县前山牧场入伍来到边防大队以后,领导看到这小伙儿人机灵、淳朴、办事踏实,就决定把喂养军功马的任务交给他。阿不都·热合满开始并不知道这匹马所做出的巨大贡献,当边防大队领导告诉他这匹马的来历和贡献以后,他下决心精心饲养,每天都牵着它到处溜达,到县城东边的一片草甸子上春天啃青,夏天打滚。时不时还牵着枣骝马到它曾经付出巨大努力的送水的山沟遛弯,爬坡。

每一次军功马走到送水小道时它都非常兴奋,有时条件反射地往山崖底下走;每当经过开阔地的时候,它总想奔跑。每每遇到这种情况,阿不都·热合满都会在它头上轻轻地拍一拍,然后目不转睛地盯着他的枣骝马说:"不要怕,你再也不用往山顶送水送饭了。"枣骝马似乎听懂了,对着他"噗噗"的叫两声。有时候阿不都·热合满牵着军功马来到以前经常取水的地方时,它总会凝视许久,一直不愿离开。

阿不都·热合满还发现,每次牵马回马厩的时候,它都很不情愿;一旦要牵它出来遛弯,它都兴奋异常。阿不都·热合满知道自己的责任,他坚持把军功马的马厩打扫得干干净净,收拾得清清爽爽,还定期给枣骝马刷毛洗澡;除了按照国家的供应标准给它足够的饲草饲料以外,还经常给它打青饲料补饲。一到冬季寒冷季节,他都要给枣骝马披上毡毯驱寒;只要它有点不舒服,就马上牵着它去找兽医诊断治疗。有一次军功马生病,阿不都·热合满昼夜守在它身旁,直到它恢复健康,阿不都·热合满才放下心来,他拍着枣骝马的脑袋说:"好家伙,你可吓死我了。"

由于阿不都·热合满对军功马细心入微精心照料,军功马对他也产生了强烈的信任和依赖。

别人去牵它时,它就扬头嘶鸣,甚至踢腿、尥蹶子,可在阿不都·热合满手里,军功马就显得非常乖顺、听话。

作者与阿不都·热合满的遗孀和女儿

由于阿不都·热合满饲养军功马有功,先后入了团、入了党,还被评为"五好"战士,受到连队嘉奖。按照当时三年的服役期,阿不都·热合满早就该复员离队了,可就是找不到更合适的人来替代他养马。领导考虑到阿不都·热合满的成长进步,直到1963年,超期服役四年以后,连队不得不忍痛让阿不都·热合满复员。

阿不都·热合满摘掉领章帽徽同军功马告别的时候,军功马流了泪。阿不都·热合满复员离队后,军功马经常不吃不喝,而且脾气日渐暴躁,一看生人靠近就尥蹶子发威,状态也每况愈下,身体也一天不如一天。

有几次阿不都·热合满路过部队去看军功马时,军功马高兴得一会儿噗噗叫,一会儿用前蹄子使劲蹬地。特别是有一次他们在路上碰到后,军功马挣脱缰绳撒欢着朝阿不都·热合满奔跑而来,并用头在他身上蹭来蹭去。

1966年,枣骝马神情痴呆,有时候还不停地流眼泪。兽医看后说枣

骟马没有什么大的毛病，就像老人思念自己的亲人一样寻找情感寄托，它也希望在终老前有它熟悉的人陪伴。

边防大队换了几个饲养员，大家也都尽心尽力了，但都无济于事。最后他们找来阿不都·热合满，军功马果然变得活蹦乱跳，精神大振，就像见了久别重逢的亲人一般亲热。没有倾尽全力精心照顾，就培养不出真挚的情感来。

最后部队在征得阿不都·热合满同意后，又和前山牧场协商，决定把已经派往乌鲁木齐学习深造的阿不都·热合满，重新召回部队继续照料军功马。

返回部队后的这一年，阿不都·热合满几乎把全部精力用在照料军功马上，很少回家。有时候妻子拖着一个孩子，抱着一个孩子到县医院看病时，真的想让丈夫回家帮忙照料一下。他就对妻子阿依提拉·阿迪力说："你就克服一下吧！我真的离不开。军功马和我们的儿女一样重要。"在他的陪伴下直到1967年11月枣骟马因年老安详离世。

作为食草动物，马的寿命一般在三十至三十五岁。这匹军功马按

伊吾县城南山军功马墓

说还不应该因年老而终,但由于它在伊吾保卫战中冒着枪林弹雨,来来回回往高山顶上运送食物和水,每天都保持高度紧张的精神状态,因此缩短了寿命。

军功马离世后,伊吾县为它举行仪式给予厚葬,并立碑;还在北山、南山和县城西入城处的圆盘高地上,建立军功马驮水上山的巍峨塑像,以示纪念。

阿不都·热合满完成任务回到前山牧场后,场党委根据他在部队的出色表现,又特意安排他去哈密地区农校深造,完成学业后,他先在前山牧场当畜牧技术员,后来担任了前山牧场生产股股长。

阿不都·热合满经常用军功马的事迹教育子女发奋努力,为国奋斗。最后,他七个子女全部学业有成,都是大学生。其中一个一直坚持在伊吾保卫战烈士纪念馆当解说员。

第五节 讲解开始有困难 想到英雄能讲好

为了纪念在保卫伊吾战斗中英勇献身的烈士,1978年伊吾县决定在伊吾县城南东西碉堡中间的山坡上,修建一座烈士陵园,经过一年多的精心施工,1980年4月5日正式落成。烈士陵园周围栽种了许多榆树、松树、白杨、沙枣树、苹果树、杏树、李子树和一些刺玫,还长出了许多散发着芬芳香味的红白黄蓝紫色野花。

1987年,伊吾县委县政府为了纪念在伊吾四十天保卫战中出生入死,驼运水和食物立下汗马功劳的枣骝马,在城西圆盘山头上竖立起一座军功马的汉白玉石雕像。2006年,县委、县政府又对烈士陵园进行了改扩建,建成伊吾四十天保卫战纪念馆、烈士墓、英雄塔、登山小道、南山碉堡、军功马石雕像、军功马墓。整个烈士陵园占地面积七十五亩,展厅八百一十平方米,展厅用六个展板,展出了中国人民解放军第二军

和第六军在新疆战斗生活的图片,主要历史人物介绍,中国共产党在新疆的主要领导人王震、郭鹏、王恩茂,国民党起义领导陶峙岳、包尔汉、屈武的图片及相关资料,还有毛主席的电文稿和一些部队机关的文件、电报、指示等,解放军进驻伊吾的图片和行军打仗的照片,以及由哈密画家王天裕创作的反映伊吾保卫战的十六幅连环画等。特别对保卫伊吾有突出贡献的胡青山、王鹏月、吴小牛、赵富贵、贺文年、牛发良等战斗英雄和革命烈士的功绩作了突出介绍。这些历史照片和资料十分珍贵。伊吾保卫战烈士纪念馆已经成为伊吾县红色教育的主阵地。

伊吾保卫战烈士纪念馆建成以后向社会开放,为了让英雄事迹天下名扬,让更多的人不忘初心、牢记使命,顽强奋斗,伊吾县决定招聘八名讲解员,这八名招聘的讲解员中,有汉族两名,维吾尔族五名,回族一名。后来纪念馆的讲解员就剩下了夏扎旦木一人。

夏扎旦木之所以能坚持下来,不得不说说他的父亲对她的影响。她父亲就是为军功马养老送终的老战士阿不都·热合满。

父亲去世以后,母亲阿依提拉·阿迪力对夏扎旦木说:"孩子,别人都走了,但你不能走。你要像你父亲对待军功马那样,热爱这份工作,讲解好战斗英雄的故事,要让更多的人都知道伊吾保卫战中解放军官兵可歌可泣的英雄事迹。你还要讲解好军功马的故事,你爸爸整整喂养军功马七年,当兵复员后又被召回部队,继续饲养军功马,直到为它养老送终。宣传好英雄人物的事迹,你的责任很大。我们心里不能没有英雄。要让人们都了解在正义对邪恶的斗争中,连不会说话的马都向着正义,你不能离开这个岗位。"

妈妈的话就像警钟,一直鼓励鞭策着她。说实话,夏扎旦木每次都鼓足勇气,想做好讲解工作。开始背解说词的时候,夏扎旦木背得很熟,但由于性格内向、胆怯,面对观众讲起来就结结巴巴。

为了克服这个问题,她下班后就成天对着镜子练口型,练表情,背解说词,一遍一遍地看英雄人物的先进事迹,到保卫战最激烈的地方观察体验,到军功马走过的山沟小道和军功马雕塑旁实地了解,特别是对英雄人物的壮烈事迹弄通、弄懂,烂熟于心。做到对答如流。

有志者事竟成。在夏扎旦木的刻苦努力下,伊吾四十天保卫战纪念馆现在成了新疆很有特色的红色教育基地,每年前来学习考察接受思想熏陶和教育的人越来越多,名气也越来越大。参观学习的人除了伊吾各乡区(开发区)、学校、机关、直属单位以外,哈密、南疆、乌鲁木齐和内地的人也慕名而来,仅2019年就接待疆内外参观考察学习和游览的人达到三万六千多人,有时候她一天要讲解十几场。尽管有时候讲得口干舌燥,但是她从来不敢懈怠。

夏扎旦木说:"烈士陵园和伊吾四十天保卫战烈士纪念馆,就是我的一块阵地。这里有红色的基因,有精彩的故事,有历史的传承,有做人的担当和勇气。在这里每天都能够接受正能量的教育。宣讲好伊吾保卫战的故事,是我的义务,也是我的责任。我要做到坚守、坚守、再坚守。让每一个来这里学习考察的人都能够从那些为保卫红色政权而浴血奋战的勇士们身上,得到为国奋斗的无穷力量。"

2019年7月,自治区人大教科文卫工作委员会一行六人来到伊吾,看着光秃秃的崇山峻岭,想到五十年代初在交通不畅,电话线路中断,断水、断粮的艰难困境下,保卫战勇士们可歌可泣的英雄事迹,心中的敬仰之情溢于言表。在参观完伊吾人民英雄纪念碑烈士墓,听完夏扎旦木讲解伊吾保卫战可歌可泣的英雄事迹以后,"改革先锋"库尔班·尼牙孜说:"这是多么美好的红色教育基地啊,要让大家了解英雄,崇尚英雄,学习英雄。伊吾保卫战真的很震撼,这是一场正义对邪恶的战争,是共产党领导的人民军队对以美蒋特务、国民党叛军和民族分裂势力共同组织的反动武装的一场生与死的战争!我们新疆现在非常需要用这样的典型对各族人民进行爱国、爱党教育,进行革命英雄主义教育,

进行光荣传统教育。"

第六节 艰苦历史不能忘 我们要做新主人

2019年12月11日，伊吾下马崖空旷的戈壁原野上尽管还看不到皑皑白雪覆盖，但嗖嗖的冷风已经明确告诉人们，随着冬至的到来，这里已经进入隆冬季节。

我和原哈密市伊州区党史地方志办公室主任张仁幹、哈密电视台编导郭文璐，摄像记者苏春和伊吾县广播电视台记者石彩荷一行六人来到下马崖，追寻当年十二名解放军官兵和五名警察被害的前因后果。

对伊吾保卫战颇有研究的张仁幹，虽然年过八旬，但仍然精神矍铄，思路清晰，他对伊吾保卫战的细枝末节都了如指掌，谈起来如数家珍，侃侃而谈。

解放军进疆后的任务：一是保卫祖国边疆，二是屯垦生产，自给自足。新疆军区1950年发布大生产命令要求"全体军人一律参加劳动生产，必须发动十一万人到开垦种地的农业生产上去"，并规定了全军区当年生产任务：开荒六十万亩，产粮五万吨，产棉花一千八百吨。当时新疆人口突增，从内地往新疆运粮，运力严重不足，市场缺粮严重，粮食价格翻了十翻。新疆军区后勤部部长甘祖昌从北京运来大量银元都无济于事，不少战士还是吃不饱饭。

决不能让战士们饿死。当年在延安革命根据地，由于国民党实行严密的经济和军事封锁，战士们没有衣穿，没有饭吃，中国共产党发动了大生产运动。

三五九旅到南泥湾后，在深山密林安家，向荒山野岭要粮，将一片不毛之地改造成了塞外江南、鱼米之乡，部队实现了粮油肉布供给有余、丰衣足食。师团要求二连到伊吾后发扬南泥湾精神，抓紧时间勘察土地,了解水情,为后续部队大开荒创造条件。

1950年3月17日,六班战士在二排副排长刘景德率领下来到下马崖开荒种地。这里也是二连先头部队2月16日从哈密翻山越岭进入伊吾的第一站。

下马崖在伊吾县东部,距县城四十公里。下马崖一共有两个地方,上边的就叫上莫艾,下边的地方就叫下莫艾。后来又随着时代的变迁和语

作者和张仁幹、阿迪尕力在伊吾县下马崖乡

言的演变,渐渐叫成上马崖和下马崖。下马崖由于地理位置,水土条件,交通便利,人员聚集和商业流通等因素,逐渐成为乡区所在地。

下马崖表面上平静若水,其实暗地里波涛汹涌。

3月上旬,副排长刘景德带领的解放军垦荒官兵一到下马崖就引起敌人的密切关注。叛匪头目艾力木·包苏甫和原国民党区分部书记、号称"白麻子"的托乎提·尼亚孜就悄悄写信给艾拜都拉请示报告:是把这解放军赶出去,还是放进来?一旦放进来,请神容易送神难,到时候可就赶不出去了。

狡猾的艾拜都拉对乡长托乎提·尼亚孜说:"你脑子没有进水吧?现在你想赶,就能把他们赶得出去吗?"

"那怎么办好?"托乎提·尼亚孜继续问艾拜都拉。

3月23日,艾拜都拉立即回信做出指示:大大方方欢迎解放军进来,让他们住下。先稳住他们,不要打草惊蛇,而且要笑脸相迎。他们

需要什么劳动工具,都可以热情帮助提供,把气氛搞得就和一家人一样。千方百计让他们放松警惕,等到3月29日统一行动,先以帮助他们干活为名接近他们,两三个人包围一个,以闪电的速度先把他们的枪支弹药收掉。然后全部抓起来,有反抗的当即砍死。其余的等到以后选择合适的时机再处置,干掉解放军后立即解决警察所,用最快的速度解除其武装。那都是一些旧警察,争取把它们变成我们围攻解放军的力量。

通过几天的接触和实际观察,副排长刘景德感觉到下马崖有情况,特别是那个白麻子乡长托乎提·尼亚孜,更是有所隐瞒。他开会告诉大家:"你们要是没有什么非常应急的事,战士一般不准外出,非出去不可的,要求必须两人同行,不得单独出去;二是由于对这里的社情还不了解,不要应邀参加歌舞、婚宴和斗鸡斗狗等活动;三是除了睡觉以外,日间活动做到枪不离身,提高警惕,加强戒备,谨防突袭,晚上所有人员都得值班,要格外警惕这里的风吹草动。"

原国民党自卫队长艾力·包素甫接到艾拜都拉的密信以后,以关心生产为理由,到解放军劳动的地里去探查。他发现解放军都是背着枪在劳动,这可怎么办呢?他立即召集叛匪、自卫队副队长赛旦·苏吾,原国民党村长、村自卫队队长艾力·保苏克和县参议员、乡长托乎·尼亚孜等叛匪骨干秘密策划,决定以举办舞会的名义,邀请六班战士全部参加,在舞场一网打尽。可令他没有想到的是,六班战士以劳动紧张为由,全都拒绝参加。因此,他们的阴谋诡计没有得逞。于是他们又想以帮助劳动为名,在地头杀害解放军。

30日上午7点左右。叛匪头子艾力·包素甫派十二名匪徒拿着刀斧、砍子,预先埋伏在六班战士开荒的附近土堆背后,伺机向解放军下毒手,又派十六名匪徒手里拿着坎土曼,铁锨等农具,装作无事一样来到解放军菜地,大大咧咧地对解放军说:"解放军朋友,你们对这里的水土不熟悉。地是一枝花,全靠粪当家。这里的土地薄,一定要上足够的农家肥。否则庄稼长不好,苞米光长杆子不结穗,莲花白和大白菜不包心。我们来帮助解放军种菜,到时候为你们提供足够的农家肥,保证你们的菜长得绿油油的,包心菜包得瓷瓷实实。我们这里阳光好,昼夜温差大,特别适合种甜瓜,你们要是不会种,甜瓜光拉秧不结瓜。我们都是种甜瓜的老把式,到时候我们给你们提供技术指导,保证让你们的甜瓜又大又甜。"

解放军们放松了戒备,把背上的枪支放下来架到地边,和他们一块加紧干活。

趁战士们放松警惕,匪首艾力·包素甫带领叛匪当场砍死四名战士,没有砍死的六名战士和两名炊事员全被抓了起来,然后匪徒又袭击了警察所,打死了四名警察。

为了再现六班官兵壮烈牺牲的场景和当时同叛匪搏斗时的英勇悲壮,我们来到了他们当年遇害的地方,并在当地找到了一名向导,阿迪尕力老人。

阿迪尕力是下马崖乡拥军模范、老党员。首先他把我们带到距乡政府三四公里、地处乡东南边一块收过玉米的地头。这里紧靠一条东西向砂石路,紧贴砂石路北边是一条用混凝块砌成的流水渠。这里有两个水渠,一个沿着砂石路从西向东,还有一个从南向北,由两个水闸把控调节南北供水量。北边地头有两个间距一二百米左右低矮的房梁向外翘着的干打垒土屋,地周边是稀稀疏疏的老榆树、白杨和生命顽强的沙枣树。边卡队和警察所就在地西头,中间隔着两三块条田,离六班住地大概有两公里。由于四周没有建筑和密植的树木,阳光照射和空气流通都不会受到影响,的确是个生产蔬菜的好地方。

阿迪尕力今年七十六岁,腿受过伤,手里一直挂着一根银质拐杖,他用拐杖指着这块地说:"那时候这里的老百姓都很穷,当地老乡的房子普遍很小,而且多为三世同堂或四世同堂住在一两间干打垒的土屋子里,根本就没有空房子提供给开荒种地的解放军居住。最后选定空房子比较多的国民党边卡队和县警察局下马崖派出所营房,作为部队生产营房临时居住。解放军种的这块地原来是村民阿瓦的私家地。以前阿瓦种皮牙子、黄萝卜和甜瓜都非常好。但阿瓦人比较懒散,不好好

种地,一直就撂荒着,所以解放军一来他就租给了解放军。没有想到解放军刚刚开始平整土地,就遭到土匪的残忍杀害。善良的老百姓对此一直都想不通,多数人不敢怒也不敢言。因为下马崖的乡长托乎提·尼亚孜和县长艾拜都拉沆瀣一气,谁家的牛羊肥壮牵谁家的,谁家的姑娘漂亮抢谁家的。村民都不敢反抗。"

阿迪尕力指着这块地说:"这块地一共十多亩,解放军已经开垦了四五亩,还没有开垦完就遇到不幸。"

带着沉重的心情,离开这片曾经流过解放军鲜血的田地,我们又跟着阿迪尕力来到了解放军作为营房短暂住过的土房旧址。

解放军曾经住过的国民党边卡队营房旧址,早已夷为一片平地。至今周围用铁丝网围着,除了竖立着一座移动公司的高杆铁塔和一根水泥高压电杆。我感到很奇怪,解放军为什么不住在下马崖乡政府跟前,要舍近求远住这里呢?

阿迪尕力告诉我们:"解放前这里还住过一个皮货商,他收来的皮子放在其他地方不安全,就住在这里。一是这里有房子,二是这里有边卡队和警察,生活也方便。但后来听说这个皮货商在运货返回内地的途中遭土匪抢劫被害。解放后下马崖新成立区政府时,这里还住过一个名字叫李发的区长,由于在土改中动了少数人的"利益",从盐池返回家的路上也被歹人截杀。皮货商和李区长的死也一直是个悬案,老百姓都感到这里不吉利,所以老房子拆了以后,这块地就一直被撂着也没有人种。

最后,阿迪尕力带着我们来到曾经埋葬过解放军烈士的地方,就在营房和蔬菜地的中间位置。这里也是一块高地,在一堵砖墙下边。阿迪尕力指着一块长满草的地方说:"以前还没有这堵围墙,这样一溜排开,头朝北,脚朝南,堆了十二个坟墓,每逢清明节,我们都要来扫墓祭奠。这里虽然远一点,但地势高,比较干燥,后来又搬到乡政府跟前的边防派出所大院。1980年伊吾烈士陵园建成后,这些烈士的遗骨全被政府移葬到烈士陵园去了,还举行过很隆重的迁葬仪式。再后来下马崖边防连在这里建营房的时候,这里修了围墙,原来的墓地就一半在墙的外边,一半在营房里面。"

我们又通过阿迪尕力的关系,进入部队院内查看。和墙外边一片杂草不同的是,墙里面整齐划一地种上了草和树,安装有健身器材。

下马崖边防连排长李元告诉我们:"阿迪尕力是拥军模范,连队楼道里挂着许多他的宣传画。阿迪尕力为边防连做了许许多多的好事。20世纪80年代,连队以前一直用的是自备柴油发电机,由于这里的水含碱量比较大,加上发电机性能不稳定,经常出现故障,动不动就停电。只要连队官兵叫一声,哪怕是寒冬腊月、深更半夜,阿迪尕力都会来到连队帮助维修。有一次发电机坏得比较严重,从巴里坤请来的师傅还是没有修好,于是请阿迪尕力一连修了三天,终于修好了发电机,保证了连队用电。"

2008年,连队吃水紧张,阿迪尕力主动跑到连队,带乡亲们和官兵一道奋战二十多天,军民共建了"连心泉",彻底解决了连队吃水问题。

平日里,阿迪尕力没事就爱往连队跑,帮着连队修锅炉、焊农具、种蔬菜。只要他会干的,他都主动搭手帮着干。

他还让大孙女教官兵们维吾尔语。

有一年,当他得知连长和指导员同时结婚的喜讯,就积极筹划,在乡里为他们举办了一场少数民族风俗的传统婚礼,官兵们非常感动。

随着年龄的增长,阿迪尕力老人感到自己为连队做具体的事已经越来越力不从心了。

"我总会老的,但是我们一家的拥军热情,会永远像'连心泉'那样源源不断。"阿迪尕力说。

他决定把拥军这个"接力棒"交给他的儿子、孙子们。为此,他特意召开了一个家庭会,给儿女们定下一条硬规矩:边防连的事就是自己家的事,无论多忙都要先办边防连的事,再办自己的事。老人对孩子们说:"解放军的恩情我们永远还不完。"

说起老人与下马崖边防连的情缘,还得情景再现42年前的那个春

天。那是1973年春,在乡农机站工作的阿迪尕力在给农机加油时,他的助手不慎撞倒马灯,引燃了旁边的柴油桶,旁边就是仓库重地。阿迪尕力奋力推着燃起的油桶,迅速转移。仓库保住了,而他却被严重烧伤。边防连官兵闻讯后,紧急将他送往县医院救治。阿迪尕力全身烧伤面积达百分之八十以上,为了确保疗效,边防连又抓紧联系,迅速将阿迪尕力转送到乌鲁木齐新疆军区总医院治疗了五个多月,这期间官兵们纷纷慷慨解囊相助,帮他渡过难关,阿迪尕力一家十分感动。

"我们维吾尔族有句谚语:没经过严冬的百灵,不会懂得春天的美好。"阿迪尕力说:"是解放军给了我第二次生命,我不但要报恩,还要让我的子子孙孙都感恩。"此后,阿迪尕力一家与边防连官兵就像走亲戚一样,一走就是四十二年。"亲戚越走越亲,军民越抱越紧,我们一家三代一定要做军民团结的那颗石榴籽。"阿迪尕力老人这样说。

阿迪尕力一家祖孙三代接力拥军,老人及其家庭先后被国家民委等单位表彰为"爱国拥军模范""情系国防好家庭"。

第八章　要问英雄何所去　踏遍铁鞋觅真情

伊吾保卫战结束以后,参战英雄各奔东西,七十多年过去了,由于过去通讯比较落后,相互间传递信息比较少,对他们的了解也就只是片面的。例如,当人们问到战斗英雄胡青山、政治指导员王鹏月和一炮制敌的神炮手牛发良等人离开伊吾以后的情况时,得到的消息总是离题万里。

第一节　苍森老人道真情　小牛名叫吴光荣

经过我们认真打听,哈密电视台记者杨海瑛提供了一条重要线索。她曾经在哈密采访过的一个钢铁英雄连班长王苍森,记得他当过吴小牛的班长。

听到这个消息,我格外激动。我们来到哈密农机局家属院找到王苍森家。

王苍森年过九十岁,但精神矍铄,耳聪目明。他说1948年他在晋

中参加解放军,还参加过解放兰州战役。当时在第一野战军十六师四十六团一营机炮连当战士。1949年9月28日,哈密发生了国民党叛匪和骑兵团叛匪趁混作乱,哄抢哈密银行的事件,王苍森所在的十四六团从酒泉火速赶到哈密平定叛乱。来了以后先在哈密整顿社会治安,然后到巴里坤追匪平叛。5月初接到命令奔赴伊吾解救被叛匪重兵围困的二连。

军令如山。他们风餐露宿,由于衣服单薄,有的战士冻伤了,有的冻病了,在从巴里坤到伊吾的行军途中,在口门子、前山牧场和盐池,不断有敌人在山上设伏开枪。他们刚刚准备开战,叛匪骑马逃之夭夭;你刚要走,他又尾随从背后搞一下袭击,部队掉过头开枪时,叛匪又钻进松树林跑得无影无踪。人家骑的是马,我们靠双脚,根本追不上。你要想和他真打,他溜之大吉,就像绿头苍蝇一样,有股黏劲,能缠,但不经打。

我们的部队赶到伊吾解围二连时,炮兵营、骑兵营、步兵连相互配合,还没有开战,叛匪就一溜烟全跑光了。

王苍森说:"伊吾保卫战结束以后,我被分到二连机枪班当班长,正好就和吴小牛一个班。"

谈起吴小牛,王苍森话题自然很多。他说:"吴小牛是个好战士,个头不高,人很精干,枪也打得好,平时不管是不是他值勤,他都主动打扫卫生,收拾内务,教新战士举枪瞄准,连里射击比赛,他五发子弹打出四十九环的成绩。由于在伊吾四十天保卫战中训练军功马往山顶碉堡送水送饭,表现非常突出,连队给他记了一个大功。"

指导员王鹏月对吴小牛很偏爱。他对吴小牛说:"吴小牛啊,吴小牛,你叫什么名字不行,非要叫个小牛。吴小牛这个名字不好,是老人对小孩的爱称。保卫战结束后,枣骝马立功了,你也立功了。枣骝马现在都叫军功马了,你不能老是叫小牛吧?"

吴小牛说:"指导员、那你给俺改一个名字呗。"

"好!干脆就叫吴光荣吧!"指导员对他说。"吴光荣?好啊!这个名字好，一听就很有故事性，我喜欢。"

吴光荣这个名字虽然好，但没有被人们叫开，二连官兵还是习惯叫他吴小牛。

"老班长，吴小牛最后到哪里去了，你知道不？"我单刀直入，急切地问王苍森。

王苍森老人摇摇头不紧不慢地说："不知道。"

王苍森说出了他不知道吴小牛去向的缘由："伊吾保卫战结束以后，团里

作者与原二连机枪班的班长王苍森

决定在淖毛湖开荒种地，我被提拔为排长。连队派我带兵到淖毛湖搞生产。"

王鹏月指导员对我说："连里派赵富贵连长带战士去下马崖搞生产，结果遭到了叛匪的杀害。现在我们连的任务一是剿匪，二是垦荒生产，连里派你带人继续去淖毛湖垦荒生产，也是为全团大生产打好基础。吴小牛干活勤快，眼里有活，我想让他当班长也去垦荒。但是指导员没有同意，他说好钢要用在刀刃上，吴小牛是出色的机枪手，要跟着大部队去追匪平叛。"没过多久，王鹏月被提拔到一营当了教导员。有一天他派人把我从淖毛湖叫回来说："部队现在非常缺干部，本来我们想让你到二连去当指导员。可伊吾县要开展轰轰烈烈的土地改革运动，现在需要一批有经验、有能力的干部到地方工作。你以前在山西搞过土改，在这方面比别人都有经验。我们推荐你离开部队到伊吾县去工作。你有什么意见吗？"

　　"说真的,其实我还想继续在部队,到二连当指导员带兵剿匪打仗,那多过瘾,但军令如山,一切行动听指挥。我告诉教导员,毛主席的战士最听党的话,哪里需要哪里去,坚决服从命令。"

　　"我从淖毛湖生产基地回到伊吾县后调到县工委搞土改,经常在基层。"

　　1951年初。王苍森转业到伊吾县以后。先在伊吾县前山牧场担任党委书记,后来又到下马崖乡当党委书记。土改结束以后,王苍森又被调到伊吾县农机推广站当站长,后来又当了县农工部部长。

　　1962年,为了加强边境地区管控,组织上又调他到淖毛湖担任公社党委书记。

　　1968年,县领导班子搞"三结合"的时候,王苍森到伊吾县当了县革委会副主任,成了名副其实的副县级领导干部。1980年根据工作需要,王苍森离开辛勤打拼二十多年的伊吾县,被调到哈密地区农机局当了副局长。1990年在副县岗位上离休。

　　王苍森现在住着哈密行署家属院三室一厅的福利房,看着孙子给他孝敬的液晶大彩电,坐在软乎乎的沙发上感到很满足。他说:"我离休以后生活很幸福。每个月的离休费、保姆费、交通费加起来九千多元,而且医疗费用国家全部报销。老伴儿闫秀英退休前在哈密地区法院当出纳,现在退休金每月也有四千多元。生活过得很舒坦。三个儿子和几个孙子都很孝顺,也很有出息,我真的很满足,社区领导和街坊邻里对我都好。"

　　离开王苍森家前,我顺便打听邵功喜的去向。他说:"十多年前还有过联系,后来由于我们都搬了几次家,谁住哪里,也弄不清楚,再加上年纪一大,行动困难,电话也升位变号,那时候都没有手机,因此现在也没有联系方式,最后也就失去联系了。"

第二节 踏破铁鞋闯徐州 青山之谜被揭开

胡青山是响当当的全国战斗英雄,早在1945年保卫延安战斗和南泥湾生产运动中,他就被毛泽东主席接见过,是闻名延安解放区的战斗英雄和令敌人闻风丧胆的神枪手。特别在伊吾保卫战中,因为卓越的军事指挥能力,他作为西北野战军的杰出代表,参加了全国英模大会,第二次受到毛泽东主席的亲切接见。可是后来胡青山似乎也从人们的视线中消失得无影无踪。

我们采访一位老战士的时候特意问过,他说他到伊吾的时候,保卫战已经结束,随后到二连待了一段时间,似乎对胡青山的状况有一些了解。他告诉我们,胡青山由于在伊吾保卫战中打仗有功,被彭德怀安排到北京解放军学院去学习。听说中印自卫反击战打响以后,他被任命为师长,到中印边界指挥作战。当时中央总攻的命令还没有下达,但他见眼前的敌人想开溜,他决定提前反击,将想溜走的敌人消灭在前沿阵地。胡青山指挥的仗虽然打胜了,但他因为没有服从命令犯了错误,后来转业到徐州农机局当了副局长。

事情果真是这样的吗?我们又来到胡青山指挥作战过的钢铁英雄连采访,团政治部有关领导说,胡青山打仗很勇敢,又是神枪手,名气很大,听说是在新疆某边防团当过副团长,后来就转业了,至于去了哪里,他们就不太清楚了。我们请团政治处领导帮助联系,最后得到的结果是:胡青山1963年还在新疆某边防团副团长位置上干过,后来升任团长,后来就转业了,至于转到什么地方,做了什么工作,信息从这里开始完全中断。

我们又找到另外一个知情者,他说:"胡青山就是在中印反击战后在师职岗位上转到徐州市农机局的。"

为了把胡青山的故事完完整整告诉给世人,我们一路南下来到苏州,与胡青山的儿子胡建国、儿媳张美华和胡青山的小女儿胡雨明进行了长谈,他们不但拿来了胡青山的简历、证章和刊登在各种报刊上的文章,并解答了我很多疑问,对胡青山参加伊吾保卫战之后的具体行踪像画线条一样进行了清晰的勾勒。

1950年草原剿匪结束以后,胡青山作为第一届全国战斗英雄代表大会西北军区暨第一野战军推选的八名特级战斗英雄之一,和爆破英雄杨根思(参加完英模大会赴朝作战时牺牲)、神枪手魏来国、刺杀王刘四虎等受到了毛泽东主席的亲切接见。回来以后就开始在新疆各地进行伊吾保卫战巡回演讲报告。伊吾保卫战当时在新疆反响很大。这时胡青山认识了为他们巡回演讲报告做联勤、记录服务的新疆军区政治部干部,中南军大毕业分配到新疆军区工作的湖南长沙籍大学生兵舒彦。

这是一个崇拜英雄的时代,战斗英雄胡青山打日寇、打蒋匪和在伊吾保卫战打叛匪的故事让舒彦听得完全着迷,有时讲到精彩处,她竟忘记做记录,甚至泪流满面,不论会上会下,还是白天黑夜,她满脑子装的净是胡青山的战斗故事。

作为一个刚走向社会的大学生,她从来就没有这样近距离地听过如此精彩的战斗故事。她深深地被胡青山的英雄事迹所感染,两人互生情愫,1951年5月1日,他们在乌鲁木齐喜结良缘。次年胡建国就在乌鲁木齐出生。就在胡青山沉浸在喜得贵子的甜蜜时刻,突然他接到一纸命令,组织上决定他去南京军事学院学习深造。

胡青山接到通知以后,舒彦还在基层没有回来,所以招呼都没有来得及打,就急匆匆收拾行装赶到南京军事学院去报到。胡青山作为全国特级战斗英雄被破格录取。

当时南京军事学院院长刘伯承将军对学员的学习抓得很紧。当时解放军还没有多少人能出任教官,许多人有丰富的实战经验,但缺乏理论知识,所以学院的教官基本都是从黄埔军校毕业的国民党部队起义军官和被俘军官担任。

胡青山学的是军事理论，有非常丰富的军事技能和实战经验，学习刻苦、勤学苦练。有时候教官讲到特殊战例的时候，还让富有实战经验的胡青山上台讲解。例如，抗战期间在冀鲁豫摸鬼子炮楼，转战陕北捣敌伪团部，兰州战役抱着炸药包冲上营盘岭主峰，或是伊吾保卫战，胡青山都讲得绘声绘色，学员也听得津津有味。胡青山最后以各门功课全优的成绩完成学业。

胡青山和夫人舒彦

就在大家纷纷猜想毕业后去留问题的时候，上级做出了一个谁也没有料到的决定：考虑到学院师资力量比较薄弱，学院教师队伍急需补充加强新鲜力量，决定第一批学员全部留校任教。

都是在枪林弹雨中出生入死的军人，能留在南京当然是好事。根据胡青山的特长，学院安排胡青山教军事课。他结合自己丰富的作战经验加上学到的中外前沿军事理论，把课讲得深入浅出，同时引经据典，讲课内容丰富多彩，深受学员欢迎。

学院为了照顾胡青山的家庭生活，也从学校的实际用人需求出发，把胡青山的爱人舒彦也录取到南京军事学院学习。舒彦两年结业后也留校当了政治教员。

由于工作比较稳定，胡青山和舒彦也结束了聚少离多的两地分居生活，这期间胡青山的夫人舒彦又被组织选送到华东师范学院深造四年，后来随着大批女兵转业，分到了上海七宝区教师进修学校当了公办教师。胡青山、舒彦两人在平平静静的教学生活中度过了十年幸福美

好的安逸时光。

1962年中印边境自卫反击战打破他们平静的生活。

当时前线急需一批军事技术过硬,指挥艺术高超,既有军事理论,又有实战经验的指挥员上一线指挥作战。作为战斗英雄,胡青山没有任何不被选中的理由。他想让自己在解放军军事学院学到的和教给学员的军事理论接受一次战火的考验。

带着冲天的牛气和万丈豪情,胡青山就这样辞别妻儿,来到中印边境,被原成都军区任命为某团副团长。胡青山原打算利用自己学到的军事知识结合自己身经百战的战斗经验,好好和印度的军队过过招,但他万万没有想到,不可一世的印度雇佣军打起来溃不成军,在交战中彻底完败。

中印边境自卫反击战结束后,胡青山被任命为团长。为了防止印度再次挑衅滋事,蚕食我国领土,上级决定胡青山的部队继续留在西藏军区驻守边关。

戎马一生的战斗英雄,胡青山已经过惯了这种近距离的亲兵生活。但经常干咳、头晕目眩、严重的高山反应使他在战争年代多处受过伤害的身体严重不适,经常住院疗养。胡青山想,作为一个边防战斗团的军事主官,隔三岔五住院打针,很难再带出一支叫得响、打不烂、冲得上、攻得下的钢铁团队。

像他这样阅历丰富,战斗经历很多,又经过理论培训的指挥员并不多见,只要再坚持几年,然后从部队离休,这是最好的路径和最完美的结局,但他却横下一条心,决定转业。

有人劝他别干傻事,再苦熬几年就可以直接办离休手续。他说,早点转业回到地方还可以继续为国家做点贡献。

可转业到哪里去好呢?从方便生活考虑,南京是首选目标,也合情合理。一是孩子们都在南京上学,爱人在上海工作离家也近。可当时正是"文革"期间,许多政府机关的工作秩序被打乱,不少政府机关运转停摆。去舒彦的老家湖南,人生地不熟。回到胡青山的家乡河南滑县,唯一的亲人老奶奶1953年已经由地方武装部送到了南京和他一家人团聚。现在老家对他来说是一个遥远的记忆。

最后经朋友介绍和组织安排，他被分配到了江苏徐州。由于他的档案里的材料简单到只有几张纸，他也没有向徐州组织上做更多的个人介绍，把自己的功绩全部尘封起来，所以地方就按照一般的复转军人安排他到徐州市农机局担任了副局长，局里分工他管农业机械。当时正是计划经济时代，物资紧缺，什么都凭票供应，胡青山才发现自己干的是一个能给别人带来好处，也能让自己被别人巴结利用的职位。但他从来没有利用职权为自己和子女谋一丁点好处，当了十几年副局长，除了一个孩子早年夭折以外，其他四个孩子中有两个男孩子早早去当了兵。

这时胡青山的学员和校友有的当了师级干部，有的当了军区副司令，但他没有找任何人对孩子提携关照，子女复员后都进了企业，两个女儿也都进工厂当了工人。后来大儿子胡建国工作的苏州合成洗涤剂厂被外资老板收购，女儿胡豫的四八一三工厂倒闭，小女儿胡雨明的帘子布厂破产，他们多么希望父亲利用自己的影响力和十几年建立的社会关系，给他们找一个能保住饭碗的工作。但他对孩子们说："我自当兵那天起，只要打仗，就有战友在眼前流血牺牲，没有牺牲的不是缺胳膊就是断腿，他们为国家丢了命，流了血。直到现在，我只要一想起他们心里就十分难过，我们现在能活在这个世上，就是最大的幸福和满足。你们要记住，你们都是党员，自己的事情自己办，我帮不了任何忙，也不容许你们打着我的旗号去找任何人走后门。遇到暂时困难的又不是你们几个人，要是我的子女都找到好工作，人家会怎么看我们的党和社会，这是家规，谁都不能破。"

胡雨明是胡青山最小的一个女儿，是中专毕业生，那时候中专生也很吃香。她想借自己的学历优势请父亲破例帮忙，也碰了一鼻子灰。

在几个子女的记忆中，父亲1987年离休后身体越来越差，徐州第四人民医院几乎就成了他的家。就在这样的艰难困苦下，他还经常帮

作者在江苏徐州与胡青山子女合影

助孩子们织毛衣、纳鞋底,给小孙子缝被子,帮助老伴揉馒头、纺线。

孩子们感到奇怪,便问:"爸爸你不是神枪手吗,咋会干这些婆娘女子干的活?"他们哪里知道,他们的爸爸在南泥湾大生产的时候就是出了名的巧手、能手、快手。为此还得到边区政府颁证奖励,曾经受到过毛主席的亲切接见。可他对打仗当英雄的故事和南泥湾生产自救当模范的事从来不提,非常低调。

直到胡青山 2002 年 8 月 16 日因脑出血去世后,徐州农机局和社会上的人才知道,胡青山曾经是毛主席两次接见过的全国身经百战的战斗英雄,令许多人肃然起敬。

胡建国从一个布袋里拿出一些有关记载胡青山事迹的报道,特别是五十年代《人民日报》对全国战斗英雄的报道,以及 1957 年 6 月 8 日发的三级自由勋章和中华人民共和国发的三级解放勋章,他一边介绍一边说:"还有不少奖章、证书,都被首都博物馆和新疆兵团十三师宣传部拿去了。首都博物馆说他们要在馆内陈列,兵团十三师宣传部的刘冬梅女士说她们说要在新建的纪念馆里展出。"

胡雨明说："剩下的这两件就是我爸爸留给我们的全部财富,我们视为珍宝,将世世代代传下去。"

长子胡建国说："作为军人,父亲作战很勇敢,不怕死,经常冲锋陷阵,作为掌管农业机械的副局长,他从不批条子,不走后门,不拉关系,不搞特殊化;作为一个全国战斗英雄,他行事低调。在我们心里,父亲永远是一个顶天立地的男子汉,永远是一座巍然屹立的大山。虽然他在我们姊妹几个就业问题上没有帮过忙,但我们从不怨他,因为在我们心里,他是一位值得尊敬的好父亲。"

这好像就是他们那一代人的做派,都很低调,不喜欢张扬炫耀。

某边防团政治处领导还说过,他得到准确信息,胡青山1963年就在现在新疆的某团当过副团长。看来这不是空穴来风,一定有他的说法。我问过胡青山的儿女,他们都说不知道,只知道父亲是从南京军事学院直接到了中印反击战前线,至于何时去的新疆某团,他们一点都不知道这方面的信息。

最后还是新疆军区原军史研究员李丰年破解了这个秘密。胡青山所在的这个部队六十年代隶属于原成都军区,后来随着形势的变化,调防到新疆。

第三节 一炮炸敌二十七 为找炮神到信阳

1950年,十六师四十六团授予炮班"炮震城垣、弹无虚发"的锦旗一面,以表彰炮班战士在伊吾保卫战中立下的赫赫战功;同时,团党委还授予牛发良"模范共产党员"称号。

伊吾保卫战胜利了,只要一提起解放军一连顽强奋战四十天的保卫战,牛发良的神炮班在这场艰苦卓绝的战斗中的表现,永远都是少不

了的经典话题和战场亮点。

牛发良在保卫战结束以后销声匿迹,后来身居何处?现在已经九十六岁的牛班长是否安好?带着一连串的问号,我们踏上了寻找牛发良的行程。

我们在茫茫人海中寻找,终于了解到牛发良就在河南信阳老家。

牛发良离开伊吾后经历什么?什么时候回到信阳老家的?在信阳干什么?是否健在?现在情况怎么样?一连串的问号涌上心头。

从乌鲁木齐到河南信阳没有直达飞机,必须从郑州转乘高铁前往。后方原伊吾县外宣办主任赵崇伶和哈密台记者杨海瑛不断传递着有关了解到的最新信息。赵崇伶说:"已经联系到牛发良三女儿牛东风的电话,他爸爸还活着。"

我们喜出望外,因为绝大多数参战老兵都已经作古。神炮班长牛发良健在是我们采访中最大的惊喜和期盼。

2019年12月21日一大早,牛发良的三女儿牛东风带我们来到天朗花园小区东四号楼说:"到了,我爸就住这栋楼。"

同为军人出身的牛东风豪爽得很,一路上给我们讲了她爸许多鲜为人知的故事。她说之所以让你们这样早就来采访,是因为父亲年龄大了,上午思维比较清楚,一到下午脑子就糊涂了。他知道新疆来人采访,高兴得很。

说着说着,我们很快就到了这栋2000年建的六层住宅楼,牛发良就住在三楼左手。

一进门,就看到沙发上坐着炯炯有神的神炮手。我急忙走到他身边,还没有来得及和他握手互致问好,我就以军人特有的交流方式,向他高声报告道:"新疆边防退伍军人向伊吾保卫战神炮老班长敬礼。"接着就来了一个标准的军礼。估计很长时间没有收到这样的敬礼了,牛发良显得特别高兴。他伸出手拉我在他身边坐下。开始牛发良两只眼睛还睁着,渐渐地两个眼皮就自觉不自觉地耷拉下来。

谈起往事时,牛发良虽闭着眼睛,但仍然滔滔不绝。

作者在河南信阳采访神炮手牛发良

炮班长开口三句话离不开打炮。牛发良告诉我,他1948年从河南信阳明岗参军,连领导看到他的个头高,身体又壮实,就问他喜欢打枪还是喜欢打炮。

他干脆地回答:"喜欢打炮。"

首长问他为什么喜欢打炮?他说打枪一次只能打死一个敌人,打炮一次可以打死好多敌人。最后他如愿以偿地被分配到炮班,当上了炮手。当时的炮弹上都敷着一层黄黄的保护油,他怕影响发射效果,就把所有的炮弹擦得干干净净,明明亮亮。他说这样炮弹出膛快,飞得远,打得准。

在伊吾保卫战中,敌人一开始用枪、炮、手榴弹往营房里打,往操场上、往碉堡里打,后来干脆提着汽油桶来烧碉堡的木质门。副营长胡青山一看气不打一处来,就对杨凤山排长说:"对这些凶残的敌人,近的用手榴弹和机枪打,不能让他们靠近碉堡;远的用大炮轰,让他们有来无回,不敢轻易靠近。"在四十天保卫战中,敌人一共发动了七次大的进攻,我们的炮火打得敌人哭爹喊娘。

有一天早上,我们正在营房跑操,敌人的一发炮弹呼啸着落在我们的营房,炸得震天响。胡营长大声对我说:"炮班长,立即开炮还击,叫他们尝尝我们大炮的厉害。"以后每天夜里只要他们打枪、打炮,我们就顺着他们发射炮弹的火光,狠狠地回击一阵。

炮火不行,土匪就赶着羊群和牛群故意在托背梁和泉脑之间的土路上来回走动,扬起阵阵尘土,虚张声势。还有人披着羊皮大衣装作羊群迷惑我们,用汉文、维吾尔文两种文字不断写劝降书,这些鬼把戏都不管用。

牛发良的耳朵由于经常打炮,又没有做好防护措施,所以现在听力受到很大的影响,我们的许多话都要通过牛东风贴着他的耳朵大声说给他才能听到。在断断续续的介绍中,我们了解到神炮手牛发良作为军中骄子和战斗骨干,一直得到组织的培养重用。

1952年,牛发良转行调到空军部队,被分配到西安基地,然后组织上又安排他到东北空军航校学习飞机发动机修理。牛发良说:"当时我就想,俺是炮兵,学这弄啥哩?"

学成回到西安后,牛发良没有修理飞机发动机,组织上让他当了营房科副科长。从一般战士,一步升到副营级,对于这样的安排,牛发良没有想到。他从此发奋努力,拼命工作,报答党的恩情。

1966年组织上要派大批各类人才援藏,而且要求政治表现突出,身体素质过硬。牛发良觉得自己各方面条件都符合要求,他就主动申请,要求到西藏工作。组织上批准了他的申请。他去以后先安排他到拉萨贡嘎机场担任航站副团级的副站长,职务连升两级。由于工作成绩突出,他很快又被提拔为成都空军拉萨指挥所后勤部正团职副部长。

牛东风说:"我爸的长处是踏踏实实,勤勤恳恳,办事认真负责,短板是文化水平低。为了战胜更多的敌人,就必须提高文化水平。于是,部队专门又派他去重庆后勤学院学习了一年。在这里主要是学政治、学文化、学业务、全面提高综合素质。"

采访中,牛发良不时地咳嗽。牛发良的老伴高腊梅赶忙解释说:

"老头子耳朵有点背,那是长期大炮震的。他说每一次打完炮,耳朵都要嗡嗡嗡地响好长时间。眼睛有白内障,那是在西藏紫外线照的。他有一次去青海格尔木接兵,一个新战士把大衣丢了,当时天气很冷,他就把自己的大衣给了那个新战士,自己却冻成了气管炎慢性哮喘,咳嗽是常态。

1976年,牛发良离开西藏,从正团岗位上转业到河南信阳地区五金交电公司担任党委书记。当时到处拨乱反正,需要大批政治上过硬的干部,所以家乡没有亏待他,做了平职实职安排,由此足见信阳地区对转业归来的神炮手的高度重视。他正准备在这个工作岗位上甩开膀子大干一番的时候,1977年上级组织又决定调他到信阳地区百货采购供应站担任党委书记。

他去的时候正是全国平反冤假错案、落实老干部政策、知青回城安置、大学生推荐上学的时候,不少人都需要出这样或那样的证明,给他反映这样或那样的问题。由于他是新来的转业干部,和地方没有什么复杂的人事纠葛,又有一定的政策理论水平,特别是有一颗爱人之心,政治站位比较高,处理各种错综复杂的问题能一碗水端平,而且不拖拖拉拉,不搞"研究研究"那一套歪门邪道,办事就像打炮,干脆利索,处理问题稳准狠,不拖泥带水,解决任何问题他都在乎"命中率"。因此许多人都喜欢找他。他在拨乱反正中解决了许多人的历史积案,被人们称为"牛青天"。

也许一个人,要走过许多路,经历过生命中无数突如其来的繁华与苍凉后,才会变得成熟、坚强。

1981年,牛发良又被调到问题更复杂的地区煤炭公司担任党委书记,当时他主管的煤炭主要是城市居民生活用的无烟煤。当时煤炭供应比较紧张,都是凭票供应。因此,他一方面派出专门采购人员常驻平顶山、焦作和密县三个煤矿,负责采购、调煤,确保足够的货源;一方面深入调查,防止煤炭供应苦乐不均,堵塞各种供应漏洞。有人想通过托关系、走后门、利用条子搞关系煤,都被他一一挡了回去。他被人们形

象地称为"腿上绑大锣，走到哪、响到哪"的"牛"书记。

已经退休的煤炭公司办公室主任马光武说："牛书记最大的特点是平易近人，热情地为职工办实事。他拒绝人情煤和条子煤，杜绝了煤炭供应中暗箱操作和黑色利益链条，受到全社会和单位职工的广泛好评。"

采访时我真的很感叹牛发良老人的记忆力。当我们聊起他们进疆的话题时，他突然说："那个事我记得很清楚，我们的部队在嘉峪关休整了三个月，一听说要去新疆，大家都不想去，领导就逐个做大家的思想工作。当时在嘉峪关，我还记得有这样一个顺口溜：往前看，戈壁滩，往后看，鬼门关，过了嘉峪关，两眼泪始干。"我没想到九十六岁的老人对七十年前的事还有这么惊人的记忆力，竟然能将这个顺口溜熟练完整地背诵下来。

牛东风说："有一次我父亲被当地一所学校请去为全校师生作报告，那时他还没有转业，一米八的个头，穿着一身崭新的四个兜军装。他在台上讲，台下不断响起热烈的掌声。我很激动，也很自豪。我一直把父亲作为我人生的导师和榜样。我没有想到父亲还有这样光彩的历史，我感到自己脸上特别有光，也特别骄傲。有一次爸爸抽空参加了我的家长会，这是第一次，也是唯一的一次，以前都是妈妈参加的。他迈着矫健的步伐走进学校的时候，我听到有些老师在低声议论说：'牛东风的爸爸是个著名的神炮手，一发炮弹就打死打伤了二十几个敌人，是全国战斗英雄。'我听了非常自豪和满足，也是我人生巨大的力量源泉。"

"父亲对我们要求非常严格。对我们在生活、工作、婚姻、家庭、个人修养等方面都要求很传统。在家里我们都喊他叫'老正统'。"

我们准备离开牛发良家的时候，老班长突然又睁开眼睛说："我以前看到人们写的文章提到我打炮的事，都写的是牛怀良，不对，我叫牛发良，是'发'展的'发'，不是'怀'念的'怀'"。

他看到我把"牛发良"三个字记在本子上，脸上露出了笑容。

第四节 凝聚人心打胜仗 桂林追寻王鹏月

说到王鹏月,大家都知道他是一个会做思想政治工作的指导员,但许多人不知道,他还是一个出了名的机枪手。每逢战斗进行到最激烈的时候,他都奋不顾身,一边操起机关枪同敌人浴血奋战,一边随时随地把思想工作做到前沿阵地。他用出色的政治思想工作能力和军事作战能力,凝聚人心,消除恐惧,增强信心,配合胡青山出色地完成了伊吾保卫战的艰巨任务。

王鹏月离开二连以后,到底经历了什么?现在又在何处呢?为了揭开罩在王鹏月身上的神秘面纱,我们一路打探,苦苦寻觅。

在新疆所有联系到的二连健在人员和英雄的子女中,始终找不到王鹏月及其子女的名单和联系方式。

怎么才能找到呢?众说纷纭。有人说王鹏月在广西桂林军干所待过,但那个军干所,位于天下闻名的旅游区桂林,各军兵种建立干休所的单位很多,打听了一些人,都说不知道,或没有听说过。

我曾看过介绍伊吾保卫战的文学作品《雪莲花》的作者杨学东曾经采访过王鹏月,有照片为证。对王鹏月的情况和了解王鹏月信息渠道,他应该有所掌握,或者可以帮助我提供一些有价值的信息。

当时,我正在徐州采访胡青山的子女,没有杨学东的电话和联系方式,于是从徐州给原伊吾县外宣办主任赵崇伶打电话求助。果然赵崇伶有杨学东的电话,她告诉我杨学东正在湖南怀化住院,刚动完骨科手术不便前去叨扰,但他表示可以帮助提供有关王鹏月的信息。

我打电话给杨学东求助,了解有关王鹏月的情况。杨学东很客气地告诉我:"你们要找的王鹏月2018年2月2日已经去世了。"

"他老伴还在吗?"我问杨学东。

"找他老伴没有用,他老伴身体不好,了解情况也不多,不适合采访。"杨学东对我说。

"那我们联系他们家的谁采访合适呢?"我赶紧追问他。

杨学东说:"我现在只有王鹏月儿媳的电话,她人在广州,你们打电话碰碰运气吧。"

还好,最后通过他在广州的儿媳康丽,联系到了正在桂林照顾母亲的王一江。

王一江说他刚从广州回到桂林,让我们去桂林翠竹路广西军区第三离职干部休养所找他。我们立即乘飞机赶往桂林。

12月23日,刚刚入冬的桂林仍然花团锦簇,但已经有几分初冬的寒意。

第二天一大早,王一江就来到我们下榻的桂林驿酒店。王一江个头一米九二,精神焕发,气宇轩昂,我猜想他的工作一定与体育有关。通过介绍了解到他是原八一排球队主攻手。

作者在广西桂林干休所采访王鹏月的遗孀和儿子

我单刀直入地问:"有人说你父亲曾经入朝作战管理战俘营,是这样吗?"

他笑着说:"我爸在伊吾保卫战结束以后,刚调到一营当教导员没有几天,师里又任命他为四十六团政治部副主任。1952年到甘肃武威解放军步校学习。1953年上级突然通知他入朝鲜,当时中国人民志愿军正在朝鲜作战,让他们去朝鲜干什么,当时谁也说不清楚,好在他们都是一批经历过抗日战争和解放战争枪林弹雨的老兵,啥都不怕。

"刚走到西安,他们还没有雄赳赳、气昂昂、跨过鸭绿江,突然接到上级通知说不去了,朝鲜已经停战了。我爸接到折返命令后又回到甘肃武威解放军步校。后来这所学校改为炮兵学校,这个学校校址就在马步芳的旧军营,我们的红军西路军不少战士就在这里因为拒不变节投降而遭到马步芳残酷杀害的。这个军营里有一种杨树叫红军杨,叶子是五角星,树干劈开也是五角星,非常奇特。许多人在研究、探寻,但也没有结果。"

王一江继续说:"我爸学习完以后,没有按照他的期待分到野战部队,而是留在武威炮校教研室训练部训练团当副团长,后来又任训练团政委,这个团后来改为第二炮兵,也就是现在的东风第一旅。

"1968年中苏关系紧张的时候,我爸突然接到命令,从甘肃调到安徽池州一个山沟里,继续担任训练团政委。1970年又从池州调到黄山二炮基地,在这里待了三年。1973年又从安徽池州调到湖南怀化当时的二炮基地任副师级后勤部副部长,1978年在湖南二炮基地离休,1982年安排在桂林二炮干休所休养,2018年改为火箭军干休所,2019年火箭军干休所归并到省军区第三干休所。"

"作为一名军人,我父亲的心态特别好,对职务提升,增加工资收入都看得很淡,我爸的几个战友在人生路上中遇到一些坎坷,一时想不通,就找他倾诉。我爸就对他们说,你们遇到这些坎坷算什么呀!1940年和我一块从河南濮阳老家入伍的那些战友,活下来的有几个?没有几个!延安保卫战结束以后,我带出去的也没有几个活下来的。我是

轻、重机枪手,枪打得很好,一直是敌人射杀的对象,有好几次都差一点被敌人狙击手要了小命。我们能活到九十几岁,太知足了。啥事都想开点吧,别不知足。"

王一江说:"我爸说的都是实话,他是第一个进桂林二炮干休所的,也是最后一个走的,去世的时候九十七岁,他一直很满足。所里领导经常到我家征求意见,看需要解决什么困难。我记得他每次都说没有什么困难,一切都好得很。只有一次向领导反映要求解决一个煤气炉子,那时候天然气没有通到家家户户,大部分人家都烧蜂窝煤。领导一听很快就解决了。其他方面从来就没有向领导提过任何要求,生活上要求很低,对自己要求很严。他不允许我们四个子女利用他的关系和影响走后门,搞特殊化。"

王一江还记得有一次,他回家后兴冲冲地告诉正在家里浇花的爸爸:"我参军了。"

父亲一脸严肃地问:"大白天说梦话,你骗谁呢? 你都多大了,二十五岁了,早就过了入伍年龄,你凭什么参军? 托了谁的关系,走谁的后门? 看把你能的,我警告你,你可不能胡整。"

王一江一本正经地对父亲说:"我胡整什么? 我是凭我自己的能力和水平参的军,谁的后门都没有走,谁的关系都没有托。而且这次不是在安徽,而是直接调到北京,不是去当战士,一入伍就是连级干部。"他爸一听惊得杵在那里不动了,洒水壶里的水流到地上他全然不知。

父亲板着脸惊奇地问:"你有那么大的面子?"

王一江说:"这回参军还不是我找他们,而是他们主动找我。"

他爸问:"他们让你干什么? 为什么那么器重你?"

"我在安徽省排球队当了五年队长,一直是安徽体育健将,在全国都是有名气的主攻手,被八一排球队看上了。八一队今年要去美国参加国际军人排球比赛,缺少我这样的主攻手,才特招我进八一排球队的。"王一江说。

王鹏月突然两眼放光,放下洒水壶朝我身上狠狠地拍了一巴掌说:

"你小子行啊,一步登天了!"

"1986年,我代表中国人民解放军队参加了在美国举办的世界军人排球赛,有非常出色的发挥,帮助球队捧回冠军奖杯。回来后还受到当时的总政治部领导的接见和鼓励。"

"我父亲平时很少给我们讲他打仗的故事,特别是伊吾保卫战,都是我从有关资料上了解到的。面对战争的死亡威胁,他多次死里逃生。1941年参加冀中平原反扫荡,在端日本人炮楼的时候,一个日本人的手榴弹弹片飞来,狠狠地打到他的脑门上。我父亲被拍出好几米远,拍晕摔倒在田地里,不知过了多久才苏醒过来,满脸是血,他跟跟跄跄追上已经开拔的连队,大家看到都吓了一跳。从那以后,他额头上留下一个明显的坑窝,我们都习惯叫'光荣坑'。

"在解放西安时,他的腰部又挨了一枪,子弹就在腰上。五六十年代他想到医院取掉,但那时医疗条件不许可,直到去世火化时,才将这颗在他腰里藏了几十年的子弹取了出来。这成了父亲留给我们的唯一遗产,也是他戎马一生的光荣印记。"

王一江说他父亲以前有三个愿望:第一是想去伊吾看看,这个愿望在伊吾保卫战胜利四十周年庆祝活动的时候实现了;第二个愿望是想到南泥湾看看,父亲跟随彭德怀在这里参加了开荒生产,直到蒋介石进攻延安才离开,但后来父亲一直没有去成。父亲去世后,我爱人康丽去南泥湾为父亲还了愿;第三个愿望是带我妈看看大海,父亲去世前托付我完成这个心愿。最后唯一的遗憾就是没能参加2015年"九·三"抗战胜利七十年大阅兵。本来父亲是完全有这个条件参加的,上级已经指定他参加,也发了通知,而且中间还催促干休所尽快落实。可是所里的领导怕我父亲年纪大,行动不便,就把这个宝贵的名额让给了其他所里的人。事后,当所领导到我家里看望我父亲说起这件事的时候,我父亲只是看了一眼所领导,沉默了很久很久。

干休所驾驶员马飞对我说:"王部长是第一个来我们所的,也是最后一个走的。他特别平易近人,为他服务我心里暖暖的,好像他就是我

的亲人,和他相处,从来就没有什么压力。有一段时间他住院,我负责每天送饭,他有点过意不去地说:'小马,这几天你来回为我送饭,太辛苦了,我谢谢你。'我说:'老部长,我还要感谢你呢,要是没有你们这些老干部住在这里,我们没有服务对象,那我们到哪里去呢? 你们的存在就是我们的幸福。'"

王鹏月生活非常简朴,干休所分配给他的房子住的时间久了有些陈旧,儿子王一江准备自己装修一下。可他父亲说什么都不同意,说有这样的房子就已经很满足了,不要再浪费钱了。对父亲历来言听计从的王一江,这一回没有听父亲的话,自作主张,坚持把房子进行了精装修。王鹏月搬进去后乐得一直合不拢嘴,摸摸这,摸摸那,东瞧瞧,西看看。他说没想到房子还可以装修得这么好。

王一江说:"我爸他们这一代人,在冀中平原钻青纱帐,在延安钻山沟,在伊吾钻山沟,在武威戈壁训练团成天不是钻山沟,就是穿越戈壁,回到安徽和湖南怀化原本想到会好一些,结果爬的山比过去高,钻的沟比过去深。他就像一头奶牛一样,一辈子奉献的多,付出的多,享受的少。到桂林以后,他始终念念不忘伊吾,不忘那场艰苦卓绝的战斗。特别是忘不了十六岁就英勇牺牲的刘银娃,训练枣骝马往高山顶上送水的吴小牛,还有出生入死为保卫伊吾浴血奋战的副营长胡青山。我爸说,在去伊吾二连当指导员之前,他不认识胡青山,他们不是一个部队的,以前也没有见过,但胡青山是战斗英雄,在解放区名气很大。和胡青山一块合作共事很愉快,也从胡青山身上学到了很多东西。"

王一江若有所思地说:"伊吾保卫战已经过去七十多年了,但我认为,关注这段历史和参与伊吾保卫战中牺牲和健在的这些人,了解他们的前世今生故事,是对历史的尊重和对先烈的敬意,它既是对社会精神财富的挖掘保护,也是对历史文化和民族精神的传承和弘扬。"

第五节 死里逃生高相金 西安古城访后人

我在哈密、信阳、徐州、桂林、西安、乌鲁木齐、博尔塔拉和甘肃天水找到的所有亲历者和知情人当中，有一个二连战士叫高相金，他既不是神枪手，又不是神炮手，也不是骨干，更没有参加过惊心动魄的伊吾四十天保卫战，他是一个普通的战士。

但他在我们所有要找的人当中，是一个很有故事的人。因为他是在淖毛湖被敌人残酷致死的官兵中，唯一死里逃生的军人，他被一个叫司马义·哈孜的人出面相救，最后被有些人称之为"叛徒"，他蒙受不白之冤。

虽然当时全国已经解放，但由于伊吾县、乡党工委还都没有建立，淖毛湖的基层政权还掌握在乡长赛旦手里。他曾经在盛世才政治干部培训班受过专门的训练，既是伊吾政府副县长、县设治局副局长，又是原国民党乡长，可以说是权倾一时，掌握着淖毛湖每个人的生死大权。

为了抢夺淖毛湖和下马崖驻军的武器参加伊吾攻城，在县长艾拜都拉的精心策划下，赛旦一伙人设陷阱先抓了连长赵富贵，后抓了十几名解放军战士。

1950年4月7日早晨，县里传来叛匪第二次围攻县城解放军失败的消息，匪首赛旦接到艾拜都拉让处死这些被抓解放军的通知。因为曾经在不知情的情况下给艾拜都拉送信而懊悔不已的司马义·哈孜，认为这是自己赎罪的最后的机会，不能再犹豫。他决定冒险营救出这些可爱的解放军巴郎，哪怕就是营救出一个两个，也是对自己罪过的弥补和良心的宽恕。

"住手，我要收养三个解放军巴郎。"就在赛旦命令叛匪们把解放军战士押向拱背梁准备杀害的时候，司马义·哈孜对赛旦求情说："我老婆

生了三个女孩,虽然说最后生了一个儿子,但这个小巴郎子一直病殃殃的,我怕养不活,这些解放军命大,从小就参军跑到新疆来,个个都是好样的,我要收养他们。"

赛旦板着脸说:"他们绝大多数都是汉族,生活习惯不一样,你怎么收养他们?"

司马义·哈孜解释道:"维吾尔族收养汉族人又不是从今天才有的事,历史上这样的事多得很。

"生活习惯都不一样,你怎么能和他们在一块生活?"赛旦问。

司马义哈孜说:"生活习惯更不成问题。我们的副县长阿布都拉,不就是甘肃高台的郭朝友吗? 他不但和我们一样生活,还改了名叫阿布都拉,我们不仅没有笑话他是汉族,反而还让他当了副县长。难道这不是事实吗?"

"解放军在县城打死了我们很多兄弟,我们一定要报复。"赛旦的脸本来就黑,这回显得更黑更凶。他停了好一会,摸着浓黑的胡须,两眼斜瞪着司马义·哈孜,恶狠狠地说:"最多我只能同意你收养一个,想收养三个连门都没有。要不是看在你是宗教人士的面子上,一个都不给。想收养,你现在就去带走一个,你不要或他们不愿跟你走就算了。另外我听说这些解放军都是一根筋,犟得很,你的好心说不定还会被人家当做驴肝肺呢。"

这些匪徒们正要按照赛旦的命令杀害解放军。这时战士马占山悄悄对叛匪尼亚孜·毛拉阿吉说:"我有重要的话要禀告。"马占山因此被带走。原来这个马占山以前是国民党马步芳部队的一个排长,干过不少坏事,还杀过人。他在兰州战役中被我军俘虏以后,假装进步,被编入二连。其实他人在曹营心在汉,一直寻找叛变投敌的时机,现在面临生死抉择,他怎么会放过这个机会呢? 他向叛匪尼亚孜·毛拉阿吉告密了他所掌握的我军机密,成了可耻的叛徒。后在解放军第二次进驻淖毛湖的时候被抓捕,1951年9月被军事法庭判处死刑。

马占山被尼亚孜·毛拉阿吉带走以后,留下的十个解放军战士个个昂首挺胸,视死如归,脸上没有一丝一毫害怕的样子。司马义·哈孜打心眼里喜欢这些解放军战士,他多么希望能把他们全部收养下来,弥补自己曾经助纣为虐的罪过。但他明白这是不可能的。这时他对长得憨愣愣、十分稀罕的刘银娃说:"巴郎,我很想收养你当我的儿子,只要你答应我,他们就不会杀害你,你就能马上跟我走。你看行不行?"司马义·哈孜笑嘻嘻地说完就想拉刘银娃赶快离开。"

没有想到刘银娃一甩手地对司马义·哈孜说:"呸!你们这些没有天良的坏家伙,杀害了我们的连长不说,还要我给你当儿子,你做梦去吧!像你们这样的坏蛋给我当儿子,我都嫌恶心。死有什么可怕,就是死,我也不会认贼作父。"

"孩子,话不能这么说,我们维吾尔族人和你们汉族人一样,也有好人和坏人之分。你看我像一个坏蛋吗?我真的没有任何虚情假意,我真心实意想救你。"司马义·哈孜根本就没有想到这个解放军小战士的骨头会这样硬。

这时高相金昂着头,但看司马义·哈孜的言谈举止和刚才说的一番话,好像的确不像一个坏人,说不定他是真的想救大家,所以他也就没有怒目而视。司马义·哈孜迅速扫了解放军战士一眼,然后眼光盯住高相金。他确定这是一个难得的,也是唯一的一个机会,要是领不走一个,赛旦就要看笑话了。所以他没有再说什么,而是一把抓住高相金的手就走。他一边解释一边将脸转向高相金说:"孩子,这几天我冒着很大的危险,一直给你们烧炉子、送奶茶、松绑绳,这你们是看到的。既然你看到我不像坏人,就赶快跟我走吧!留在这里凶多吉少。你看那些人个个都凶神恶煞,随时都会要你们的性命,到时候谁都救不了你们。"说着一把拉着高相金赶快离去。他生怕赛旦突然变卦,又把高相金拉回去杀掉,要是赛旦真的变脸,他可是一点法子都没有。他知道赛旦是一个反复无常、朝令夕改、无恶不作的家伙。

就在司马义·哈孜拉着高相金离开后,叛匪们一下子就露出了凶相,手持大头棒和砍刀,对这些年轻的解放军战士棒击、刀砍,活活杀死。

在解放军第二年进驻淖毛湖开荒生产的时候,司马义·哈孜将高相金安全地送回部队,并向部队说明了当时冒险勇救高相金的情况。部队首长对司马义·哈孜挺身而出、刀下救人的义举给予高度赞扬,说他用实际行动谱写了一曲民族兄弟在叛匪刀下营救解放军战士的感人篇章。

高相金回到部队后,根据他身段灵活、性格开朗的特点,他被调到十六师宣传队。1954年他来到淖毛湖慰问屯垦部队演出的时候,由于演出任务重,时间又紧迫,抽不出时间去看望司马义·哈孜老人一家,于是请当时在政府工作的艾力·玉鲁斯给司马义·哈孜的儿子白力克·司马义赠送了钢笔、墨水、香皂、毛巾等礼物,并请艾力·玉鲁斯转达他对司马义·哈孜一家人的问候及曾经对他的呵护与关照,让他感受到浓浓的情意。后来高相金转业分配到兵团农九师商业处工作。

1980年4月5日,伊吾保卫战烈士陵园落成。1983年8月,伊吾县委邀请当年老战士到伊吾参加悼念活动。高相金由哈密地区行署副专员托乎提·司马义陪同,专程到淖毛湖看望了司马义·哈孜一家。这时司马义·哈孜老人已经去世。他在司马义·哈孜老人的遗像前深深地鞠了三躬,对老人的病故表示深切悼念,并深情怀念了当年在司马义·哈孜家的生活情况。

高相金深情地说:"司马义·哈孜当年冒着很大的危险,以收养义子的名义,把我从叛匪刀下营救出来。后来怕我受欺负,让我当他的养子,还给我起了一个维吾尔族名字叫依买尔。这种行动本身就是一个正直的维吾尔族人对赛旦、艾拜都拉、尧乐博斯等叛匪的反叛和对抗。当年我在司马义·哈孜家受到无微不至的关心和生活照顾。虽然这个事已经过去了三十多年,但依然历历在目,好像就发生在昨天。"

高相金触景生情,异常激动,他边说边热情地拉着司马义·哈孜老伴的手说:"阿娜,阿达当时敢于虎口救我,才使我大难不死,活下了这条命。你们永远是我的亲人,我真诚地邀请你们一家人到我家做客。"在场的人听了无不为之感动。认为这才是民族团结的代表,是我们值得大力弘扬的精神财富。

如今高相金已经去世。作为一个战争时期的军人，可以说随时都有牺牲的可能。兰州之战是高相金从军以来的第一次死里逃生。战斗进行了六天六夜，尸横遍野，血流成河。他们营担负的任务是进攻兰州营盘岭主峰，战斗打得异常激烈。由于敌人的工事坚固，火力配备很强，又居高临下，久攻不下，影响了整个战斗进程。团里下了死命令，要求不惜一切代价攻下这座堡垒。满脸是血的连长对副连长说："我带人冲上去，如果我牺牲了，副连长代理连长组织进攻，如果副连长牺牲了，一排长代理连长继续组织进攻；一排长牺牲了，一班长代理连长继续组织进攻，一定要把碉堡炸掉。"后来果然连长、副连长和一排长都牺牲了，可敌人的堡垒里还是不停地从机枪里吐着一串串火舌。上级又调来一个连长组织战斗，他向营长说，保证完成任务。他刚到阵地，还没有来得及组织进攻，腿就被敌人密集的子弹打断了。连队由十五人组成的敢死队准备继续进攻，可敌人的机枪火力把高相金他们打得窝在一个坑里，始终抬不起头来，抬头就被射杀。

作者在西安采访高相金的儿子

　　祸不单行,就在这个时候敌人的一发炮弹不偏不倚,呼啸着落在坑里,当场炸死、炸伤十几人。他们有的缺胳膊断腿,疼得嗷嗷叫,有的脑浆四溅,已经闭上了眼睛,还有的满脸是血在低声呻吟。班长没有死,把高相金从土里刨出来的时候,发现高相金只受到一些轻伤。其他战士都惊奇地说高相金这小子就是命硬,硬是从鬼门关上躲过一死。

　　兰州战斗打得异常惨烈,在久攻不下的情况下,最后还是营参谋胡青山在机枪密集的火力掩护下,抱着炸药包冲了上去,这才炸掉了敌人的堡垒。这时连队清点人数时,发现全连参战的一百二人,包括伤病员在内最后只剩下了二十多人。

　　兰州战斗结束以后,他们一路高歌西进来到酒泉进行休整,补充兵员,战斗总结,高相金被评为战斗和行军双模范。

　　伊吾保卫战结束以后,高相金被司马义·哈孜送回部队,随后,在草原追匪中他表现得特别能吃苦,特别能战斗,特别能忍耐。他怀着对叛匪满腔的仇恨,在红柳河、白塔山一带追匪时,没有水就喝马尿,没有干粮啃草根,战友疲惫得走不动时互相搀扶着艰难走出大草原,他坚强的活了下来。他想:我已经是九死一生的人了,什么苦没有吃过,什么罪没有受过,什么生命危险没有遇过。

　　草原剿匪平叛结束以后,高相金先被调到师部文工团,后来转业时被安排到当时的兵团农九师商业处服务部。随后他结婚生子,一切看起来都是那么顺其自然。作为复转军人的高相金,这时候也很自然地当上了商业处服务部党支部书记,并担任了社教组组长,带领工作组开展轰轰烈烈的社会主义教育运动。

　　他被司马义·哈孜救下来的事,随着时间的推移,人们早已慢慢淡忘了,但有个别人却一直惦记着。

　　那是1968年夏天的一个早上,正在上小学三年级的高飞,听到他爸爸办公室外边乱哄哄的。

　　他完全出于好奇,爬到窗户上一看,一个穿着脏得已经看不出白衬衣的造反派,拿着一张写满毛笔黑字的大字报,从水桶里用大大的毛刷蘸上浆糊,麻利地涂到大字报背后,正往高飞他们家房子的墙上糊。高飞赶忙跑出去一看,大字报上写着"坚决揪出大叛徒高相金"。

高相金的厄运从此来临。从那以后,高相金的书记职务不但被造反派撤掉,还对他实行管制劳动,天天批斗。

就因为所谓的叛徒事件,他的妻子因此离他而去,他身心受到极大摧残。儿子高飞成了他活下去的唯一寄托和全部精神力量。

直到1976年,农九师商业处的领导认为,高相金的问题再也不能拖下去。于是组织上再次派转业军人、党支部委员、保管员陈永贵和转业军人、支部委员、炊事班班长周兴元两人到伊吾县调查,他们到伊吾县淖毛湖乡找到当地派出所,由派出所召开了包括司马义·哈孜本人参加的座谈会,彻底调查清楚了当时高相金为什么没有被杀害的真实原因后,组织上才给高相金正式平反昭雪。

整整十年,太阳的光辉再一次照在高相金身上。高相金又回到商业处服务部当了党支部书记。

我根据高飞提供的线索,采访现在定居北京丰台区的退休老人陈永贵的时候,他说:"我们的服务部,其实就是当时农九师唯一的一个师部商店。为什么派我和周新元去外调,因为我们两个都是转业军人,我在北京当兵,1964年第一批集体转业到新疆保卫边疆,我们都是共产党员,政治上坚定可靠。我们的外调材料对高相金平反起到了一锤定音的作用。"

2014年7月,高相金去世,儿子高飞按照父亲的遗愿,把他的骨灰撒在了伊吾烈士陵园、甘肃皋兰山和甘肃成县这些他曾经战斗过的地方。

高飞说:"说实话,以前我对父亲不了解,也不理解,现在每每看到父亲自己拍的专题片,想到父亲坎坷的一生,我都忍不住泪流满面。父亲在解放战争中九死一生,在伊吾保卫战中死里逃生,他的一辈子活得太不容易。"

战争的烈火,锻造了一个铮铮铁骨的高相金,时代也催生出了一个坚强的高相金,也许这就是高相金的宿命。

第六节　冲锋陷阵不怕死　世人难忘周克俭

周克俭是二连二排排长，他是一个脑子灵活、不怕死、敢带头冲锋陷阵的勇士，也是胡青山手下挪动得最多、显得最得力的干将。

在整个伊吾保卫战中，战斗时阻击顽敌、冲锋陷阵、抢夺碉堡，开会时献计献策，几乎都有周克俭的影子。说到周克俭在伊吾保卫战中起到的作用，这还要从敌人第一次包围伊吾城，企图一下就把解放军置于死地说起。

1950年3月30日清晨，三四百名叛匪黑压压一大片，疯狂向县城进攻，县工委副主任韩增荣脖颈被打伤，险些丧命。在十多个敌人抢占北山西侧阵地时，五班副班长朱孝庭当场牺牲。

一场有预谋、有准备、有目标、有企图的战斗在伊吾展开。

胡青山立即召集班排长研究夺回北山主峰阵地战前短会，二排长周克俭自动请缨出击。得到胡青山同意后，他带领二排快速出击。他们充分利用山上地形复杂的有利条件，在战友掩护和配合下，有如天兵天将，闪电般地登上北山主峰，把疯狂的敌人打出了原形，夺回了阵地，首战打出了二连的威风。

在保卫战四十天的战斗中，周克俭作为尖刀排长始终身先士卒、出生入死、带头冲锋，表现出了一个解放军年轻军官的无畏担当。

周克俭在伊吾保卫战中的突出表现，胡青山、王鹏月、罗忠林等营连领导都看在眼里，喜在心上。特别是县工委副书记韩增荣更是夸奖不断，厚爱有加。

伊吾保卫战胜利结束以后，周克俭去了哪里？我们进行了寻访。

寻找有关周克俭的信息比较容易，因为他的事迹一直和伊吾紧紧相连，密不可分。

2019年12月7日，乌鲁木齐已经是寒风凛冽，大雪飘飘，但东疆哈密仍然暖意融融,稍微有点变黄的杨柳树叶依然在树上随风摇曳,顽强地抵抗着冬天的到来。在哈密广电小区一幢土红色的居民楼里,我们采访了周克俭的夫人班桂兰及其子女。

我们到她家采访的时候,已经八十六岁的班桂兰穿着一件鲜亮的红毛衣,脚穿布鞋,满脸绽放出喜悦和微笑,走起路来还是那样轻盈利落。班桂兰谈起丈夫周克俭,满心的喜欢和自豪。

她说,伊吾保卫战胜利以后,伊吾县百废待兴,不但县委、政府机关缺干部,一些乡镇场也非常缺乏干部,韩增荣书记向部队提出要求,希望留一部分解放军骨干就地转业,支持伊吾县工委工作。由于周克俭在伊吾保卫战中的突出表现,被点名留下来,由排级干部直接当了副县级的县委常委。后来根据基层工作需要,他又被分配到前山牧场当场长。他去了以后,迅速开展忆苦思甜,控诉前山牧场伪场长、自卫团长托乎逊·玉鲁斯的种种欺民霸女、掠夺牧民财产的罪行,清除托乎逊·玉

作者在哈密采访二排长周克俭遗孀和子女

鲁斯残渣余孽,把托乎逊·玉鲁斯家族抢占牧民的牛羊分给广大的贫苦牧民,迅速完成土地改革。同时他们还给牧民划分草场,让牧民既有牛羊,又有草场。这之后前山牧场阳光普照,牧民喜笑颜开,纵情歌唱党的恩情和毛主席的恩情。

1953年,周克俭被调到县检察院担任伊吾县首任检察长。经过伊吾保卫战,他知道伊吾社情的复杂性,他本着首恶必除、胁从不问、受蒙蔽无罪的原则,重点处理伊吾反革命事件中的疑难案件,清理阶级队伍,消除伊吾发展中的各种潜在隐患,保持伊吾社会和谐稳定。

1962年为了加大伊吾盐池的开发,增加税收,组织上又调周克俭去伊吾盐池当场长。正在他干得红红火火的时候,县委又调他到吐葫芦乡当书记。

就像当年夺取高山阵地一样,哪里有困难,哪里就有周克俭。由于他管理严格,曾受到过冲击,加之从前山牧场往县城开会的途中骑马坠落摔断过腿,头部受到很大创伤,已经不能继续在第一线冲锋做一个开拓新时代的排头兵。1979年,戎马一生的周克俭59岁时,组织上宣布他享受副县级待遇离休,安享晚年。

1996年周克俭七十六岁时,因患癌症不治在哈密干休所去世。班桂兰一提起周克俭过早去世,黯然神伤,眼泪扑簌簌地往下流。说起他们的婚姻还要从1952年讲起,周克俭在前山牧场当场长,许多人都在关心着周克俭的婚事。可伊吾县汉族未婚姑娘太少,不要说挑选,根本就没有姑娘可找。已经担任县委书记的韩增荣对县妇联主任白玉芝说:"为我们的战斗英雄找对象是你们妇联当前的一项重要任务,一定要发挥你们的优势,可不能让我们的战斗英雄打一辈子光棍。"

办好这件事白玉芝是有把握的。自从县委韩书记把这项工作交给她以后,她脑子里马上就像过电影一样,踅摸、思考着巴里坤哪个姑娘才是周克俭千里有缘来相会的人。

她思来想去,一下就锁定了心灵手巧的班桂兰。

白玉芝对班桂兰说:"周克俭是战斗英雄,共产党员,又是前山牧场场长,人又年轻精干,这样的对象可是百里挑一,过了这个村可就没有那个店了。"

班桂兰羞涩地问白玉芝:"他们家里还有其他人吗?"

白玉芝说:"他还有一个大哥周克战在河南邓县老家当生产队长,兄弟周克成是抗美援朝战斗英雄,现在北京部队当军官,父母亲早已去世。像周克俭这样的对象,你就是打着灯笼也不好找啊。班桂兰用坚毅的目光很有主见地告诉白玉芝:"这门亲事我认了。但你还要给我的养父母说一声,他们养育我不容易。"

白玉芝说:"那是自然的,只要你自己愿意,其他工作都由我来做。"

当白玉芝给蓝意德夫妇说起给班桂兰介绍周克俭这门亲事的时候,这对经过风雨、见过世面的开明老人高兴地说:"这好得很嘛!男大当婚,女大当嫁。他既是战斗英雄,又是场长,共产党员,还是县政府干部做的红娘,像这样的对象真的在咱巴里坤城乡上下都是头一份。这孩子算是有福气,一下就掉到福窝里了。给她找一门好对象,一直是我们老两口念想和发愁的事。只要她有了一个好的归宿,我们对她的父母亲也有一个好的交代。"

白玉芝说话办事从不拖拖拉拉,就突出一个快字。她征得县委机关另一对姓张的和姓候的干部同意,在政府礼堂为他们举办了一个隆重的集体婚礼。

生活比班桂兰婚前预测的还要甜蜜,先后将八个鲜活的生命带到人间。由于日常工作繁忙,周克俭经常吃住在单位,根本没有更多时间管教孩子,这个担子就全部落在了这位"班长"身上。

周克俭的八个孩子在周克俭不惧苦难、英勇顽强的精神熏陶下,茁壮成长,不但人人有本事,还个个有孝心。

班桂兰高兴地说:"周克俭人好,心地善良,孩子们都很争气,我这一辈子很知足。

三女儿周建琴说:"要是把伊吾保卫战的故事,拍成电影或电视剧,一定很精彩。"

第九章　力量源泉终找到　二连继续建新功

　　二连的光荣历史、官兵英雄传,还有新时期成长
起来的神枪手和班长、连长、团长、师长、将军的故事,
特别是二连走进七十周年大阅兵的荣誉故事精彩
纷呈。

第一节　钢铁连名不虚传　英雄事迹撼人心

　　只要在二连这个大熔炉锻造过的战士,都会为自己曾经是二连人感到骄傲和自豪。但除了伊吾保卫战之外,你对钢铁英雄连还了解那些呢?

　　为了进一步了解这个钢铁英雄连队在新时期的新作为、新面貌、新故事,2019年12月11日,我踏着厚厚的积雪,来到这个令人神往的边防军营。要想对它做一番全面透彻地了解,必须追溯遥远的往昔。

　　新疆军区边防某团步兵连,是一个具有光荣历史的红军连队,前身为红军二十军七十五师二二五团一营二连。

1937年8月国共第二次合作时期,该步兵连改编为八路军一一五师三三四旅六六八团三营八连。

解放战争时期又改编为一营二连,部队番号回归到红军初创时期。

1949年,六军十六师四十六团一营二连,随同部队进驻新疆。这支从枪林弹雨中走出来的英雄部队,曾参加过红军东征、解放兰州、进疆剿匪等战斗,战绩卓著,声名远扬。在红军时期,由于作战勇敢,歼敌无数,被红十五师授予"模范战斗连"荣誉称号;1942年,在抗击日寇中,屡建奇功,被冀、鲁、豫军区授予"战斗英雄连"荣誉称号。

1950年3月在新疆伊吾驻守时,被叛匪围困孤军奋战四十天,二连发扬光荣传统,争取更大光荣,始终把进攻当防守,面对七倍于己的叛匪,英勇顽强,敢打必胜,战绩突出,被西北军区暨第一野战军授予"钢铁英雄连"称号。

我们不妨穿越历史隧道,回到战火纷飞的血与火铸就的残酷年代,循着他们的战斗足迹,回眸历史,让二连的光荣与梦想情景重现。

第二节 枪林弹雨练奇兵 国内革命当先锋

鄂、豫、皖、苏区第五次反围剿失败以后,红军被迫进行战略大转移。1934年11月16日,二连跟随红二十五军,离开革命根据地大别山,开始了举世闻名的两万五千里长征。在漫漫征途中,二连克服了无数艰难险阻,边艰苦行军,边英勇作战,在长征路上屡立战功。

1934年11月,红二十五军在河南方城独树镇与国民党庞炳勋部激战九个小时,打得人疲马乏,仍然未能突破敌人包围圈,情况十分危机。就在这个前有阻截、后有追兵的高危时刻,二连接到上级让他们担任第一梯队主攻连的命令,要求二连强行杀开一条血路,为后续部队打开通道。

命令如山倒,二连以敢于亮剑的英勇精神,高举战旗,奋勇杀敌,硬是在敌人铁桶般的包围中,撕开一条口子,掩护全军实现顺利突围,受到上级表彰。

1935年春,乍暖还寒,红二十五军行进到陕西商县葛牌镇的时候,遇到陕西地方军独立二旅的重兵阻挡。在激烈的战斗中,占据山头的敌人,凭借居高临下和阵前一条一百多米宽的散土河作为天然屏障的地理优势,扬言要让红军人马全部葬身在散土河里。在山头久攻不下的情况下,上级再次命令二连作为第一梯队,冒着枪林弹雨,强渡激流滚滚的散土河。二连一鼓作气,冲入敌阵,全歼守敌,硬生生夺下了山头。

每次遇到敌人在前方阻击或在后边追击时,都由二连出击才化险为夷。二连这只硬核连队,一直是一支拖不垮、打不烂、冲得上、守得住、让敌人闻风丧胆的英雄连队。

1935年10月1日的崂山战斗中,红二十五军在甘泉县北崂山两侧设置了埋伏,二连和七连直插敌人师部,一一〇师两个团和师直的敌人

永不褪色的"钢铁英雄连"

全部被歼灭，俘虏敌人三百多人。同年11月在陕西直罗镇战役中，二连官兵更是勇猛杀敌，与兄弟部队一起，击溃敌人，战绩卓著。在战后庆功大会上，二连被红军十五军团和七十五师分别授予"战斗模范连"和"战斗英雄连"锦旗。二连就像一头雄狮，关键时候，敢打敢拼，经常出敌制胜，所向披靡，令敌人闻风丧胆。

1936年2月在山西孝义县对国民党匪军的一次战斗中，考虑到这次战斗的艰巨性和残酷性，战斗一开始，上级就本着好钢要用在刀刃上的指挥部署，没有等到其他连队久攻不破、付出重大牺牲的情况下再派二连上战场，这次直接让二连担任主攻分队。二连果然不负众望，在大举进攻中，勇往直前，直插敌人心脏，消灭、俘虏了敌人的一个营，还缴获了大量武器弹药，战后被红七十五师授予"模范战斗连"荣誉称号。

在艰苦卓绝的抗战岁月，二连跟随红七十五师参加红军西征，上级指向哪里，二连就打向哪里。作为部队的尖刀连，先后在解放环县、曲子县、盐池县、予旺、定边等县城的战斗中屡战屡胜，八面威风，声名大噪。

1936年11月21日，二连参加第二次国内革命战争最后一战环县山城堡的战役，全军歼灭东北军一个主力师。二连在这一战中迂回穿插，声东击西，灵活作战，伺机歼敌，立了头功。

第三节 抗战不惧日本人 屡战屡胜建奇功

历经抗日战争、国内革命战争洗礼的英雄二连，披荆斩棘，奋勇向前，所向披靡。二连先后参加了沙河、张店、张智、町店、平坡、温塘等四十多次战斗，每次战斗都旗开得胜，马到成功，杀得日寇鬼哭狼嚎，尸横遍野，狠狠地打击了日寇的嚣张气焰。

第二次国共合作以后，红军改编为八路军，1937年8月1日，二连改

编为国民革命军第十八集团军一一五师三四四旅六八八团三营八连。连队番号变了,但人们仍然习惯叫它二连。二连就像一个烙印一样,一直深深地印在了人们的心坎里。

1937年9月在沙河战斗中,二连继续担任主攻分队,打得非常勇猛顽强。这一战消灭日军五百多人,击毁敌人汽车、装甲车、坦克共四十八辆。

平型关战役以后,日本人集中九路兵力对根据地实施报复性进攻。遵照毛主席"打到敌人后方去,发动民众,建立敌后根据地,开展游击战争"的指示,1938年3月,二连跟随部队挺进晋东南地区,开辟敌后根据地,寻求着歼灭更多敌人的战机。

1938年4月,在山西长治,日本人分九路围攻我三四四旅六六八团和六八七团。三四四旅在长治县张店设伏时,由七连、八连(二连)担任尖刀突击任务。部队激战两天一夜,多次打退敌人的进攻。这一战共消灭日军一千多人,缴获大批枪支弹药。战斗结束以后,徐海东亲自到连队和医院看望战士,慰问伤病员,对二连指战员在激烈战斗中表现出来的英勇顽强精神给予高度赞扬,鼓励二连指战员再接再厉,奋勇杀敌,为人民再立新功。

1938年7月,在阳城县町店战斗中,二连消灭敌人二百多人,1938年11月连队又改编为三四四旅独立团一营二连。英雄连队在团长刘震、政委李维山的带领下,越过平汉铁路到达清丰、南、濮阳、内黄、曹县、定陶、巨野、菏泽一带,遇到日寇坚决消灭,遇到汉奸彻底铲除;在广大的人民群众中,宣传抗日、发动群众、组织群众,建立起一支浩浩荡荡的抗日队伍,为把日本人彻底埋葬在人民战争的汪洋大海之中打下了坚实的基础。

1939年3月9日,在鲁南地区,连队又改编为冀、鲁、豫支队一大队一营二连。连队的隶属上级机构,根据形势的变化在不断地发生改变,但二连英勇顽强、奋勇作战的英雄本色一直在传承。

1939年7~8月,一大队在山东定陶县与日军激战后在打扫战场时,

226

突然从菏泽冒出八百多人的一个日本骑兵大队,把一大队两个营团团包围。日本人以骑兵机动灵活的优势,企图把这两个营一举消灭。大队长立即命令部队向定陶南面突围。为了确保一大队官兵安全转移,二连接二连三,连续打了五六次冲锋,打死、打伤敌人和马匹无数,彻底打破了敌人的围歼图谋,被官兵们誉为"拖不垮,打不烂,冲得上,撕得开"的英雄连队。

1939年年底,连队又改编为冀、鲁、豫支队四团一营二连。

1940年2月,为击退国民党顽固派掀起的反共高潮,在山东东明菜园镇攻打国民党军石友三部的战斗是在一个晚上进行的,二连在夜幕和咆哮的黄河掩护下,悄无声息地摸进敌人营区,在友邻部队的配合下一举歼敌一个营,夺取了敌人占领的黄河大堤,被上级命名为"夜老虎连"。

1940年10月在山东曹县韩村集攻打日军战斗中,二连在团长傅春早的带领下,夜间又悄悄摸进日军驻地,与友邻部队一起,歼灭日军八十余人和伪军一个中队共二百多人;还烧毁日军弹药库一座,缴获步枪七十多支,一门山野炮和一挺机关枪。1940年冬,二连又改编为八路军第二纵队第二旅四团一营二连。

1941年2月,在碾头镇战斗中。二连一次全歼日军一个中队和伪军一个中队,缴获重机枪一挺,轻机枪一挺,步枪四十支,活捉日伪军中队长和两名日军士兵。

1942年是根据地战争环境最为艰苦的一年,为了筹集到更多的粮食让战士们吃饱肚子打敌人,二连担负起为全团筹备粮食的艰巨任务。他们采取从地主富农等大户征集、从日伪军手中夺粮等种种办法,为部队筹集了大量的粮食和副食品,极大地保障了部队的有效供给。人们赞誉他们打仗是英雄,冲锋是尖兵,筹粮是模范。

1944年1月,二连跟随杨得志司令员,一边行军,一边打仗。二连历时七十二天,行程一千六百多公里,于1944年3月22日重返延安,驻守清泉镇,荣获"行军模范连"光荣称号。1944年5月二连改编为陕甘

宁联防军教导一旅十九团一营二连。

蒋介石为了把解放军困死在延安,采取设卡、查堵、没收等办法,封锁了所有通往延安的公路和铁路运输。

为粉碎国民党的经济封锁,遵照毛主席自力更生、丰衣足食的伟大号召,二连在陕北清泉沟积极投入军民大生产运动。没有工具自己造,没有木炭自己烧,没有窑洞自己挖,没有衣服自己缝,没有粮食自己种。二连发扬战时敢打、敢冲、敢拼、敢于向困难宣战的革命英雄主义精神,向野兽出没的荒山野岭宣战。

仅 1944 年全年就开荒一千六百亩,产粮四百多石,烧木炭一万二千五百多公斤,种菜一万五千公斤,挖窑洞二十孔,还建了一个食堂、一个厨房,蔬菜和肉食全部实现了自给有余。全连涌现出了二十多个生产劳动模范,胡青山作为劳动模范接受了毛主席的接见。

在新式整军和冬季大练兵活动中,二连战士们平均投弹成绩达到四十米以上,许多士兵成为刺杀和投弹能手及特等射手,胡青山还成为威震四方的神枪手,为有效打击敌人,大家练就了一身过硬的本领。

1944 年 11 月,连队又改编为教导一旅一团一营二连,进驻交道镇西同村,牢牢坚守陕甘宁边区大门。此后多次粉碎敌特的进攻偷袭和军情刺探,确保了陕甘宁边区的安全。

第四节 残酷战场是英雄 和平建设当模范

作为一个出生入死、屡建战功的英雄连队,二连无论走到哪里,都把战无不胜、攻无不克的优秀品质带到哪里。在和平时期的社会主义革命建设中,钢铁英雄连官兵牢记我军职能,注重继承和发扬优良传统,始终保持了老红军本色,以"当兵不习武,不算尽义务,武艺练不精,愧为二连兵"的响亮口号为激励,苦练军事本领,在非战争年代同样取得骄人的成绩。

1959年4月,为了给全军骑兵部队,提供科学的、系统的骑兵训练教材,二连接受新疆军区委托,锐意进取,不断探索,反复训练技术、战术,摸索总结出了骑兵部队训练的丰富经验。同年8月在参加新疆军区骑兵部队乘马射击、骑术、战术现场会上,二连官兵精湛的骑训技能和过硬的战术本领受到了观摩首长的高度赞扬。二连为新疆全军区骑兵部队编写提供了完整的三套训练教材,成为新疆骑兵部队学习的标兵和时代样板。

1959年9月末,钢铁英雄连在乌鲁木齐参加了建国十周年庆典活动,在检阅骑兵部队过程中,连队官兵英姿风爽、一往无前的精神受到了贺龙元帅的亲切慰问和高度赞扬。

1964年,大比武、大练兵热潮在全军波澜壮阔地开展,钢铁英雄连官兵苦练站如针、坐如松、行如风、打如神的超强本领,各项技战术都取得了优异成绩,受到了中国人民解放军总部和新疆军区领导的一致好评。

不管是在腥风血雨的战争年代,还是风平浪静的和平年代,不管是和敌人拼刺刀,还是为科研闯禁区,哪里有困难,哪里有艰难险阻,哪里就有钢铁英雄连。1964年中国第一颗原子弹爆炸成功,为检验核爆炸环境下的骑乘作战能力,上级从二连抽调二十二名官兵,在甘肃籍排长胡克俭的带领下,二十二名官兵穿戴护具骑马通过核爆区,没有一个人退缩,严格按科学规范要求,滴水不漏地出色完成乘骑穿行任务。为了表彰他们在极端条件下为国家做出的特殊贡献,这二十二名官兵全部被提干,并授予"二十二勇士"的光荣称号。

1980年以来,连队官兵牢记我军宗旨,全心全意为人民服务,把驻地当故乡,积极为驻地经济建设和改革开放作贡献。

钢铁英雄连先后与驻地二十多个学校,厂矿企业单位,建立共建关系,努力开辟走出去、请进来渠道,让优秀士兵当学校辅导员,介绍二连的光荣传统,用二连模范事迹教育人、鼓舞人,永远做爱党、爱国、爱人

民的时代骄子,成绩十分显著。1981年二连团支部先进事迹和工作经验在全军青年工作会议上做了介绍,受到了共青团中央领导的好评。

1983年,连队官兵带着全军官兵的深切期望,高举钢铁英雄连旗帜,参加了乌鲁木齐军区建制连基础训练竞赛,一举夺得了十一个竞赛项目中的九项第一,两个单项第二名,三个单项第三名,勇摘团体金牌,受到原乌鲁木齐部队的通令嘉奖,荣立集体三等功。二连高举红军旗帜高歌猛进建奇功,在全军引起巨大反响。

据统计,20世纪80年代以来,钢铁英雄连先后为驻地义务劳动八千人次,植树造林六万余株,为地方抢险救灾二十余次,挽救和避免直接经济损失五百多万元,有力地保障了地方经济建设的顺利进行和国家及人民生命财产安全,被驻地政府和群众誉为"古城消防队"。

毫不夸张地说,和战争时期一样,哪里有党和人民的需要,哪里就有钢铁英雄连。

20世纪90年代以来,这个连先后有三百多人立功受奖,五百多人被培养成军地两用人才,先后与二十多个学校企事业单位开展了双拥共建活动,驻地学校单位先后有无数人到连队荣誉室接受革命传统教育。

2008年4月,部队驻地县发生特大雪灾,连队奉命在碧流河乡执行抗击冰雪任务。官兵们冒着严寒,连续奋战二十多个小时,为群众挽回损失七十多万元。为此,当地群众送来了锦旗。

2010年4月,连队又担负起落实新条令试点任务。有力地促进了部队正规划建设。

2013年6月,全连官兵战风沙,斗酷暑,在没有任何机械设备辅助的情况下,仅靠人力劳动,就出色完成了边防铁丝网架设任务。

2016年连队参加了新疆军区岗位练兵比武竞赛,一举夺得武装五公里、四百米障碍、单兵综合演练、炊事技能操作共四个团体第一和多个单项第一。

2017年获得"精武强能杯"建制班比武竞赛第一。

2018年全连参加陆军"百连万人—条令先行连"比武竞赛,在新疆片区获得四百米障碍和手榴弹投掷科目第一名。

在这一串串骄傲的数字后面,反映出来的是二连在和平年代创造的一个又一个功绩。

第五节 二连故事多精彩 想进二连不容易

钢铁英雄连建连以来,荣获"战斗英雄连""钢铁英雄连""模范战斗连""夜老虎连"等各种锦旗八十三面,奖牌奖状三百九十余面。这每一个奖牌、奖状和锦旗背后,都有一个精彩的故事。

多年来,钢铁英雄连受到原总参、总政各表彰一次,受到原兰州军区表彰两次,新疆军区表彰五十一次,荣立集体三等功五次,涌现出了名震全国的战斗英雄胡青山、特等战斗英雄贺文年、边区劳动模范刘金山。连队上士陈杰代表军区参加全军特种部队"利刃2013"比武竞赛,荣获射击第三名,次年代表全军参加金鹰2014国际特种兵部队狙击手比赛,荣获小组第二名,个人荣立二等功,连队中士鲁衍子参加新疆军区组织的军医接力比赛,获得四百米障碍第一名,并在陆军"百连万人—条例比武"中荣获四百米障碍第二名,个人荣立二等功,被陆军表彰为"全军优秀士官人才奖"二等奖。在国庆七十周年大阅兵之际,连队中士赵良玉作为擎旗手,高举"钢铁英雄连"旗帜在天安门广场接受习近平总书记和人民的检阅。

钢铁英雄连是解放军连队建设的先行连,更是战功卓著的标杆连。二连在全军影响广,锻炼平台大,成长机会多。众所周知,二连是一个英雄辈出、军人快速成长的革命摇篮。像这样一个只要能进,就意味着成为标兵的连队,对任何一个官兵都有着难以阻挡的巨大诱惑。现任连长邢东斌指着墙上历任主官姓名不无自豪地介绍说:"二连就像一座

大熔炉,训练最苦、担子最重、机会最多、成绩最大、培养、锻炼人最快。"

时任西藏军区副政委金绍山、乌鲁木齐军区参谋长任书田和新疆军区副政委赛里木江·赛都拉三位将军,都是二连成长起来的勇士,他们永远是二连的骄傲。从二连成长起来的师团营连干部更是数不胜数。他们每一个人身上都散发着英雄连队的豪气。

赛里木江·赛都拉当二连连长的时候,他的座右铭是:军人血性足,才能打胜仗。他带领二连官兵冬练三九,夏练三伏,敢于刺刀见红,能招招制敌,带出了一支敢打硬拼的硬骨头连队。1983年新疆军区举行全军区军事大比武,在十一个项目比赛中,他带领的二连竟然奇迹般地夺得九个单项第一,一个总成绩第一的绝佳成绩,并荣立集体三等功,受到军区通令嘉奖。他很快走上了军区副政委的领导岗位。

时任团长韩界锋,也是从二连走出来的刚强男儿。1997年他入伍来到二连后,发现这个连队出操喊口号嗓门不大不行,唱歌声音不响亮不行,内务不整齐划一不行,训练拿不出好成绩不行,比赛打不赢不行,他感到二连有一种与生俱来的紧迫感和危机感。

军人天生为打仗,本领不过硬就淘汰。于是他瞄准方向,奋起直追,练就了一身过硬的军事本领,射击、投弹、五公里越野、四百米障碍赛样样都行,很快成长为战斗班班长。他带领的四班在全连成绩一直遥遥领先,他以二连周克俭、贺文年、牛发良、吴小牛等英雄为榜样,苦练精兵,练就了一身好技术,又学会了带兵管理,很受时任连长赛里木江·赛都拉的赏识。他认为韩界锋是一个难得的可造之才,必须加快培养,于是积极举荐,由团里保送进了西安陆军学院乌鲁木齐分院深造。

毫无疑问,钢铁英雄连是韩界锋的成长摇篮,也是他军旅生涯的发源地。学院领导知道,韩界锋来自钢铁英雄连战斗班,有着过硬的军事技术和心理素质,于是让他挑起了学员班模拟连长的担子,把他作为突出人才加快培养。

韩界锋毕业后被分配到塔城军分区巴克图边防连当排长。他在战斗四班摸爬滚打的超强训练和严格的管理经验,为他在这里当排长、当

作者在某边防团采访团长韩界锋

连长都打下了坚实的基础,各项工作都走在了其他同级干部的前列。与和他一起入伍的战友相比,他的进步遥遥领先,36岁就挑起了团长的担子。

韩界锋在某边防团担任团长以后,他始终坚持二连传统不能丢,作风不能散,管理不能松,坚持把二连当作全团的精神和标杆来打造。干部配备、士官套改、器材保障、新兵选拔、优秀士兵提干、大学生提干,都给二连较大幅度的政策倾斜。

由于钢铁英雄连的特殊性质,决定了对人员的高标准配置要求,所以每次新兵分配,团长都要和参谋长一道,用严格的标准,苛刻的条件,从新兵中为二连选拔经过新兵训练检验的高素质的人才作为后备兵源。

士官陈杰之所以能够成为闻名遐迩的神枪手,这与在二连严格的训练环境分不开。

陈杰2009年从风景如画、气候宜人的四川入伍来疆后,就把部队当熔炉,把训练场当战场。为了练好过硬的军事本领,他立志要把自己

锻炼成像胡青山那样的神枪手。于是他冬季冒着零下二十摄氏度的严寒坚持练，夏天在地表热度高达六七十摄氏度的吐鲁番练枪法，为了提高托枪的稳定性，别人枪杆上挂一个沉重水

作者在某边防团二连采访第三十任连长邢东斌

壶，他每次要挂两三个。每天打几百发子弹的训练使他得了爆裂性耳聋，医生要求静养，但他不放过任何训练机会，射击技术越练越精，各项军事技能越来越强，综合军事素质越来越过硬。

功夫不负有心人。2012年陈杰代表新疆军区参加兰州军区比赛，拿到自动步枪射击比赛第四名的好成绩。2013年参加"利刃全军特种兵狙击手"比赛，当时参加比赛的有十三个部队和一个特战学院共八十四人，他克服巨大的心理压力，打出了第三名的好成绩，在全军比武中崭露头角。2014年代表中国参加在哈萨克斯坦举办的有十五个国家代表参加的金鹰2014国际特种兵部队狙击手比赛，他获小组第二。后来陈杰又以崭新的风貌参加了2019年在朱日和陆军精英比赛，同样打出了令人瞩目的好成绩。

陈杰说："没有胡青山那样的神枪手功夫，没有吴小牛训练枣骝马那样的精益求精，就不可能克敌制胜，吴小牛能把一匹枣骝马训练成神奇的军功马，我们在和平年代为什么不能把自己练成神枪手呢？"

陈杰的神枪手是用无数子弹打出来的。从开始练习射击到一举成名，他打坏了好几把枪，光参加国际比赛就打坏了三把枪。

陈杰说："假如时光倒流，我参加伊吾保卫战，我也要和胡青山副营长那样，枪枪命中，绝对让叛匪有来无回，不敢接近碉堡一步。"

由于他出色的军事技能,从2018年开始传帮带以来,他已经带出二十三名射击高手,有的已经提拔为连、排长,他也被评为军训标兵。

昌吉回族自治州和四川家乡的特警队向陈杰抛来了橄榄枝。陈杰说:"我还不想离开部队,我要把一切献给部队,为部队带出更多神枪手。"

第六节 连旗通过天安门 激情澎湃阅兵场

2019年庆祝中华人民共和国成立70周年阅兵式是一次壮我国威、军威,凝聚人心,震撼世界的大阅兵。

阅兵领导小组决定组建战旗方队,展示我军光辉的战斗历程和丰功伟绩,体现新时代我军传承荣誉,再创辉煌的坚定决心,彰显国防和军队现代化建设强大发展的态势。

方队所擎荣誉战旗由中央军委政治工作部从全军部队遴选确定,东、南、西、北、中五大战区各二十四面。按级别和时间,共一百二十面荣誉战旗,其中一百面为正式受阅。

在这一百面战旗中,"钢铁英雄连"的战旗迎风招展。旗手名叫赵良玉。据连长邢东斌介绍:"能当上这次阅兵的旗手,可以说是百里挑一,过五关斩六将,实属不易。首先政治上要求必须是连队的优秀士兵,身高必须一米七九至一米八,而且必须是连队骨干。"

赵良玉身高一米八,军事二班班长,连队军事训练尖子,五公里武装越野,单双杠,仰卧起坐,跨越障碍,都是尖子,综合素质全连第一。2015年建制班比武竞赛个人综合素质第一。当时所有旗手在北京集训三个月,实行全程淘汰制,要求极其严格。

临行前,正在边防哨卡驻训的团政治部主任肖鹏涛专门赶回来叮嘱他:一定要刻苦训练,坚持到最后,展示"钢铁英雄连"的风采。连长

邢东斌也千叮咛、万嘱咐:"钢铁英雄连派出的班长,没有一个软蛋,更没有被中途退回来的任何理由。"

赵良玉坚定地向团领导表示:作为"钢铁英雄连"的战士,只为成功找办法、绝不为失败找理由。

集训队进行的训练是严苛的,七月的北京闷热难受,室外地表温度达到四十摄氏度以上,第一次考核要站三个小时,后来增加到五小时。强化训练的时候,一天要站十五小时,训练强度已经到了极限,两条腿和双脚都开始浮肿。"攻如猛虎,守如泰山"的连魂,成了赵良玉顽强坚持下去的强大精神动力。就在这样严酷的训练中,不断有人被淘汰出局。赵良玉说:"这次训练先后一共淘汰了五批,确定战旗方队时先选了一百四十人,之后从这一百四十人中又淘汰了二十人,最后留下了一百二十人,就这些人中仍然有二十人作为替补。就像备机飞行员一样,直到最后,谁也不知道淘汰命运最终落在哪个人头上。不到最后擎着连旗前进在通过天安门的大道上,谁也不敢保证不被淘汰。"赵良玉告诉我,战旗方队都在一辆车上,这里有赫赫有名的"叶挺部队""左权独立营""杜凤瑞中队""白刃格斗英雄连""大渡河连""法卡山英雄营""强渡乌江模范连""珍宝岛战斗英雄连""平型关大战英雄连""黄继光英雄连""进藏先遣英雄连"等,个个都威名远扬,每一面战旗背后都承载着沉甸甸的历史和许许多多精彩动人的故事,每一面战旗都凝结着多少人的鲜血。特别是当时配上《钢铁洪流》歌曲"向前、向前、向前"的时候,那是相当震撼人心,催人奋进。那种自豪感,只有亲临其境才能够真切体验到。

我好奇地问赵良玉:"当你高擎'钢铁英雄连'战旗乘车从天安门前经过的那一时刻,你是什么感觉?"不苟言笑的赵良玉很干脆地回答:"就三个字'神圣感'。"

在二连荣誉室给我当解说员的是二排三班班长王岩龙,2016年从江苏宿迁鱼米之乡入伍来到"钢铁英雄连"。他说:"我入伍后看完'钢铁英雄连'的发展史,感到分配到这个连队当兵非常骄傲和自豪,感觉到沉甸甸的责任与担当。作为'钢铁英雄连'的一个新兵,看着荣誉室里一张张图片和一行行文字介绍，我对二连的老一辈肃然起敬，顶礼膜拜。所以就暗下决心，一定要像老营长胡青山、神炮手牛发良、训马高手吴小牛那样，精兵习武，干一行，爱一行，一定要为钢铁英雄连增添光彩，绝不能抹黑。"

王岩龙的决心变成了累累收获。2017年和2018年，他连续两年被团里评为优秀士兵。2019年，在某军分区举行的党、政、军、警、兵、民六位一体演习中，由于战绩突出，他被评为优秀个人。连队有要求，作为班长，要求在枪械射击、手榴弹投掷、四百米障碍赛、五公里武装越野、单双杠等军体运动等项目中，都至少要有"一招鲜"，就是确保绝对的优势。王岩龙在这些项目中没有弱项。他带的班共有七名战士，由于军事技术过硬，五人转为士官。他说："'钢铁英雄连'什么样的英模榜样都有。我们的老班长陈杰，由于苦练精兵，练成了享誉军内外的新时代神枪手。我以前性格暴躁，遇事火急火燎，给人毛毛糙糙的感觉，经过几年在'钢铁英雄连'的锻造打磨，我从单纯幼稚变得稳重成熟，所以我准备写申请转二级士官继续留队，把最美好的青春年华献给祖国的国防事业。"

"钢铁英雄连"的连史纪念馆，从被某军分区授予红色教育基地以来，来二连参观学习感受体验的人络绎不绝，有少年儿童、青年学生、企业职工、机关干部、退休人员、离队老兵；甚至连贵州茅台酒厂也组织员工千里迢迢来二连学习取经，如何用"钢铁英雄连"的精气神，打造中国第一白酒的好品质。

1985年陕西退伍老兵霍杰英，带着他的两个孩子万里迢迢来到老部队，说让孩子从小就接受部队钢铁精神的熏陶，不为别的，看一眼老部队，看一眼老战友，看一眼荣誉室就足够了，对部队生活的念想是一种抹不去的情愫记忆，来一趟心里敞亮多了。退伍回乡当了大老板的一个老兵说："我之所以经受住了金融风暴、财政紧缩、市场疲软的各种风浪考验，仍然立足商海，搏击风浪，蓬勃发展，'攻如猛虎，守如泰山'的二连精神是我永远立于不败之地的精神动力。这次重返老部队接受

洗礼,回去干什么都会更有信心,更有激情,更有力量,来一趟部队就等于来了一次人生的加油站,此生无憾。"

在"钢铁英雄连"荣誉室,我看到了由张纪伟作曲、张互清作词的"钢铁英雄连"连歌《红军连队钢铁兵》,歌词第一部分这样写道:

> 红军连队钢铁兵,
> 光荣历史血染成。
> 攻如虎,守如山,
> 好传统,代代传。
> 连队光荣我光荣,
> 我为连队建新功。

第二部分歌词是2002年新添加的,显然有与时俱进的时代味道:

> 英雄连队英雄兵,
> 科学发展谋新篇。
> 新世纪,新阶段,
> 履使命,谋发展。
> 连队光荣我光荣,
> 我为连队建新功,建新功。

据连长邢东斌介绍,每次训练、开饭、团里集合开大会,二连官兵都要引吭高歌。由于会前和饭前时间短,所以一般都习惯唱第一段。

"攻如猛虎,守如泰山"和"钢铁信念不动摇,钢铁精神不生锈,钢铁精兵不服输"的"三钢"精神,是二连的连魂。"钢铁英雄连"就像一个大熔炉,让一代又一代新人在这里百炼成钢、茁壮成长。

第七节 吴小牛你在哪里 大海捞针找小牛

伊吾保卫战参战英雄如今已经找到了许多,可曾经立下战功的吴小牛仍然没有下落。

我想到了吴小牛的战友段文和,曾经有人提到过,说段文和就在乌鲁木齐,人还活着。那为什么舍近求远,不找找他呢?

我通过原伊吾县外宣办主任赵崇伶问到了段文和女儿段炜的电话,得到的回应却是家父正在联系医院救治,家中忙得团团转,怕是腾不出时间接受采访。

是啊!既然父亲重病在身,作为子女,忙忙碌碌是可以理解的。在这个问题上绝不能强人所难,我有等待的耐心。此时我将前阶段赴内地采访钢铁英雄连老战士的图片加注文字,一一发给了段炜。我在内地采访其他几个老英雄儿女的时候,发现他们和段炜都保持着联系。

两天过后,我给段炜发去一条信息,询问他父亲是否已经住院,我能否去探望。

段炜很快回答说家父现在入住新疆肿瘤医院,人的意识已经模糊了,请速到。

事不迟疑,我赶忙来到新疆肿瘤医院。按照段炜提供的住院信息,我在肿瘤医院化疗楼高层的一间单人病房找到了段文和。段炜对老父亲说:"有个写钢铁英雄连故事的作家来看望你。"段文和睁大眼睛看着我微微一笑,我端端正正地向段文和敬了一个标准的军礼。我说伊犁边防老战士向钢铁二连勇士致敬。

段文和把滴流胶管挪到一边试图挣扎着坐起来,但他的努力还是失败了。于是他侧躺着吃力地把右手挪到头跟前,手指弯曲着艰难地向我还礼。然后我们用极其特殊的方式进行了以下交流。

我问他是否记得吴小牛？他点点头。

我问吴小牛是甘肃人吗？他摇摇头。

我又问吴小牛是不是河南人？他仍然摇摇头。

最后我问他吴小牛是不是安徽人？他点点头。

我又问吴小牛是不是留新疆了？他又摇摇头。

吴小牛回安徽老家了吗？他肯定地点点头。

伊吾保卫战结束以后，段文和随连队参加淖毛湖开荒，当他们从戈壁滩上找到被叛匪砍杀的二连解放军遗体时，他从半截断了的牙齿辨认出了他的恩人赵连长。当时他哭得泪流满面，要不是战友们强拉硬拽，他死活都不愿离开。

伊吾剿匪战斗结束以后，新任团长邢保利来到二连检查工作，发现这个小通讯员机灵能干，就把他带到团部给他当了通讯员。1955年团长又送他到新疆军区第四文化速成中学深造，毕业后当了中尉，前景非常光明。

段文和是一个性格倔犟的人，又是一个心底宽泛无私的人。

2010年他应邀参加伊吾保卫战胜利六十周年庆祝活动的时候，他给当地的小学生讲了伊吾保卫战以及军功马和吴小牛的故事。他还登上北山碉堡和南山烈士陵园，为牺牲的烈士献了花圈。他在刘银娃纪念碑前踟蹰良久，不愿离去，刘银娃比他大两岁，又是同乡，他自言自语地说："他还是一个孩子，在二连就我们两个年龄最小，玩得最好。他真不该在那个年龄就牺牲。"所以他非常憎恶那些惨无人道的匪徒。

他把自己获得的西北解放纪念章和八一纪念章，以及朋友送给他的名人字画全都捐给了伊吾保卫战纪念馆。他想让更多的人从这个纪念馆里得到熏陶和教育，不要忘记这段沉重的历史，不要忘记吴小牛和军功马的故事。

六十年后重返伊吾，他对伊吾的历史变迁深感震惊，感慨万千。他操起笔墨，写下了一幅承载了伊吾历史和新貌的楹联，以抒发自己内心的万丈豪情。

大江东去，浪淘尽千古英雄，问楼外青山，山外白云，何处是唐宫汉阙；
小苑春回，莺唤起一庭佳丽，看池边绿树，树边红雨，此间有舜日尧天。

2020年1月22日清晨，我接到段炜的一条微信："父亲段文和于2020年1月22日凌晨两点四十分因病去世，女儿段炜泣告。"

我把最后一点希望寄托在自治区退役军人事务厅，因为我记得去年新成立的国家退役军人事务部曾经在全国进行过一次退役军人普查登记。我想他们一定有线索。

我给新疆退役军人事务厅党组书记候汉敏打电话求助。她是我的老上级、老领导，也是一个热心肠。

我给她发了这样一条信息："老部长，我正在为伊吾县写一本《回声嘹亮——伊吾保卫战参战英雄及相关人员寻访纪实》。吴小牛在伊吾保卫战中训练军功马为高山顶上的守碉堡战士送水、送食物立了奇功，你们能否通过退役军人网站帮助寻找？"

候书记很快回复信息说："你干了一件很有意义的事，退役军人的信息没有公布，但我们可以帮你查找。"

没过多久，新疆退役军人事务局工作人员刘奕彤与我取得了联系。

我将采访段文和了解到吴小牛是安徽人的信息告诉她。

2020年3月3日，我收到刘奕彤的微信。她发了一个新疆退役军人，寻找军功马的饲养员——吴小牛的图文稿，让我看看有没有遗漏。同时发来一张新疆公安厅搜集到的二连部分老战士黑白照片让我看看有没有吴小牛。这张图片我见过，没有吴小牛。她说先在新疆找，说不定吴小牛的留疆战友看到可以提供一些信息。如果还没有信息，就通过国家退役军人事务部网站在全国找。

3月17日早晨，黄美娟告诉我："秘书长，寻找吴小牛，我们3月16日在安徽农村广播的微信公众号上和微博上都发了。"并且发来微博和

微信的截图。题目分别是"寻找安徽籍新疆退伍军人——战士吴小牛"和"@新疆退役军人,寻找军功马的训练饲养员——战士吴小牛"。我看了之后深表感谢,同时建议做一期广播热线互动节目。

3月23日,我接到河南南阳一个名叫胡寿庆的人打来的电话,他说他是看到网络上寻找吴小牛的信息后和我联系的。他说他就是钢铁二连的老兵,1964年入伍后就在钢铁二连。1981年转业到河南南阳酒精厂当了厂办副主任。他告诉我乌鲁木齐有不少钢铁二连的战友,其中有一个叫陈铁,他还和几个战友合伙拍过一个钢铁二连的电视片,找一找他,消息更多。我很快就拨通了陈铁的电话,一听说我在找参战英雄,他十分热情,但问到吴小牛的事,他也感到很茫然。

他说吴小牛和军功马现在只是一个精彩的故事和遥远的记忆。他给我发来了乌鲁木齐的钢铁二连老战友聚会的视频。从每个人的自我

作者在乌鲁木齐采访段文和他的亲属

介绍中可以看出,都是六十年代的二连战士。

就在我为找不到吴小牛再次陷入苦恼的时候,2020年6月11日,正在和我一道在重庆秀山县参加中国秀山首届"空中茶博会"的安徽广播电视台主持人马齐东给我带来了意外的惊喜。

马齐东告诉我,自从我发的寻找吴小牛的信息在安徽广播电视台农村广播微信公众号和《安徽绿色之声》微信955新热点关注公众号上发布后,引起了他的极大关注,他想做一期节目,所以,他先在安徽省内通过各种途径寻找,没有找到,后来他把关注的目光扩大到与安徽交界的江苏宜兴县郎溪地区,特别是关注中华人民共和国成立七十周年受表彰的人群。果不其然,他的关注得到了意外回报。

江苏无锡市宜兴县新建镇南塘村村民委员会的公众号上发出这样一条信息:"金秋国庆、庄严肃穆、耄耋之年、再颂军魂"。

2019年9月29日,一块由中共中央国务院、中央军委联合颁发的庆祝中华人民共和国成立七十周年纪念章来到他的主人——南塘村的抗战老兵、九十五岁高龄的老英雄吴小牛身边。新建镇党委书记唐军高度重视,亲自登门为老英雄吴小牛颁发勋章。

信息资料是这样介绍的:吴小牛,1925年6月出生,1948年12月入党,1936年加入新四军,1939年回家,1948年再次应征入伍加入解放军第四纵队,后改为华东野战军六十九师二零五团二营六连三排,职级为副排长。

吴小牛老英雄一生参加过豫东战役、济南战役、淮海战役、渡江战役、抗美援朝战役。先后受到嘉奖两次,荣立三等功六次,二等功一次。现在他珍藏着淮海战役纪念章、渡江战役纪念章、和平鸽战斗英雄纪念章等共十枚纪念章。

新建镇党委书记唐军为吴小牛挂上纪念章后,与老英雄亲切交流,祝福他国庆快乐的同时,感谢他为共和国的诞生作出的贡献。唐军还嘱咐老人的子女要切实关注老人的身心健康,为老人提供舒适的生活环境,让老人安度晚年。

唐军还说:"在民族危难之际,老英雄当年积极响应祖国的召唤,挺身而出,为国防建设,人民幸福做出了不可磨灭的贡献,我们都要尽力温暖他们最后的岁月,让抗战老兵的精神流传后世。"

吴小牛虽然年事已高,一直靠轮椅出行,但他从不向组织提任何要求,过往的军旅生涯始终铭记心头,初心使他始终保持着军人的英雄本色。

唐军最后告诉老英雄,当年你守护我们的家园,身经百战,如今请让我们守护着你,安享晚年。

让马齐东感到奇怪的是,为什么在所有吴小牛的信息里没有提伊吾保卫战和军功马的故事呢? 是年龄大忘记了,还是这个吴小牛并非我要找的吴小牛呢? 马齐东迅速拨通了宜兴市新建镇民政部门的电话了解吴小牛老人的情况,对方回答,吴小牛已经于去年年底去世了。

马齐东进一步了解核实情况。我将吴小牛的图文信息迅速发往新疆,请求原伊吾县委常委、宣传部部长李海滨尽快委托哈密媒体的朋友赶快去找吴小牛在哈密的老班长王苍森老人核对一下。

很快李海滨传来消息,王苍森肯定地说:"宜兴县新建镇南塘村的吴小牛不是伊吾保卫战中训练军功马的吴小牛,一是长相不太像;二是年龄有点悬殊,养军功马的吴小牛年龄小,这个吴小牛年龄大;三是养军功马的吴小牛和南塘村的吴小牛经历不一样,养军功马的吴小牛在伊吾保卫战结束以后,还参加过一段时间的剿匪,所以他没有机会入朝作战,也没有入伍后离开部队再次应征入伍的经历。"

就在王苍森老班长核实的信息发来不久,江苏宜兴县广电局的主持人孙锦恒也发来信息说:"他通过新建镇已经核实清楚,南塘村的吴小牛不是我们要找的吴小牛,这个吴小牛是土生土长的本地人,没有到过新疆,更没有参加过伊吾保卫战。"

虽然吴小牛没有找到,但寻找二连英雄的步伐还在继续,英雄们的故事再次得到更加广泛的传播,伊吾保卫战参战英雄的革命英雄主义精神将永世长存。

后　记

　　经过近两年的反复修改,《回声嘹亮——伊吾保卫战参战英雄及相关人员寻访纪实》一书,终于完稿。

　　我是军人出身,偏爱军事题材的作品。我喜欢写有血有肉,故事性强的题材。为了获得更多具有真情实感的一手材料写好这本书,我先后奔赴河南郑州、河南信阳、江苏徐州、广西桂林、陕西西安、新疆哈密大营房、沁城乡、小堡村,伊吾下马崖、淖毛湖、刺梅花泉、白杨沟、苇子峡和奇台进行深入实地采访。对在湖南怀化的杨学东、甘肃天水的王秉鉴、王军艳等相关人员进行了电话、微信采访。

　　为了写好这部作品,我大海捞针,在广泛搜集材料的过程中,许多朋友都给予了大力支持和帮助。原哈密市党史地方志办公室主任张仁幹,不但给我提供了《东天山剿匪记》一书,还陪我来到伊吾叛匪战事发生地泉脑、托背梁、拜其尔村,援军被伏击的白杨沟,生产劳动时二十多名解放军官兵被害的淖毛湖、下马崖,叛匪诱骗胡青山的苇子峡和保卫战主战场南、北山大碉堡,水磨房、老营房,县党部,警察局遗址,详细介绍当年钢铁英雄连勇士面对七倍于己的叛匪,如何发扬不怕流血牺牲、顽强奋战、英勇杀敌的故事,还原了当时的现场场景和传奇故事。第一稿写出来后,他还仔细审读,并提出了修改意见。最令人感动的是,一个八十多岁的耄耋老人,不辞辛苦,以老学者的身份为本书作序。

　　原伊吾县档案馆馆长俞滨,不仅为我提供叛匪密谋策划反革命叛乱全过程的匪首人员、活动内容、时间安排、实施过程等大量真实鲜活的

历史资料外,还冒着风雪和原县委宣传部干部陈丽陪我来到白杨沟、下马崖和刺梅花泉,介绍二连曾经的战况。

原新疆军区史志办研究员李丰年,充分发挥熟知新疆军史的优势,给我提供大量新疆和平解放后地方叛匪、部分国民党部队起义官兵,马家军叛军勾结乌斯满,尧乐博斯继续作恶、为非作歹,祸害百姓,以及解放军全力剿匪和有关四十六团及钢铁英雄连的许多珍贵资料。书稿完成后,他又通稿核实修正有关涉军史料,做好有关脱密工作。

原伊吾宣传部副部长吐尔洪·尕依提和原社科联主席吐尔贡·牙合甫介绍了解放军民族骑兵三营七连连长艾合买提江·亚合甫、二排排长吐尔迪·马木托夫在解救二连时冲锋在前,最先赶到伊吾,打垮围困二连的叛匪,采取信号联络,派人侦察对接等生动故事。

在寻找参战英雄的过程中,原新疆退役军人事务厅党组书记候汉敏,还特意安排工作人员刘奕彤,通过退役军人网络系统在全国范围和定向在新疆、安徽广泛寻找钢铁二连老战士的相关信息。

原哈密电视台社教部副主任杨海瑛和原伊吾县委宣传部外宣办主任赵崇伶,不但提供了不少相关资料,还提供了许多被采访人的具体联系方式。赵崇伶还帮助搜集提供有关图片,统筹有关成书事宜,是我采访写作的有力帮手。安徽广播电视台农村广播总监黄美娟,主持人马齐东通过各种手段在安徽帮我寻找参战英雄做了大量工作。

兵团五师党史资料研究室主任梁俊山,不但介绍了伊吾保卫战胜利以后,二连部分老战士转业流向情况,还帮我找到了在伊吾保卫战中大建奇功的孙庆林的去向,以及他女儿孙莉的联系电话。

为了获得更多具有真情实感的材料,我先后对湖南怀化的杨学东、甘肃天水的王秉鉴、王军艳、海南琼海的李丰年和北京丰台的陈永贵、博尔塔拉蒙古自治州公安局的朱俊杰、兵团五师党史研究室主任梁俊山、兵团日报张光辉、二连老战士河南胡寿庆、乌鲁木齐陈铁等相关人员进行了电话、微信采访。

采访结束以后,胡青山的儿子胡建国、王鹏月的儿子王一江、牛发良的女儿牛东风、段文和的女儿段炜、高相金的儿子高飞、孙庆林的女儿孙莉等人还不断提供和补充有关材料。

伊吾县县委宣传部、伊吾县档案馆、哈密市委宣传部、哈密市党史和文献研究室、新疆党史和文献研究院、自治区党委宣传部审读处的专家和新疆文化出版社工作人员做了大量编辑、审读把关工作，还提出了许多修改意见，着实令我感动不已。我还要感谢著名书画家王文学题写书名。

要特别感谢伊吾县委常委袁峰、副部长杜丽蓉以及县文联主席张艺宝对本书创作提供的大力支持。对原县委常委、宣传部部长李海滨为本次采访写作给予的协调、指导和帮助表示感谢。

本作品参考了张仁幹的《东天山剿匪记》，杨学东的《雪莲花》，伊吾县《伊吾保卫战》，伊吾县《伊吾四十天武装叛乱概况》，张希钦的《新疆剿匪始末》，闫大雄《东天山的枪声》，李丰年推荐的新疆军区"战斗队，工作队，生产队"系列丛书《卫国戍边写忠诚》《反恐维稳斗争史》《群众工作史》，石河子大学《新疆和平解放史》，王玉虎的《新疆平叛纪实》《新疆文史资料第（四辑）》中的《尧乐博斯其人》等书。

为确保本书涉及的历史事件真实、准确，特聘请原哈密市党史地方志办公室主任张仁幹为历史顾问，原新疆军区党史办研究员李丰年为军事顾问，他们为内容的准确性做了大量工作。

对各位新老朋友给我采访写作本书提供的种种方便，在此一并表示真诚感谢。

作者
2022 年 2 月 8 日